U0115363

文學研究叢書・文學研究論集叢刊

雲林縣文學與文化研究論集

謝瑞隆、蕭蕭　主編

目次

台西文教基金會董事長 序

台西文教基金會原正式會名為「財團法人台西國中文教基金會」以「惜根戀土，深耕家鄉，提掖台西文教」為宗旨。光揚海口人本色－堅毅自信，樸實勤懇，兼具硬頸和剛腸，並倡發海洋文化，映顯鄉風與民情，挺立台西特色。同時推動各式文化性、學習性的系列活動，寓教於樂，導引青少年正當休閒，如：講座、社團、研習、訓練、競賽、參觀、交流、文字及視聽出版、文化展演等，開拓青少年學習視野，提振新知與職能，使鄉親子弟能與自己的土地產生緊密連結，強化對人、文、地、景、產之鄉土認知，期待能進一步活絡在地觀光與相關產業，讓青年在地就業或返鄉就業。

本基金會的成立及募集工作，在台西國中教職員、校友、家長及地方熱心教育人士等鼎力協助下，於民國八十六年八月十四日正式核准開始運作。

感恩已故丁老雄先生率先奉獻，及其公子丁國華先生（前理事長）的熱心贊助，歷屆理事長（如丁英仙院長／前理事長）、董事們、台西國中家長會會長們、與極多的志工鄉親全力支持，台西國中文教基金會得以順利運作。亦期望讓更多人認識台西並扭轉外界對台西的負面印象，基金會首先便是致力於教育與文化層面，為打破這深層困境，2016年度在前董事長丁國華、蕭泉利、許旭輝及幾位熱心董事的奔波下重新擴大組織重整、志在強化陣容、增加能量來推動家鄉的文教、期望對實質文化提升與良好形象提升有所改變，故找回海外與各地區的台西外出子弟，配合在地的人士，一起努力，也才把我這遠盪異鄉多年未曾回鄉的「異鄉人」重新把我拉回我出生的「搖籃血處」。

後來我們一起努力將失聯的外地熱心鄉親逐步一一拜訪或尋找回來～於是有了第一波熱心回應、主動參與的鄉親們，例如丁千惠、丁文棋、丁元亨、丁志元、丁彥致、丁其源、丁晉爵、林士欽、林村田、林進忠、林聰明、林進郎、郭崇信、謝清江、鄭至量……等鄉親與好友多人的加入或回流，加上既有的組織而逐漸壯大陣容（共二十幾位董事/恕此處無法一一臚列），這也間接醞釀出2017年的正式改名——改為「財團法人台西文教基金會」，意在擴大鄉親力量與服務鄉梓的功能、關心整體台西文教活動與文化素質的提升與新世代風貌，將服務對象從台西國中師生，擴大為台西在地與旅外鄉親（相關訊息可查詢網頁：http://www.taisi.org.tw/）。

我們這批基金會擴編後的生力軍在2016年即積極規劃啟動「台西風華藝文祭」系列活動下，其中「海口風雅頌——雲林縣現代文學學術研討會」、「宗族溯源活動」、「少小離家兩代回」等系列活動於2016年正式在台西展開（之後相繼還有「我們的油漆刷」——給遊子們的台西微電影、紫錐花反毒運動、海口鄉音西列競賽等活動），目標是讓台西鄉居民能打從心裡真誠醒覺，去發念提升文化、去行動，讓台西更富朝氣，更有力量或心力追求精神生活及各項生命的奮進。

本論文集（《雲林縣文學與文化研究論集》）即是「海口風雅頌——雲林縣現代文學學術研討會」中邀請的諸位文學大家與文學或文化評論講師們的

心血結晶，感謝時任總幹事的黃源河教授與明道大學蕭水順院長（作家「蕭蕭」）團隊（如羅文玲所長、謝瑞隆主任、余季芳秘書……）、丁千惠董事等的積極地奔走，加上時任台西國小校長的戴進隆、台西觀光協會丁金城理事長等，及許多鄉親對這一場次的鼎力協助，讓雲林在地作家齊聚、近悅遠來，增添台西地主的光彩，台西文教基金會與鄉親們同享成果與榮譽，再次感謝所有協助與參與盛會的鄉親與發表的文學家／作家！希望文學與文化的些許小種籽在這「風頭水尾」的偏鄉正式下海啟航、藉由雲林地區與專家的蒞臨與發表，由耳濡目染中借助以提攜在地子弟，為家鄉文教發展盡棉薄之力！值此《雲林縣文學與文化研究論集》 出版發表在即，我這「少小離家老大回」遠在海外的「出外人、台西人」樂見其成，故樂以為序。

財團法人台西文教基金會董事長

丁重誠 謹識

台西文教基金會董事 序

2016年，在台西文教基金會的許旭輝董事、蕭泉利董事、丁國華董事長等幾位鄉親盛情邀約下，我允聘擔任該基金會執行長。其間，恰好參與明道大學人文學院院長蕭水順（筆名蕭蕭）帶領人文學院團隊舉辦一個以彰化縣二水鄉鄉間為學術研究場域的研討會──「踏破荊棘，締造桂冠：王白淵逝世五十週年紀念學術研討會」；經由這次研討會，我事頗為震撼的，原來農村小鎮也能辦理大學殿堂裡的文藝學術活動。我暗思著，自己生長的家鄉──台西，這個素被外界認為是「文化沙漠」或甚至有被誤認為「流氓故鄉」或「文化不利地帶」的邊陲鄉間，是否也可能有這樣的文化活動引入。

其後，某次會議的機緣促使下，蕭蕭院長鼓勵大學同仁應發揮大學社會責任與奉獻社區的責任，我開始思索促成台西文教基金會與明道大學人文學院及院內中文系合作的機會，承蒙團隊中的「大柱子」中文系謝瑞隆主任的大力支持，扛起重擔來奔走籌備，也幸蒙國學所羅文玲主任以及幾位中文系教授的聲援與學院祕書余季芳的協助，幾經多方張羅，邀約多位現代文學研究者家出席發表，探討雲林縣鄉土文學名家與作品，家鄉台西鄉遂展開了史上第一次辦理文學與文化研討的盛會（成果紀錄網站：http://www2.mdu.edu.tw/20160825/）。

期間，我也被委以重任地去尋找台西在地作家或本地鄉土文學的評論家，所幸匆忙間，我也順利地邀請幾位在地作家或評論人（如作家兼台西國小前校長陳金鉌；作家丁三龍、丁萬復、曾村；評論家丁春德；書法家丁中島……等）參與，然因籌備時間過短，幾位本鄉籍作家囿於時間所限而不克出席，但因是初次籌辦，或容日後有精進的空間——期盼日後邀請有更多的在地作家現身說法。不過，令人欣慰的是，短促時間，我們邀約這麼多位的文學家與評論名家願意委身前來偏鄉；除了在地名家外，幾位特地遠道而來的文化人冒著迷路的可能，應該也有人生第一次來這「風頭水尾」、早期生活不易的地方——台西，大家齊聚一堂討論雲林縣與台西鄉的在地文學，土生土長的我遙思舊日自己是多麼崇拜在鄉土文學作家，迄今自詡還保有一顆鄉土孕育自己成長的愛鄉情懷，想著當下能躬逢盛會，內心深深覺得是「三生有幸」啊！

此次盛會的圓滿成功與此研討會後，我們接續完成出版《雲林縣文學與文化論集》，感恩幾位大師出席發表、討論、主持、評論，首要感謝明道大學人文學院籌辦團隊，同時也要感謝雲林縣政府（文化處）協辦、台西國小提供良好研討環境及設施、台西國中國樂隊（指揮林樹山老師）出場表演，大家可說是都義氣相挺、鼎力協助。此外，尚有多位基金會董事也特意從外地趕回家鄉共襄盛舉與協助會務，同時不少台西與鄰近鄉鎮的鄉親們也熱情參與、融入討論，看著大夥共同學習，用心討論、相濡以沫，真是令人動容！特此一併捎上感謝與祝福。

台西文教基金會丁重誠董事長（馬來西亞王室封爵「拿督」）及董事們、顧問們及工作執行團隊（由執行長或秘書長與秘書領軍）可以說都是非常地愛鄉愛土，他們無私地支持家鄉教育文化的深耕活動，後續尚有許多策辦文教活動的願景，希望大家再給予支持，多多給予這批為鄉土文教與文化反翻轉而努力的鄉親們鼓勵，期盼大家能持續互相協助來提升家鄉的文教發展。最後還是要對不辭辛勞、堅持完成研討會論集的明道大學團隊與謝瑞隆主任致上十二萬分的謝意，謝主任及團隊從文章的邀集、對校稿與出版等繁瑣事務皆一一處理完成，儘管在公務繁忙中而一度中斷，但目標始終如一、沒有放棄，才有今日的論集成果的刊行出版，值此出版時刻，謹贅述數語，除簡要交代緣由與外，亦聊表感佩之意！

財團法人台西文教基金會董事

2016年任台西文教基金會執行長　黃源河　敬筆

編者序

明道大學中國文學學系（2020年8月更名為「中華文化與傳播學系」）基於對於在地文化的推廣，每年募集各種人文關懷的心意，持續辦理台灣文學作家的學術研討會，如：2009年辦理「翁鬧的世界——翁鬧百歲冥誕紀念學術研討會」、「周夢蝶九十壽慶國際學術研討」；2010年辦理「王鼎鈞學術研討會」、「蕭蕭與二十世紀華文文學國際學術研討會」、「張默八十壽慶學術研討會」；2011年辦理「隱地與華文文學學術研討會」；2013年辦理「鄭愁予八十壽慶國際學術演講會」、2014年辦理「生命意象霍霍湧動——八十四歲的張墨．六十歲的創世紀座談」、「本土本色．現實實現——笠詩社創立五十週年慶祝活動主題演講」、「賴和，台灣魂的迴盪——2014彰化研究學術研討會」，2015年辦理「踏破荊棘，締造桂冠：王白淵逝世五十週年紀念學術研

討會」，這些活動都為台灣文學留下一頁頁瑰麗動人的台灣人文精神。

雲林縣是台灣文學發展的搖籃之一，眾多享譽各地的台灣文學作家多為雲林籍，2016年7月，適逢台西風華藝文祭的辦理，復以財團法人臺西文教基金會（原財團法人台西國中文教基金會）對於在地人文精神的推廣，明道大學應允規劃承辦「海口風雅頌——2016雲林縣現代文學研討會」，邀集台灣文學研究學者針對雲林縣作家其人及其時代之相關探討、雲林縣作家創作文本（詩、小說、藝術評論、文化論述）之研究等議題展開，2016年7月12日假台西國小海洋藝術館辦理學術研討會，闡釋雲林縣在台灣文壇的歷史光影與時代意義，跨越時空，齊向雲林縣文學家致敬。

本次研討會共邀集王文仁、卓佳賢、林葉連、康原、張俐璇、張瑞芬、陳憲仁、黃文成、蔡宜砡、謝瑞隆等十餘位學者發表論文，會議後各學者針對討論人的意見進行修訂，歷經二年的整備，諸如論文修訂與編輯審查等過程，最後經審查通過而蒐錄九篇論文匯集專書，各篇論文多從文學作品切入而論及作者所處的社會背景與鄉土生活經驗，所以專書題名為《雲林縣文學與文化研究論集》，並由萬卷樓圖書公司、財團法人臺西文教基金會聯手出版，冀以經由此專書的付梓刊行而記錄雲林縣的風土面貌，展現各個文學家的人文關懷與鄉土情懷。

明道大學中國文學系

蕭蕭　謝瑞隆謹誌

林雙不作品中的鄉情與批判[*]

康原

彰化婦女大學講師

摘要

林雙不（1950年10月28日-），本名黃燕德，雲林縣東勢鄉人。早期以「碧竹」為筆名，民國六十九年（1980）因美麗島事件及林義雄血宅事件的影響，筆名改為「林雙不」，寓意「縱浪大化中，不喜亦不懼」。民國六十七年（1978）任職於員林高中，民國八十一年（1992）籌組「台灣教師聯盟」並任會長，推動台灣獨立運動。本文選擇主題書寫林雙不故鄉土地與人民為標的來進行討論，同時選出新詩、散文、小說作為論述的文本，討論「寫什麼樣的鄉情？」與「如何去書寫表達批判？」，從各種文體的書寫面向，去談作品中透露的台灣農村問題。

關鍵字：台灣新樂府、雲林書寫、農村問題、鄉情、筍農

---

* 本文已刊錄《雲林文獻》第58期（2017年1月），頁49-62。

一　前言

林雙不（1950年10月28日-），本名黃燕德，雲林縣東勢鄉人。就讀東勢國民學校、臺灣省立虎尾初級中學（今國立虎尾高級中學），畢業於輔大哲學研究所。早期以「碧竹」為筆名，民國六十九年（1980）因美麗島事件[1]及林義雄血宅[2]事件的影響，筆名改為「林雙不」，寓意「縱浪大化中，不喜亦不懼」。民國六十七年（1978）任職於員林高中，民國八十一年（1992）籌組「台灣教師聯盟」並任會長，推動台灣獨立運動。

民國八十九年（2000）出任屏東縣政府新聞室主任，而後接掌屏東縣政府教育局。九十四年（2005）自教育局長卸任後，由屏東縣校長遴選委員會及屏東縣政府遴聘為屏東縣立滿州國民中學校長，旋於九十五年（2006）去職。林雙不積極參與教育活動、社會運動。曾獲聯合報極短篇小說獎、中國文藝協會頒贈的中國文藝獎章散文創作獎、賴和文學獎、吳濁流文學獎小說佳作獎，出版作品五十餘冊。

早期以碧竹為筆名發表的作品，大部份描述年輕人生活與愛情故事，後期以林雙不為名發表的作品，反映出一個知識份子的心聲；林雙不的文學充滿著批判性格，正如他在《安安靜靜台灣人》[3]序文所寫的：「做為終身反對的文字工作者，還是以大我為重。」此系列作品發表之後，產生了來自作品中當事人的壓力與困擾，也造成他心情的特殊痛苦。他不僅以文學為台灣獨立運動摧生，也是社會運動中，口若懸河的演講作家，他的作品真是事事關

1　美麗島事件（或稱高雄事件，當時中華民國政府稱其為「高雄暴力事件叛亂案」）是於一九七九年十二月十日的國際人權日在台灣高雄市發生的一場重大衝突事件。以美麗島雜誌社成員為核心的黨外運動人士，於十二月十日組織群眾進行遊行及演講，訴求民主與自由，終結黨禁和戒嚴。（參考李筱峰：《台灣史100件大事》，下冊，頁112。）

2　林宅血案為一九八〇年二月二十八日發生於臺灣省議會議員、美麗島事件被告林義雄位在台北市住家的一起震驚國內外的兇殺案件。林義雄六十歲的母親游阿妹及七歲雙胞胎女兒林亮均、林亭均被刺殺身亡，九歲長女林奐均受重傷，此案至今仍未偵破，已成懸案（引自維基百科）。

3　林雙不：《安安靜靜台灣人》（台中市：晨星出版社，2000年）。

心，反映出時代的聲音。

本文選擇主題書寫林雙不故鄉土地與人民為標的來進行討論，同時選出新詩、散文、小說作為論述的文本，討論「寫什麼樣的鄉情？」與「如何去書寫表達批判？」，從各種文體的書寫面向，去談作品中透露的台灣農村問題。

二　林雙不詩中的雲林鄉情

林雙不的作品共有五十多本書，計新詩三冊、小說二十一冊、散文三十冊及論述、報導文學、兒童文學等，這些作品包括舊書重編後的重印本，這個數字統計至民國九十八年（2009）出版《側寫王金河──台灣烏腳病之父的生命點滴》[4]為止，他就沒有再出版文學作品。林雙不最早出版的詩集《白沙戲筆詩》[5]，這本詩集創作背景是民國六十九年（1980）暑假，林雙不在彰化教育學院補修教育學分，在兩個月的上課時間所見所聞的感受，在序文中寫著：「……上課以後，我專心地看了，專心地聽了，愈專心感慨愈多，多到不寫出來就受不了的程度。……選擇類似詩的方式來表達……因此不敢稱詩，卻又不能不稱，只好稱做『戲筆詩』……」[6]，這是林雙不新詩的處女作，雖說是「戲筆」有戲謔與批判之意，也是文學技巧中的「幽默」的方式。

第二本詩集《台灣新樂府》[7]在林雙不自序中寫著：「……我以為真正的詩，必須以平易淺白、清楚明朗的生活化字句，表達詩人置身的土地上大都數人的生活、思想與感情。我以為真正的詩，要能在詩人的鄉土上朗誦吟唱，在街頭、在市場、在廟口、在工廠，詩人的同胞都聽得懂，都喜歡聽，都覺得詩人講出了他們心底的渴望與感受。……我以為真正的詩，要和廣大

4　林雙不：《側寫王金河──台灣烏腳病之父的生命點滴》（台南市：財團法人王金河文化藝術基金會，2009年）。

5　程雙雨（以程雙雨筆名發表）：《白沙戲筆詩》（台北市：水芙蓉出版社，1981年）。

6　程雙雨：《白沙戲筆詩》（台北市：水芙蓉出版社，1981年），頁1-2。

7　林雙不：《台灣新樂府》（台北市：敦理出版社，1984年）。

同胞的生活緊密結合，通過對同胞疾苦的反應，讓同胞有所紓解與安慰，讓權力當局有所警惕和啟發，讓社會更合理更公平、更正義更美好。……」[8] 這段話可以看出林雙不的詩觀的這種觀念，與白居易在〈新樂府序〉[9]序中所曰：「凡九千二百五十二言，斷為五十篇。篇無定句，句無定字，繫於意，不繫於文。首句標其目，卒章顯其志，《詩》三百之義也。其辭質而徑，欲見之者易諭也。其言直而切，欲聞之者深誡也。其事覈而實，使采之者傳信也。其體順而肆，可以播於樂章歌曲也。總而言之，為君、為臣、為民、為物、為事而作，不為文而作也。」為異曲同工，或與〈與元九書〉中這段：「自登朝來，年齒漸長，閱事漸多。每與人言，多詢時務；每讀書史，多求理道。始知文章合為時而著，歌詩合為事而作。」

筆者肯定他的書名為《台灣新樂府》是認同白居易的觀念，於是他的表現技巧主張大眾化、生活化，語言盡量追求淺白而寓意深長，自序最後他也說：「……我創作重點仍不是詩，過去不是，現在不是，未來也不會是。但是我熱切盼望台灣島上產生這樣的理想詩作，這種承襲白居易新樂府精神的台灣詩作。由於這樣的期望，我把這本詩集定名《台灣新樂府》。」[10]

第三本詩集《台灣新樂府》由草根出版社出版，是第二本詩集的增訂版，內容來自前兩本詩集的重整，這本書分成四輯：「夢回台灣」、「白沙夏日」、「山樹對談」、「海口兄弟」四大類。這四大類的主題有：政治與社會的批判、對八〇年代台灣文壇的批評、寫景與打諢的遊戲之詩、東勢鄉老農家的生活書寫等四部分。

第四部份「海口兄弟」中的十首詩，包括〈挖井〉、〈賣菜〉、〈阿爸要省油〉、〈火車向前跑〉、〈寬減額〉、〈割稻〉、〈苦旱〉、〈老農夫〉、〈辭職〉、〈海口兄弟〉等，本論文的詩作中的鄉情，就以此系列作品作為討論焦點。在本書宋田水的推薦序〈從十字路口到十字架下〉中，有這樣的一段話說：

---

8 林雙不：《台灣新樂府》（台北市：草根出版社，1996年），頁3。

9 白居易：〈新樂府序〉，白居易著、顧學頡點校：《白居易集》（北京市：中華書局，1996年），頁52。

10 林雙不：《台灣新樂府》，頁29。

「……林雙不既然提倡樂府風格，並且心雄氣壯地要為新樂府創造典範。他對八〇年代的台灣文壇當然有它的反省與觀察。」[11]我們知道白居易的文學是關心民瘼的里巷采風，因此在八〇年代有些讓人看不懂的詩，也會讓他提出來反省與批判。林雙不有這系列的詩，專注於故鄉人民的生活，先來看〈苦旱〉[12]與〈挖井〉[13]；這兩首詩寫出故鄉東勢村，因天旱不下雨，插不下秧苗，村子的人們因爭水而打架的情況；秧雖然插下去了，等候不到雨水，詩云：「如果真是天的懲罰／卑微的我／怎麼敢講話／只是可憐了我那畦稻秧／空自綠了幾天／沒有機會舒展開／就成為枯萎的記憶」，看天吃飯的農民，也等不到水利會的圳水，就必須自求多福去想辦法。

天空無雨、水圳沒水總不能坐以待斃，農民必須自力救濟，只好在田頭田尾挖井，抽地下水來救急，沒想到安置在井邊的抽水機老是被偷，於是只好每次抽完水就把抽水機載回去，真是屋漏偏逢連夜雨，於是詩寫著：「既然天不下雨／就挖口井吧，阿爸／挖一口我們的深井／一口不屬於水利會的／深井／／挖在路邊／怕人偷走抽水機／就挖在另一頭的田堤／每天黃昏／把抽水馬達載回去／不要怕不好搬／抽水馬達雖然重／不靠路邊雖然遠／有我在呢，阿爸／不要怕／／不能就這樣投降／田是一定要種的／想一想，阿爸／為了開墾／祖先流盡他們的血汗／／當然不划算／三季稻子也賺不回一口井／但是阿爸／我們不能放棄的是　希望／／就挖口井吧／挖一口我們的深井／縱然老天堅持不下雨／看久了，阿爸／祂也會落淚」。

〈火車向前跑〉全詩有二十四段，這首詩寫故鄉東勢年輕人，因農村生存不易，跑到城市去求發展，以村莊的阿吉為詩中人物，去訴說從學生時代聽老師說，年輕人留在農村沒前途，必須到大城市才有機會，阿吉是家中的獨子又有五分地，本該在家承繼家產務農，卻一直想往都市，本來父母是不同意，但阿吉意志堅定，父母最後同意了，詩中寫著：「反正種田也沒收成

11 林雙不：《台灣新樂府》，頁17。

12 林雙不：《台灣新樂府》，頁108。

13 林雙不：《台灣新樂府》，頁96。

／既然孩子關心自己的前途／我們老的也擋不住／不如讓他去試試看吧」，但父母擔心的是「只是台北沒有泥土／不是高樓／就是柏油路／阿吉去了怎麼生活／這是老爸老母的隱憂」，純樸的農村小孩，投入城市沒有一技之長，只好去工廠打工，「在繁華的台北近郊／在電視機工廠裝零件／有吃有住／當然還有鑰匙俱樂部」，學到一些不正常的社交活動，這是村莊孩子到城市後的後遺症。

〈海口兄弟〉這篇寫的是鄉村小孩，進入城市想飛黃騰達、要頂天立地，卻在四處碰壁的絕境下，以鑰匙俱樂部來做消遣活動，學會花天酒地而淪為搶匪，當林雙不看到自己鄉親在電視上出現時，被戴上手銬的鏡頭，這首詩看到貧瘠鄉村年輕人的命運，其中有六段這樣的寫著：

我在螢光幕上看見你
看見夾在制服中瘦瘦弱弱的你
看見戴手銬的你
看見聆判後神情已死的你

完全陌生的你
給我的感覺卻那麼熟悉
因為你是我的海口兄弟
你黝黑的臉龐寫滿家鄉的貧瘠

工廠鷹架街頭坑底
你的熱汗追逐著微薄的台幣
沒有背景沒有學歷
你靠的只有一身粗蠻的力氣

海口的家鄉有年老的父母
海口的家鄉有稚弱的妻女
海口的家鄉有你悲苦的惦記
你忙碌終日卻養不活自己

是誰剝削壓榨逼你流落異鄉
是誰縱容特權迫你活不下去
你該向誰全力攻擊
不要傷害你自己的兄弟

不久之後的凌晨
槍聲一起
你就再看不到家鄉漁網和牛犁
慢慢走吧我苦命的海口兄弟

這首詩寫出雲林一帶許多年輕人，往大都會去討生活而淪為「兄弟」，因此才會有《台西風雲》[14]的影片出版，當然住在東勢村的林雙不，對於一些想到都市奮鬥的雲林青年，因學歷的關係或各種條件的不足，無法適應都會生活，在這首詩中有深入的敘述。

〈賣菜〉寫種菜的農民血本無歸的事實，農民生產的青菜也因為產銷的不合理或被剝削，常常把青菜作為肥料，埋入田野中。

〈阿爸要省油〉寫政府提倡節約能源的政策，諷刺一些政府官員開大車、官夫人打麻將、富二代打電動玩具的浪費行徑。

〈老農夫〉寫故鄉老農在家鄉耕種，收入不足養活自己，每天盼望在他鄉外里的兒子，寄錢回來，但這三個孩子讓老農夫空等待，由此詩了解農村許多老人都依靠外出工作的孩子賺錢回來，補貼其生活所需。

〈辭職〉一詩，透過寫一個有包青天之稱的女檢察官，到雲林的農會去辦農會職員集體貪瀆事件，檢察官的努力查辦，沒想到竟然惹來被調職的命運，可見地方農會是專門欺壓農民的機構，吃農民的肉、吸農民的血。

---

14 《台西風雲》由雲林縣虎尾鎮甘地出版社出版後，丁學經之父丁耀林，依此為藍本，在一九八三年主導拍攝一部電影《台西風雲》，並自行擔任編劇與導演，演員包括向雲鵬、易虹、馬如風、陳玉玫、蔡玉蓮等人。因此書與電影的印象，不但讓台西的「惡名」不脛而走，甚至也牽連整體雲林人，又在媒體刻意傳播下，惡名難除，久而久之，便成為雲林人抹之不去的印記。

三　林雙不散文中的雲林人生活素描

林雙不從十三歲開始創作散文，以「碧竹」為名發表作品，在他的處女作《古榕》[15]自序上寫著：「我該感謝上蒼給了我一個赤貧的家境。高築的債台令我很早就知道所謂的現實。令我懂得了生活的苦澀。苦悶的情緒逼我發洩。對金錢的渴求逼我提筆。」這段或說明了為了貼補家用提筆寫作，往後的寫作生涯中，他用稿費繳學費，繳母親的醫藥費，也用稿費買過肥料。找錢變成他創作的源動力，煮字療飢的動力逼他走向作家之路。

研究者陳麗雅的碩論《從「碧竹」到「林雙不」》中寫著：「在考量作品出版時使用的筆名、作家本人的寫作時間先後順序、作品表現出來的風格特色三個向度之後，將黃燕德一九七〇年至一九七八年間出版的散文和小說，歸之於抒情風格的『碧竹時期』；一九七八年至一九八四年間出版的散文集、評論集等，歸之於醞釀轉變中的黃燕德；一九八四年至二〇〇〇年間的小說集，歸之為批判風格的『林雙不時期』。」[16]這樣的分期確已掌握到其作品精神。此論文選擇討論的作品，選自《雲林縣青少年台灣文學讀本（二）》[17]中，書寫以雲林為撰寫地區的〈四弟二題〉、〈返鄉兩章〉、〈颱風天訪客〉三篇作品來論述。

筆者認為散文易寫而難工，題材又包羅萬象，上至天文，下迄地理、山丘、河川、花草、樹木都可入文，親情、友情、愛情、人情皆可成章。但好的散文每篇文章都必須「言之有物」與「言之有序」，無論思想、文字、結構都必須精心設計與創意營造，不管是抒情、寫景、言志、說理，行文須如行雲流水的自然而收放自如。正如楊翠所說：「……散文必須抒情不膩、寫景不華、敘事不煩、說理不俗，在自然平實之間，展現出情感的深度與思想

15 碧竹：《古榕》（台中市：光啟出版社，1979年，四版），頁3-4。

16 陳麗雅：《從「碧竹」到「林雙不」》（嘉義縣：中正大學中國文學研究所碩士論文，2002年6月）。

17 康原主編：《雲林縣青少年台灣文學讀本（二）》（雲林縣：雲林縣政府出版，2016年）。

的密度。」[18]一般寫散文的作家強調散文中必須「有我」，因此說：「散文是作家的身分證。」每一個散文家都會寫出自己生命或家鄉的特色，與其地區人民的生活特質，尤其童年的生活，可說是創作的源泉。

因此此次在雲林的散文選集中，選擇作品是屬於書寫雲林地區的歷史與人文，展現雲林在地的風土民情，反映鄉親的生活面貌或作家本人的童年往事，甚至鄉間集體的共同記憶。涵蓋各種生活層面，所展現出的雲林圖像，是鄉親們所關心的議題或生活中的種種記憶。

〈四弟二題〉，寫他四弟的兒時記事、四弟當兵前的心情，帶出對四弟的記憶，林雙不又用懺悔的口吻來描寫四弟的乖巧與乏人照顧，讓人了解六〇年代台灣的農村社會。其中有一個段落「魚骨頭」寫東勢地區，在六〇年代第五年，他的四弟喉嚨插著一根魚骨頭，由他揹去西藥房，請萬力仔仙把骨頭弄出來的事情。這段文章記錄著那個年代鄉村中，大人出去工作，小孩無人照顧，都由較大的兄、姊負責照料，有時必須揹在背上，因此有「三斤貓咬四斤貓鼠」俗諺產生。其中一題寫「領稿費」，寫四弟去台西郵局替他領稿費的事，結果匯票蓋錯了印章，沒領到錢卻從台西跑回到東勢的事情，這篇散文記錄了那個年代裡，東勢村民的生活面貌。因此，散文書寫最能保存在地的生活樣貌，展現一個地區的文化與歷史；特別透過寫童年的記憶、親情關係，或對故鄉的懷想，讓人有身歷其境的感受。

〈返鄉兩章〉有兩個子題：〈摔飛機〉與〈農保單〉。〈摔飛機〉寫故鄉摔下飛機的事情，透過這件事描寫故鄉鄉親的生活情況與思想觀念，軍機摔入田野這是一件多麼驚動鄉下人的新聞，當然引起鄉親們的圍觀，並議論紛紛，林雙不把它記錄下來了，以後也算一個歷史事件。〈農保單〉也暴露出農會及農保的一些問題。從書寫母親生病的原因，是工作操勞過度引起的疾病，文中有這樣的一段話：「母親是典型的台灣農婦，年輕時拚命種田，渴望用體力堆積子女生活的憑藉；做牛做馬省吃儉用甚至不吃不用，當然會有

18 楊翠主編：《彰化縣國民中小學臺灣文學讀本》（散文卷）（彰化縣：彰化縣政府出版，2004年），頁9。

一點成績，問題勢必須付出一生的代價！」[19]文中也寫出一些無知的鄉親，拿農保單去醫生館兌換物件，透露一些不肖醫生的偽造行為。

〈颱風天的訪客〉寫台灣的選舉文化，以及古坑地區，在國民黨政權的掩護下，假藉特定區的名目，對草嶺原有自發性風景區的各項利益私下分贓，在官商勾結下，利用公權力霸佔人民的土地。這篇文章除了書寫國民黨政府，選舉時常常做票的一些行為之外，主要是披露一九八〇年開始，國民黨政權把他們的住地要規劃成「草嶺風景特定區」的旅遊勝地，但在規劃過程中問題重重，文中寫著「……規劃完全不顧民意；規劃之初的居民同意書是偽造的，因山區交通不便，住民習慣寄放一個印章在村辦公處，同意的簽章就到用這個印章。……勾結大官和民代，在國民黨政權的掩護下，要藉特定區的名目，對草嶺原有自發性風景區的各項利益下分贓！以合法挾帶非法，遂行官商勾結！用所謂公權力當武器，強行霸佔住民一、二百年來生養所需的土地。」[20]這些不公不義的勾當，都被寫入文章中，為不肖人士留下污點紀錄，使後代的子孫能知道有些社會人士的不義行為。

林雙不曾在他的《台灣種田人》書中序文寫著：「……農村養我長大，我該怎麼來回報？當然，以我目前的學識、能力與情況，我不能有任何具體的行動；但我知道整個社會和一切有權力有能力的人能夠做這件事，只有他們或由於生活的隔閡，或由於宣傳的偏見，或由於苟安的心理，或由於有意的漠視，他們並不正視這個問題或雖然看到了，卻看不清楚。那麼，我必須努力的用我的筆將這種情況表現出來，讓他們重新重視、了解，而謀求改進。」[21]這段話寫出了林雙不的創作動機。一個作家該有人道的關懷精神，為卑微的人講話，出生鄉村的林雙不看到農村產生了許多問題，他只有訴諸文字去提出問題，希望有關單位能出來正視問題、解決問題。

---

19 康原主編：《雲林縣青少年台灣文學讀本（二）》（雲林縣：雲林縣政府出版，2016年），頁50。

20 康原主編：《雲林縣青少年台灣文學讀本（二）》（雲林縣：雲林縣政府出版，2016年），頁57。

21 林雙不：《台灣種田人》（台北市：水芙蓉出版社，1983年），頁2-3。

民國八十六年（1997）第六屆賴和文學獎，評審會召集人吳晟先生，推薦林雙不為文學獎候選人時，曾說：「……林雙不在寫作數十冊較具有社會批判性小說的年代，正是台灣社會民間改革力量與統治勢力衝突最激化的年代、開始化暗為明的時代。基於當時社會不公不義的急迫性，作家呈現立即的反應，選擇以最直截了當的手法，把受壓迫人民的悲苦、甚至憤怒，毫無保留的抒發，讀來痛快淋漓……。林雙不不只是台灣人面向的記錄者，他更借用文學手段，設法尋求『理想台灣人』的典範，全力要為欠缺自尊的台灣人，找到信仰的依歸……。」[22]吳晟中肯的推薦，獲得評審委員的肯定，使林雙不得到賴和文學獎。

四　林雙不小說中的雲林筍農悲歌

在小說創作上，碧竹時期的黃燕德出版有《李白乾杯》（後改名：《看！江東去》、《嗨！江東去》）等，這些小說「江東去」這一人物，屬於虛構的人物，讓江東去穿梭在這些小說之間，寫出七〇年代年輕人的一些問題；而寫年輕人對愛情的迷茫有《撥個電話給我》；在林雙不時期的小說，從《筍農林金樹——台灣島農村人物誌》後，有系列校園小說《大學女生莊南安》、《小喇叭手》、《決戰星期五》、《大佛無戀》等皆為校園批判的小說，探討台灣校園中的種種問題。

《安安靜靜台灣人》系列六冊，主要介紹一群想家的海外台灣人邱義昌、莊秋雄、楊宗昌、胡敏雄、吳秀惠、黃聰美、鄭啟賢、王博文等人的故事，這群人在台灣極度黑暗的年代裡，他們不求名利，冒著生命的危險，企圖為台灣的前途點燈，也披露海外台獨運動的辛酸史，這些作品批判到一些台面上人物，也引發一些外在的壓力，出版社也在各方的壓力下，停止發行這系列的小說。

《側寫王金河——台灣烏腳病之父的生命點滴》，以客觀敏銳的視野娓

---

22 康原編：《歷史與現實的啄木鳥》（台中市：晨星出版社，2008年），頁7。

娓道出五〇年代的烏腳病的故事，也寫出王金河的生命點滴，採小說的意境來刻劃王金河的人生，充滿著溫馨、親切而感人，這種寫法是傳記文學的典範，值得咀嚼再三的文本。

林雙不常說：「控訴不公不義，是作家的天職。」碧竹自從以林雙不為筆名之後，推出第一本的小說集是《筍農林金樹》，書的副題「台灣島農村人物誌」，這本小說集實際上以雲林地區，所接觸到的鄉親所面臨的各種問題去書寫，彭瑞金曾在評介中寫著：「作者有意藉人物的描寫網羅社會縱、橫兩個切面的種種變貌。單獨看起來顯得孤零零的人物素描，固然略顯單薄，全面串起來，卻不難發現作者有藉之勾畫台灣歷史與現實的宏偉創作企圖。」[23]，出版這本小說後，林雙不常常說：這只是一些短篇小說的結集，如果有機會，希望能把它寫成長篇小說，把一百多年來的台灣農村的演變，用故事把它串聯起來。

選擇林雙不的〈筍農林金樹〉與〈老村長的最後決戰〉，這兩篇收錄於「雲林作家選集小說卷」[24]的作品，作為本文論述的文本來討論。評論者林雨澄曾寫著：「自從〈筍農林金樹〉這篇小說在聯合報副刊登出來以後，林雙不成為當前官方欽定文藝政策的一株毒草。因為它毫不留情的把農民遭受政策迫害和商販剝削的實況暴露出來，於是一隻政治黑手出現，編輯先生開始為難了。」[25]在那個年代裡，言論是被約束的，當他發表這篇小說以後，農林廳長親自打電話給林雙不，詢問所寫的事件發生在哪裡？說他要去調查糾正。林雙不告訴農林廳長說：「那是台灣農村普遍的問題，是政府政策的問題。」

在這篇小說中有一段這樣寫著：

> 這天，在農會的大埕上，林金樹聽到筍農這樣的對談：

---

23 彭瑞金：〈1983年的兩篇異色小說〉，《自立晚報》，1984年1月13日。

24 陳憲仁主編：《雲林縣青少年台灣文學讀本（一）》（雲林縣：雲林縣政府出版，2016年）。

25 康原編：《歷史與現實的啄木鳥》（台中市：晨星出版社，2008年），頁27。

「每斤賣給販仔十三塊，販仔轉賣農會十九塊，農會的人向上面報，還是公訂的收購價格二十七塊。伊娘！」

「你是說，每公斤販仔賺六塊，農會的人賺八塊嗎？太沒天良了。我們種蘆筍的拚生拚死，還賺沒有他們多！社會有公道嗎？幹死伊娘！」說話是村北的狗屎吉仔。

「心肝太黑了，怪不得我們怎麼交都不合標準，怪不得販仔那麼喜歡向我們購買。」林金樹恍然大悟，才明白為什麼每天都有一半以上的蘆筍交不進農會。

「說什麼農會是農民的，騙肖！我就不相信那些穿皮鞋的肥豬哥會替我們這些打赤腳的爭取福利，只是吸我們的血而已。」

「以前不是好好的，現在反而悽慘落魄。為什麼政府要規定由農會收購？幹破伊娘，欺負我們青瞑牛。」[26]

摘錄這些農民的對話，可以知道這些不肖的官商如何勾結來欺騙這些憨直的農民。這是現實生活的真實紀錄，也是小說情節，林雙不利用小說人物的對話呈現出來。

另外還有一段，寫出了農會那些辦事員的嘴臉：

林金樹心中懷著熟悉的陰影，戰戰兢兢地把一箱整整齊齊的白嫩蘆筍送上檢驗台。辦事人員左翻右挑，又只挑出三公斤：

「其他的不合格，你載回去。」

「為什麼不合格？」林金樹想起剛剛狗屎吉仔講的話，勉強堆出笑容問道：「我的蘆筍田是全莊的人公認整理最好的筍田，為什麼每天都有這麼多不合格？」

「不合格就不合格，」農會的辦事人員沒有回答，蹲在一旁的小販群中，一個老鼠臉的搶著答道：「告訴你，太小了，不合標準，你的東

26 陳憲仁主編：《雲林縣青少年台灣文學讀本（一）》（雲林縣：雲林縣政府出版，2016年），頁38。

西連你太太都會嫌小，當然不合格，還好意思那麼大聲問。賣給我，一公斤十塊，公道價格，怎樣？」[27]

這樣一段一段的對話，把農村的一些問題告訴了讀者，也把鄉下人的生活記錄了下來。同時受辱的林金樹受不了羞辱，用三字經表現他的憤怒，並控訴執政者「在粉飾的面具下進行官商勾結的勾當，同時對農村農民進行思想的壓迫」，[28]然後與這些小販發生鬥毆，林金樹被打傷了，活靈活現地將小販嘴臉烘托出來，而農會人員隔岸觀火，好像不關農會人員之事，看到農會與小販一起欺壓農民。

這篇小說開始就把鄉下挖蘆筍的工作，寫得非常的詳盡，把農民的作息時間、工作的情況、種田的心情等寫得非常的具體，留下了鄉村人們的生活記錄，其實這是住在東勢的林雙不家中生活的速寫，在務農的家庭中長大的孩子，因為看清楚農村中的問題，農民被剝削的問題，他用小說的表現方式提出來控訴，常常聽到有人說：「文學家是社會的病理學家。」診斷出社會的病症。我們看到林雙不以柔性的口吻敘事，其實是一種批判性格的呈現。小說中的主人翁林金樹本是鄉村的農民，後來發現農會與商富勾結，剝削農民的事情，讓他產生抗議的情緒與舉動。

〈老村長的最後決戰〉是寫八〇年代初期，許多工廠到鄉村去設廠，當時許多鄉民興高采烈的歡迎，希望自己家鄉有工廠之後，年輕人能就近在工廠服務，就不必離鄉外出工作，開工以後形成了小市鎮，帶給農村都市化的景象。

工廠開工以後，空氣烏煙瘴氣，天空烏濛濛，全村臭味四溢，河水逐漸變色，水中的魚蝦死光了，雞鴨也死了，也看不到飛鳥。於是村民向村長說明，善良的村長還為工廠說話，說政府准許設立的工廠，一切都合法是不會

27 陳憲仁主編：《雲林縣青少年台灣文學讀本（一）》（雲林縣：雲林縣政府出版，2016年），頁39。

28 謝淑如：〈試論台灣文學中農民形象的政治性格——以洪醒夫〈吾土〉、林雙不〈筍農林金樹〉及宋澤萊〈打牛南村——笙仔與貴仔的傳奇〉為例〉，《台灣文藝》第156期（1996年），頁63。

汙染的，於是李阿川向村長提出了許多證據：

> 水生的鴨子死了。第二、我們的稻子死了，就算是得病，也不會全村的稻子都得病。全村空氣臭味像燒死人的骨頭；圳中魚蝦翻白肚浮到水面。臭氣對身體有害，吃的水也一定遭受汙染。
>
> 還有，在工廠上班的林天來突然死了，醫生又說：「是呼吸器官的癌症。」

老村長終於帶著村民向衛生所陳情、向派出所陳情、向縣議會陳情，為了村民的生命安全，得到的答案是「絕無問題」，到後來的「已經改善」，或「設法改善」，三年多過去了，村民一個一個病死了。老村長依舊無望地陳情著。

陳情無望後，老村長與村民決定採用武力攻擊工廠，卻換來村民被捕的下場，當老村長知道被汙染的土地，要經過五百年才能讓毒素消失，決定來一次生死決戰；這是抗議精神的具體呈現。

這篇文章，我們可以看出台灣農民的忍耐性格，常常在相信別人的話語中被騙，我們的政府常常保護財團與廠商，置農民的生死於度外，公務員處理事情以拖待變，人民只有採取自力救濟，在抗爭中突顯問題尋求改善。

讀林雙不的小說集，要去思考與反省，關心小說中人物的性格，與情節故事所告訴我們的事件，一般看來他小說中的人物，都在我們的身邊，就像是我們家的兄弟姐妹一樣，有血肉相連、榮辱與共的感受。林雙不筆下的人物，從老實的村夫、農婦，到教育界那些衣冠禽獸之類的人物，都會讓人有反省的思考。這兩篇小說中的林金樹與老村長的身影，如果你夠細心，台灣農村中的村夫到處都有這樣性格的人，這樣的小說是為台灣種田人來畫像。

五　結語：從林雙不作品中的雲林書寫面向談台灣的農村問題

民國五十二年（1963）黃燕德進入省立虎尾初中，就開始寫作，並以「碧竹」為筆名投稿，隔年以〈古榕〉一文，發表在《雲林青年》，展開他的寫作生涯，民國五十九年（1970），這年出版《古榕》、《山中歸路》、《班會之死》等三本書。

民國六十四年（1975）與王瑛芳女士結婚；民國六十五年（1976）從輔仁大學哲學研究所畢業後，在中壢士官學校服預官役，這年以〈春風〉一文得「文復會金筆獎」；民國六十八年（1979）發生美麗島事件，隔年發生林義雄宅血案，改筆名林雙不，開始以文學批判不公不義之事件，民國七十三年（1984）出版《筍農林金樹》挖掘農村問題；民國七十四年（1985）後開始書寫批判校園的小說《大學女生莊南安》、《小喇叭手》、《決戰星期五》、《大佛無戀》等書，民國七十六年（1987）以〈小喇叭手〉一文獲得「吳濁流小說正獎」；民國七十八年（1989）演講集《大聲講出愛台灣》被警總查禁。

民國八十一年（1992）三月，成立台灣教師聯盟並擔任會長，走入社會運動。民國八十三年（1994）辭去員林高中教職，專心從事台灣獨立運動。民國八十六年（1997）榮獲「賴和文學獎」，開始專心寫作《安安靜靜台灣人》系列小說。民國八十八年（1999）籌辦員林社區大學，成立後並任校長；民國九十一年（2002）轉任屏東教育局長，九十四年（2005）自教育局長卸任後，由屏東縣校長遴選委員會及屏東縣政府遴聘為屏東縣立滿州國民中學校長，旋於九十五年（2006）去職，直到九十八年（2009）出版《側寫王金河——台灣烏腳病之父的生命點滴》為止，就沒有再出版文學作品，現在隱居在花蓮，過著遛狗的生活，他體會到這個世間「狗比人更有感情」，於是謝絕訪客過著簡樸的生活。

林雙不是一位事事關心的作家，注視著台灣這塊土地與人民，他的作品背後就是他的人生，他認為文學家必須為卑微的同胞代言，他常說：「作家的天職是控訴不公不義」的事情，這與賴和所說：「勇士當為義鬥爭」是異曲而同工。

在彰化師大的碩論《林雙不寫實小說研究（1980-1987）》中，研究者王敏馨的訪問記中寫著：「……我的個性直率，在不正常的社會中，作家們變來變去，正常的話大家就能抬起頭。『我不當變形蟲』是寫小說一貫的目的，包括最近《安安靜靜台灣人》系列小說，記錄海外獨立運動經營的歷程，我把部分從事台獨運動人士的真面目寫出來，希望他們不要再騙台灣人……」[29]可見他的作品該可看作歷史小說來閱讀。

本論文選擇林雙不書寫雲林的文學作品，討論他作品中的鄉情與批判，以及他雲林書寫的面向，進而談及台灣的農村問題。出生在東勢村的林雙不，家庭是屬於農村的貧農階級，生活過著三餐不繼，因此「貧窮」是他生命面臨的一大問題，這問題也是五、六〇年代台灣農村普遍存在的現象，因此，他有許多篇章書寫農村經濟凋零的問題。

也因為家鄉的貧窮，村莊許多年輕男女到都市去找工作，純樸的農村小孩，不了解大都會的人心險惡，常常誤入歧途，女孩被引入色情行業出賣靈魂，男孩淪入黑道兄弟，幹出搶、殺、擄、盜之事，最後被繩之以法。

為什麼會造成農村凋敝呢？水利會不能幫農民解決用水問題，政府只注重發展工業，常把農用水引入工業用水，造成沒水灌溉加上久旱不雨，農民為了灌溉用水，自己挖井取水，沒想到抽水機被不肖者偷去，政府治安不好而宵小到處橫行；還有年輕人進入都是找職業，農村的人力不足，這也是台灣農村潛藏的問題。

另外，許多工廠蓋在農地上，空氣汙染村莊，使村民染上呼吸道的疾病，死於肺癌的村民增多；工廠廢水排入水溝造成河水汙染，使河渠中的魚蝦死亡，甚至養鴨、養鵝的家禽也因此死亡。

政府對農民的產銷政策沒有善盡職責，農產品沒有計畫生產，造成滯銷的情況發生，在銷售方面也沒保障，使中間商人對農民剝削；甚至於有不肖之徒，與農會職員進行勾結，上下交相賊而獲其利，在《筍農林金樹》一書中，有詳盡的書寫，這些都是林雙不作品中所呈現出的問題。

林雙不本著人道的寫實文學精神來創作，他曾寫著：「我秉承寫字人的良心，不做變形蟲……包括戒嚴、國民黨統治，我習慣指名道姓來寫，我的文學不只是文學而已，應該是歷史的一部分，特別在八〇年代以後我把文學

29 王敏馨：《林雙不寫實小說研究（1980-1987）》（彰化縣：彰化師範大學國文研究所碩士論文，2004年），頁264。

當工具來對待」[30]因此，我們可以從林雙不的詩、散文、小說中，看到台灣社會的變遷以及農村的變貌。

30 林雙不：〈筆名二題〉，《一盞明燈》（台北市：九歌出版社，1981年），頁207-208。

參考資料

一　專書

碧　竹　《古榕》　台中市　光啟出版社　1979年　四版
程雙雨（林雙不）　《白沙戲筆詩》　台北市　水芙蓉出版社　1981年
林雙不　《台灣種田人》　台北市　水芙蓉出版社　1983年
林雙不　《台灣新樂府》　台北市　草根出版社　1996年
林雙不　《安安靜靜台灣人》　台中市　晨星出版社　2000年
楊翠主編　《彰化縣國民中小學臺灣文學讀本》（散文卷）　彰化縣　彰化縣政府出版　2004年
康原編　《歷史與現實的啄木鳥》　台中市　晨星出版社　2008年
林雙不　《側寫王金河——台灣烏腳病之父的生命點滴》　台南市　財團法人王金河文化基金會　2009年
陳憲仁主編　《雲林縣青少年台灣文學讀本（一）》　雲林縣　雲林縣政府出版　2016年
康原主編　《雲林縣青少年台灣文學讀本（二）》　雲林縣　雲林縣政府出版　2016年

二　論文及其他論著

彭瑞金　〈1983年的兩篇異色小說〉　《自立晚報》　1984年1月13日
謝淑如　〈試論台灣文學中農民形象的政治性格——以洪醒夫〈吾土〉、林雙不〈筍農林金樹〉及宋澤萊〈打牛南村——笙仔與貴仔的傳奇〉為例〉　《台灣文藝》第156期（1996年）
陳麗雅　《從「碧竹」到「林雙不」》　嘉義縣　中正大學中國文學研究所碩士論文　2002年6月
王敏馨　《林雙不寫實小說研究（1980-1987）》　彰化縣　彰化師範大學國文研究所碩士論文　2004年

現實的擁抱與詩藝的告白：

曾美玲詩創作歷程及文本分析*

王文仁

虎尾科技大學通識教育中心教授

摘要

在一九六〇世代女詩人中，葡萄園詩社的曾美玲（1960-）是較少為論者們注意，卻已繳出豐碩成果的一人。在三十多年創作路途中她完成六本詩集，創作路向廣及自然之美的詠嘆、情思的捕捉和反饋、以詩論詩、現實的關懷，及貫串創作歷程的「相對論」四行詩。從相應的分析可以了解，曾美玲對自然的喜愛與情感的珍視，與從小生活於鄉間有關，也和她質樸真誠的性格相合。在此同時，詩一直是她心靈最堅實的伴侶，她在諸多詩行中表述了詩的理念，強調詩人理應面向現實世界對不公不義發聲。最後，在長達十八年的努力下，她完成一百首四行體哲理詩的寫作，以女性獨有的細膩、浪漫和婉約，開展出臺灣詩壇少有的哲理之境，也展現對土地與生命的深刻反思。

關鍵詞：曾美玲、一九六〇世代、相對論、四行詩

---

* 本文已刊錄王文仁：《想像、凝視與追尋：1960世代臺灣詩人研究集》（臺北市：博楊文化事業公司，2018年1月），頁247-291。

一　前言：曾美玲詩創作歷程與創作趨向概述

在一九六〇世代女詩人中，葡萄園詩社的曾美玲（1960-）是較少為論者們注意，卻已繳出豐碩成果的一人。曾美玲一九六〇年出生於雲林，中小學以前都在虎尾渡過，童年期間大自然的沉浸成為其日後創作重要的養分。國中畢業後，北上就讀北一女，在同學與老師的影響下廣泛閱讀中外文學作品，為日後的文學創作打下基礎。高中畢業考入師範大學英美文學系，主修英美文學。[1]大三時，詩人余光中自香港返臺擔任英語系主任，點燃系上創作風氣，她也開始寫作新詩[2]，並顯現創作初期的能動性。[3]一九八四年回到故鄉虎尾高中擔任英文教師，並應創辦人文曉村（1928-2007）之邀，加入風格清新健朗的「葡萄園詩社」，開始在詩壇上嶄露頭角。

一九九五年，曾美玲出版首部詩集《船歌》，所收五輯作品中有四輯以「歌」為名[4]，不僅與書名相呼應，也落實了作者「童年的歌聲／沿月光小溪／輕輕拍醒／沈重的睡眠」[5]的美好想像。詩集中作品按年代排列，且預示了詩人創作上的兩個重要趨向：一是作為女詩人，曾美玲在具象事物的描繪中，大量表現著青春以及童趣、愛情、母愛的色彩。[6]這種以浪漫、抒情來擁抱現實的主調，以及回歸自然、天真質樸的書寫特性，成為其寫作的主

1 沈建志、高靖惟：〈訪曾美玲老師——談新詩的創作〉，《葡萄園詩刊》第149期（2001年2月），頁37-38。

2 曾美玲：〈後記〉，《船歌》（臺北市：葡萄園詩刊雜誌社，1995年），頁148。

3 一九八一年五月，曾美玲在《幼獅文藝》第329期首次發表詩作〈船歌〉。同年稍早，她以童詩〈明天學校期末考〉、〈小婷婷〉獲得師大童詩創作比賽優勝及佳作，大四時又以〈校園漫思〉一詩獲得校園新詩比賽優選。

4 五輯的名稱分別是：「船歌」、「出發之歌」、「小鳥之歌」、「初夏印象」、「天使之歌」。

5 曾美玲：〈歌聲〉，《船歌》（臺北市：葡萄園詩刊雜誌社，1995年），頁108。

6 文曉村：〈船歌，一盞溫馨的燈：序曾美玲詩集《船歌》〉，收入《船歌》（臺北市：葡萄園詩刊雜誌社，1995年），頁1；夏元明、周聖弘：〈曾美玲詩漫評〉，《葡萄園詩刊》第134期（1997年5月），頁18；萬登學：〈纖柔溫婉的詩美——評曾美玲詩集《船歌》〉，《葡萄園詩刊》第138期（1998年5月），頁80。

要驅動力；二是少女時期對詩的熱愛，幾近瘋狂而投身入詩神的懷抱[7]，因而有不少作品談藝術、談寫作、談詩人，這類詩作在爾後亦有進一步發揮。二〇〇〇年，《囚禁的陽光》[8]出版，此集在二〇〇四年獲得第九屆詩歌藝術學會詩歌創作獎。集中，作品不再按年代排列，而是以內涵風格區分為七輯，觸及的議題也從花草自然、情愛及藝術的追索，擴展至對校園、社會議題的探討，以及詩形式的試煉和探索。這個階段詩人的眼光已由「由小我之情，擴展到更為廣闊的世界。」[9]在社會議題的剖析上，大量描寫國際與臺灣社會所發生的重大事件。這些作品表達出詩人對社會的關懷，以及試圖為受災婦女、兒童和在這塊土地走過災難的同胞們獻上真摯的祝福。[10]此外，詩集第二輯「相對論」收入二十四首四行體哲理詩，這些作品以兩兩相對的事物名理為題，試圖創造對比之美，傳達人生的警惕[11]，也成為詩人爾後詩創作的主軸。

二〇〇四年，香港銀河出版社出版了《曾美玲短詩選》[12]，作品涵括兩個部分：一是十八首「相對論」，其中六首作品出自於《囚禁的陽光》[13]，十二首為新作；二是另收錄十八首短詩，其中四首為舊作[14]，十四首新作。集子採中英對照方式呈現，英譯工作由作者完成，這也讓其作品有機會與世界文壇交流。[15]二〇〇八年，《午後淡水紅樓小坐——曾美玲詩集》[16]出版，

---

7 曾美玲：〈後記〉，《船歌》（臺北市：葡萄園詩刊雜誌社，1995年），頁148。

8 曾美玲：《囚禁的陽光》（臺北縣：詩藝文出版社，2000年）。

9 文曉村：〈詩歌視野與藝術表現——序《囚禁的陽光》〉，《囚禁的陽光》（臺北縣：詩藝文出版社，2000年），頁16。

10 曾美玲：〈無悔的選擇——《囚禁的陽光》後記〉，《囚禁的陽光》（臺北縣：詩藝文出版社，2000年），頁181-182。

11 洪淑苓：〈詩與生活的協奏：曾美玲《囚禁的陽光》評介〉，《文訊》第180期（2000年10月），頁23。

12 曾美玲：《曾美玲短詩選》（香港：銀河出版社，2004年）。

13 分別是〈生與死〉、〈愛與恨〉、〈英雄與美人〉、〈海浪與貝殼〉、〈嬰孩與老人〉、〈大樹與小鳥〉。

14 〈詩集〉出自於《船歌》，〈秋天〉、〈木棉樹〉、〈哀黛妃〉出自於《囚禁的陽光》。

15 葉繼宗：〈給詩歌插上翅膀〉，《葡萄園詩刊》第164期（2004年11月），頁73。

詩集的命名與詩人畢業後在淡水國中短暫任教有關[17]，創作趨向主要延續先前對自然、情愛與藝術刻劃的喜好，也納入社會關懷的議題，「相對論」上則又有十六首新作完成。二〇一一年，曾美玲結束長達二十九年的教書生涯，更專注於新詩的創作。[18]二〇一二年誕生了第五本詩集《終於找到回家的心》，所涉主題有與大自然的互動、對土地的關懷、給家人的情詩，也有「相對論」三十首。特別的是，第六輯「聖誕四重奏」中有不少詩作描寫宗教的心靈力量，同時點出詩創作的歷程乃是心靈尋找永恆歸宿的歷程。[19]二〇一五年，第六本詩集《相對論一百》[20]出版，收錄一九九六年以來的「相對論」四行詩作共一百首，其中新作十八首、舊作八十二首。所有作品皆以中英對照方式呈現，以其繁複多樣、包羅萬象的樣貌，展現相對論形式上的巧思。[21]

綜觀曾美玲的創作可以發現幾個主要的創作路向，其中有內容意旨上的追求，也有形式上的經營與鍛鍊：一是對自然之美的詠嘆與描摹，或描寫季節變化，或歌頌山雲花草，乃至於記錄旅次等，皆有其可觀之處；二是情思之捕捉、記錄與反饋，由個人情懷之抒發，廣及親愛、愛情、友情與師生之情的情詩寫作，深刻表現出女性詩人獨有之溫婉柔情；三是以詩創作、詩人為書寫對象的論詩之作，或以熬燉詩人心血，或以贈答敬佩之詩友；四是關

16 曾美玲：《午後淡水紅樓小坐——曾美玲詩集》（臺北市：秀威資訊科技公司，2008年）。

17 曾美玲大學畢業後，在淡水國中任教了一年，青春的步伐踏遍了小鎮，之後她每次到臺北一定會到淡水行走，乃有了〈午後淡水紅樓小坐〉一詩以及這本詩集的命名。曾美玲：〈後記〉，《午後淡水紅樓小坐——曾美玲詩集》（臺北市：秀威資訊科技公司，2008年），頁205。

18 曾美玲：〈《終於找到回家的心》後記〉，《終於找到回家的心》（臺北市：秀威資訊科技公司，2012年），頁185。

19 曾美玲：〈《終於找到回家的心》後記〉，《終於找到回家的心》（臺北市：秀威資訊科技公司，2012年），頁188。

20 曾美玲：《相對論一百》（臺北市：書林出版公司，2015年）。

21 李有成：〈短歌行——讀曾美玲的《相對論一百》〉，《相對論一百》（臺北市：書林出版公司，2015年），頁27。

懷現實之作，以臺灣或國際社會為場域，以女性獨特之眼光，抒發對種種現實事件的觀察和省思；五是貫串其整體創作歷程，形式特殊的「相對論」四行體短詩，前後一百首不間斷的經營，相當值得關注。在整體發展的階段上，一、二兩個創作路向明顯集中於其創作的初期，三、四兩個創作路向則是中年之後詩人較極力經營的部份，至於最後一個路向則跨越了其創作的各個階段，因此下文我們將分成三個小節，來論析曾美玲創作上所開展的詩版圖。

二　季節、花的詠歎和愛的擁抱式：曾美玲的自然與親情書寫

詩人對自然的熱愛、描摹和詠嘆，從在詩道路出發時便已顯露無疑；而這與其從小生長於鄉野之間，熱愛悠遊於花草林間，記錄自然季節之變化，並在與自然接觸的旅次中寄託個人情思有關。就書寫季節一點而言，從《船歌》開始便有不少作品直接以季節為題，將季節作為觀察、描寫的對象。〈春天速寫〉[22]中，詩人描寫剛學會走路的女兒走進花叢，在陽光戲弄下喚醒小草與大地的歡呼。〈出發〉[23]裡，四月被形容為「童話的季節」。[24]〈春之序曲〉[25]寫到，某個三月早晨詩人觀看道路兩旁的羊蹄甲，像芭蕾者般舞著春之序曲，樹下一群女學生交換粉紅色的祕密，「忍不住牽掛／花兒們比詩燦爛／比夢短暫的／一生」。[26]所謂比詩燦爛而比夢短暫，既在描寫花期之短與綻放之美，也在呼籲我們珍惜良辰時光。

春天是值得歡欣的時刻，夏天則不免有躁熱之嫌，〈夏雨〉中詩人形容

22 曾美玲：〈春天速寫〉，《船歌》（臺北市：葡萄園詩刊雜誌社，1995年），頁52-53。
23 曾美玲：〈出發〉，《船歌》（臺北市：葡萄園詩刊雜誌社，1995年），頁43-45。
24 曾美玲：〈出發〉，《船歌》（臺北市：葡萄園詩刊雜誌社，1995年），頁43。
25 曾美玲：〈春之序曲〉，《終於找到回家的心》（臺北市：秀威資訊科技公司，2012年），頁163-165。
26 曾美玲：〈春之序曲〉，《終於找到回家的心》（臺北市：秀威資訊科技公司，2012年），頁165。

夏雨猶如「午後大地／一場即興演奏／囚禁的心隨奔放的旋律／清澈的音符／釋放」。[27]〈夏正離去〉[28]、〈夏天走的時候〉[29]，則點名夏天是不那麼受人歡迎的季節。與春夏相較，「秋天是一名／出色的設計師／替楓葉剪裁／精巧的花邊／為稻子吹整／金黃的秀髮／給天空撲上／醉人的腮紅」。[30]詩人對秋天遠甚於其他季節的喜愛，顯露在她將秋雨視為是「吹弄寧靜的小調／吟哦忘情的詩行／你瀟瀟灑灑離去／一路揮別／亙古的蒼涼」[31]，肯認秋葉是「轟轟烈烈／愛過恨過哭過笑過／尋尋覓覓／飛過舞過夢過詩過」。[32]〈秋之思〉[33]裡透過六首小詩，從不同的角度勾勒秋天的樣貌。至於四季之末的冬，在詩人的創作中僅有〈冬雨〉[34]一首以冬為題；只能說，詩人偏愛前三者而婉拒冬之炎涼，因之在〈人生四季〉裡也是說著：「浪漫多情的春風早已遠行／意氣風發的夏日迅速退場／秋風瀟灑來去，比夢更輕更短促／冬雪呢？怎麼遍尋不著？」[35]

季節之外，詩人對自然事物的描繪以花為大宗。除去「相對論」系列短詩，在詩題中直接以花為名者有二十首，若合計「相對論」系列則更有二十八首。[36]其中，「玫瑰」、「香水百合」、「向日葵」出現多次，儼然成為詩作

27 曾美玲：〈夏雨〉，《終於找到回家的心》（臺北市：秀威資訊科技公司，2012年），頁166-167。

28 曾美玲：〈夏正離去〉，《船歌》（臺北市：葡萄園詩刊雜誌社，1995年），頁33-34。

29 曾美玲：〈夏天走的時候〉，《船歌》（臺北市：葡萄園詩刊雜誌社，1995年），頁46-47。

30 曾美玲：〈秋天〉，《囚禁的陽光》（臺北縣：詩藝文出版社，2000年），頁30-31。

31 曾美玲：〈秋雨〉，《午後淡水紅樓小坐——曾美玲詩集》（臺北市：秀威資訊科技公司，2008年），頁36。

32 曾美玲：〈秋葉〉，《終於找到回家的心》（臺北市：秀威資訊科技公司，2012年），頁50。

33 曾美玲：〈秋之思〉，《午後淡水紅樓小坐——曾美玲詩集》（臺北市：秀威資訊科技公司，2008年），頁50-53。

34 曾美玲：〈冬雨〉，《曾美玲短詩選》（香港：銀河出版社，2004年），頁28。

35 曾美玲：〈人生四季〉，《終於找到回家的心》（臺北市：秀威資訊科技公司，2012年），頁31。

36 《船歌》中有〈花季〉、〈玫瑰〉、〈天堂鳥〉、〈九重葛〉等四首，《囚禁的陽光》中有

中花草世界中的主調。詩人何以如此熱衷於寫花？在〈曾經〉裡她說：「這原是熱愛的主題／曾經，花是生命中／沉默的星星／歌唱的精靈」。[37]〈種花〉則告訴我們，童年在老家門前空地種植花木、牽掛花兒成長的經驗，成為生命中相當重要的印記。[38]以花為題的詩作，在詩人的整體創作中自然呈現兩種趨向：一是以童稚的眼光、生動的言語，正面地讚頌花或童年生活；二是將花連繫上親情、友情或生命美好的片刻。

前者如〈天堂鳥——瓶花之二〉[39]，將天堂鳥比喻成受困的金鳥，奮力張舉希望的翅膀嚮往遨遊天際。〈曇花〉一詩寫曇花總在夜裡「以訣別之心／高唱天鵝之歌」。[40]〈油菜花〉以「像天真爛漫的學童／牽著彼此／嫩黃的小手」[41]，靈巧點出油菜花的特點。〈繡球花〉則以「盛開的容顏／暗藏昨夜的淚滴」[42]，將繡球花形容為出嫁的新娘。此外，向日葵被比喻成初夏花園裡站立一盞盞希望的明燈[43]，一群穿越百年孤寂、冷漠人心的微笑小太

〈曇花〉、〈油菜花〉、〈繡球花〉、〈康乃馨〉、〈向日葵〉、〈桔梗花——寫於情人節〉、〈紫羅蘭——聆聽女兒彈奏鋼琴小品「紫羅蘭」〉、〈睡蓮——觀莫內畫作「睡蓮池．綠之韻」〉等八首，《曾美玲短詩選》中有〈桂花〉、〈玫瑰的告白〉等兩首，《午後淡水紅樓小坐——曾美玲詩集》中有〈向日葵〉（詩題同前，內容不同）、〈香水百合〉、〈薰衣草〉、〈雞冠花〉等四首，《終於找到回家的心》中則有〈香水百合〉（詩題同前，內容不同）、〈種花〉兩首，至於最後輯錄於《相對論一百》中的「相對論」系列小詩中也有〈玫瑰與小草〉、〈花與蝶〉、〈花蝴蝶與毛毛蟲〉、〈花朵與蝴蝶〉、〈羣花與石頭〉、〈花〉、〈紅花與綠樹〉、〈花開與花落〉等八首以花為題。

37 曾美玲：〈曾經〉，《終於找到回家的心》（臺北市：秀威資訊科技公司，2012年），頁46-47。

38 詩人在詩中指出，長大後每逢星空特別燦爛的深夜，「熟悉的香氣縷縷自記憶的／花園，飄出／我又變回種花的女孩／老家的空地變成一畝／綠色的稿紙，植滿一行行／思念的詩」。曾美玲：〈種花〉，《終於找到回家的心》（臺北市：秀威資訊科技公司，2012年），頁157。

39 曾美玲：〈天堂鳥〉，《船歌》（臺北市：葡萄園詩刊雜誌社，1995年），頁76。

40 曾美玲：〈曇花〉，《囚禁的陽光》（臺北縣：詩藝文出版社，2000年），頁23。

41 曾美玲：〈油菜花〉，《囚禁的陽光》（臺北縣：詩藝文出版社，2000年），頁26。

42 曾美玲：〈繡球花〉，《囚禁的陽光》（臺北縣：詩藝文出版社，2000年），頁27。

43 曾美玲：〈向日葵〉，《囚禁的陽光》（臺北縣：詩藝文出版社，2000年），頁27。

陽。[44]雞冠花是鮮紅的希望，「安靜地蹲在／童年的竹籬笆旁／忠心守護老家的／晨昏」。[45]庭院的桂花樹總是「誕生如詩的小花／訴說著秋天的童話」。[46]香水百合則嚮往熱烈的綻放，「穿越現實風雨／在夢想的天空／／把滿腔豪情／揮灑」。[47]

後者如〈花季——給即將上大學的弟弟〉寫十月的花季中，弟弟即將前往異地上大學，以「花徑鋪落蘋果童話／等候奕奕的園丁」[48]，給予學識滿載的期待和祝福。〈九重葛——給爸媽〉[49]用老家門口兩株九重葛比喻結褵三十五載的爸媽，總是無畏風雨守護溫暖的家。〈康乃馨〉[50]寫康乃馨總散發著母愛的芬芳，幸福的孩子捧著鮮紅的花束含笑投入母親的懷抱，不幸的孩子拿著白色的花朵追思天國的母親。〈桔梗花——寫於情人節〉[51]以桔梗花作為愛情的代表，在荒蕪的心上彩繪著夢的顏色。〈睡蓮——觀莫內畫作「睡蓮池・綠之韻」〉以「回歸最初的天地／向永恆的時空／輕輕擎起／綠色的希望」[52]，描繪睡蓮之姿及其所代表的光明形象，並讚揚莫內（Claude Monet, 1840-1926）的畫給予人們平靜一如和諧的樂章。

在上述這兩類以花為主題的詩作中，詩人大量運用了譬喻和擬人的手

---

44 曾美玲：〈向日葵〉，《午後淡水紅樓小坐——曾美玲詩集》（臺北市：秀威資訊科技公司，2008年），頁25。

45 曾美玲：〈雞冠花〉，《午後淡水紅樓小坐——曾美玲詩集》（臺北市：秀威資訊科技公司，2008年），頁168。

46 曾美玲：〈桂花〉，《曾美玲短詩選》（香港：銀河出版社，2004年），頁34。

47 曾美玲：〈香水百合〉，《終於找到回家的心》（臺北市：秀威資訊科技公司，2012年），頁52-53。

48 曾美玲：〈花季——給即將上大學的弟弟〉，《船歌》（臺北市：葡萄園詩刊雜誌社，1995年），頁29。

49 曾美玲：〈九重葛〉，《囚禁的陽光》（臺北縣：詩藝文出版社，2000年），頁110-111。

50 曾美玲：〈康乃馨〉，《囚禁的陽光》（臺北縣：詩藝文出版社，2000年），頁28-29。

51 曾美玲：〈桔梗花——寫於情人節〉，《囚禁的陽光》（臺北縣：詩藝文出版社，2000年），頁118-119。

52 曾美玲：〈睡蓮——觀莫內畫作「睡蓮池・綠之韻」〉，《囚禁的陽光》（臺北縣：詩藝文出版社，2000年），頁137。

法，讓花語顯得格外生動、鮮活。這些作品與前述描寫季節的詩作，表面上都是極力刻劃自然，擁抱花草婆娑的世界，實則透顯的是詩人萬物靜觀皆自得的少女之心，以及對人情溫暖的重視。其所一再追求者，即如〈木棉樹〉所言：「穿透灰暗的／水泥叢林／我聽見群花／朵朵／爆裂／／撥開雲層／輕輕喚醒／囚禁的陽光」。[53]當城市的喧囂阻礙了聆聽自我的聲音，當厚實的水泥牆區隔了真摯的美好，詩人以「穿透」之語寄望人們重新珍視自然。此外，前詩中的「爆裂」二字，強調自然生命的動態與力量，詩人也企盼此一純真的力量，能讓被都市叢林囚禁的陽光露出真實臉龐。[54]

對自然的喜愛，也顯現在詩人對流浪與旅行的渴望。寫於一九八二年的〈流浪〉，以「蝸牛把家駝著走／我駝著天空走」[55]，表達了對大千世界探索的渴望與引吭高歌的瀟灑。一九八八年的〈溪邊〉也以「流浪歸來／隨秋陽，一路折回／溪邊的童年」[56]作為起始，點出青春嬉戲式的流浪充滿笑聲與歡樂。二〇〇五年的〈蝸牛與蝴蝶〉[57]，再次以「失去一整座天空的蝸牛」比喻為日常奔波、扛著沈重負擔的現實，想起童年的願望就是長出夢的翅膀四處流浪，但同時也渴望有個溫暖的家。二〇〇八年的〈旅行〉，「蝸牛」的意象再次出現，詩人用「白雲的心」點出流浪和旅行的想望，在廣大的自然中，她「真想躺下／什麼也不懸念／像初生的小草／緊緊擁抱／大地的母親」。[58]從整體創作脈絡來看，一九九四年後詩人漸或有書寫旅行的詩作，二〇〇四年後這類作品開始大量增多，有關大自然的描繪與生命的體悟

53 曾美玲：〈木棉樹〉，《囚禁的陽光》（臺北縣：詩藝文出版社，2000年），頁24-25。

54 一如萬登學所言，〈木棉樹〉這首詩展露了曾美玲的人文關懷，也可以說是一首立意甚遠的環保詩。萬登學：〈給詩插上飛翔的翅膀——評曾美玲詩集《囚禁的陽光》〉，《葡萄園詩刊》第150期（2001年5月），頁60。

55 曾美玲：〈流浪〉，《船歌》（臺北市：葡萄園詩刊雜誌社，1995年），頁15。

56 曾美玲：〈溪邊〉，《船歌》（臺北市：葡萄園詩刊雜誌社，1995年），頁54-55。

57 曾美玲：〈蝸牛與蝴蝶〉，《午後淡水紅樓小坐——曾美玲詩集》（臺北市：秀威資訊科技公司，2008年），頁28-29。

58 曾美玲：〈旅行〉，《午後淡水紅樓小坐——曾美玲詩集》（臺北市：秀威資訊科技公司，2008年），頁59。

也成為重心，像是〈憶墾丁〉[59]、〈給愛河〉[60]、〈印象溪頭〉[61]、〈幸福車站——北海道記遊〉[62]，以及二〇〇四年遊法所寫就的四首「遊法詩抄」[63]，也都以一頁頁自然情景的喚醒，點出旅人眷戀的步伐及其人文關懷。

在呼喚人們珍視自然之美的同時，詩與心靈總屬於童話世界的詩人[64]，也總能以女性獨到的觀察與柔情，擁抱青春、擁抱愛。作為早期出發的重要標誌，在〈船歌〉[65]中，她以小時候總愛摺一只白色紙船，妹妹當大副而她當船長，對比不知何時妹妹已經出嫁，小紙船也不復存在。透過今昔相比，詩人闡述了時光的流逝，以及擁抱青春的企盼。曾獲師大新詩比賽優選的〈校園漫思〉，則是透過曉霧、少女、陽光、椰影、噴泉、單車、髮絲，有層次的構築出一幅美麗、動人的校園景象。[66]少女情懷總是詩，在早期的《船歌》與《囚禁的陽光》中，收錄了大量書寫情愛的詩作。〈初戀〉[67]以無數起伏青春的心來勾勒年少的情愛，「把初戀女子纏綿相思的『千般滋味』

---

59 曾美玲：〈憶墾丁〉，《午後淡水紅樓小坐——曾美玲詩集》（臺北市：秀威資訊科技公司，2008年），頁68-71。

60 曾美玲：〈給愛河〉，《午後淡水紅樓小坐——曾美玲詩集》（臺北市：秀威資訊科技公司，2008年），頁66-67。

61 曾美玲：〈印象溪頭〉，《終於找到回家的心》（臺北市：秀威資訊科技公司，2012年），頁41-43。

62 曾美玲：〈幸福車站——北海道記遊〉，《午後淡水紅樓小坐——曾美玲詩集》（臺北市：秀威資訊科技公司，2008年），頁84-86。

63 這四首作品都收錄於《午後淡水紅樓小坐——曾美玲詩集》（臺北市：秀威資訊科技公司，2008年），分別是〈致梵谷——遊法詩抄〉、〈訪巴黎聖母院——遊法詩抄〉、〈聖米歇爾修道院所見——遊法詩抄〉、〈雪儂梭堡印象——遊法詩抄〉。

64 馮異：〈在童話與現實之間——讀曾美玲詩集《船歌》〉，《葡萄園詩刊》第128期（1995年11月），頁75。

65 曾美玲：〈船歌〉，《船歌》（臺北市：葡萄園詩刊雜誌社，1995年），頁3-4。

66 一如徐哲萍所言，這首詩在意境和寫作技巧上都相當成功，從靜的畫面寫到聲音，有一整全性的交織，寫出了校園之晨，絲絲入扣、感人心弦。徐哲萍：〈評曾美玲「校園漫思」〉，收入《船歌》（臺北市：葡萄園詩刊雜誌社，1995年），頁145-147。

67 曾美玲：〈初戀〉，《船歌》（臺北市：葡萄園詩刊雜誌社，1995年），頁48-49。

『咬人』心，描寫得極其細膩、傳神。」[68]〈愛情三部曲〉[69]寫少年、中年、老年等不同時期的愛情，激情隨著時間消逝但廝守、分享生命的心則不會改變。〈愛的告白〉則是宣示，不管清澈陰暗，「在我靈魂的國度裡／你是唯一的月亮／也是永恆的太陽」。[70]

對曾美玲來說，愛是如此純粹而若陣陣春風，當愛情降臨總會感覺到一股神祕的力量，「喚醒沉寂的心靈／我看見世界全然不同」。[71]因此，她以海洋的靈思與群山的智慧，來比喻女子及其伴侶的關係，認為所謂愛情就是要「共譜和諧人生」。[72]比較特別的是〈愛情〉[73]這首詩，刻意採取一篇四段、一段四行、每行六字的形式，以春水、夏焰、深秋的紅雀、嚴冬的雪花來比喻愛情如下的進程：「不知不覺→分分秒秒→捉摸不定→無聲無息」。分別來看，四段的詩行本身就是具體而微的一首小詩，組合之後則時間的流逝也演繹著情感的變化，整齊的形式不僅相當富音樂性，也鮮明地闡釋著愛情的樣貌。

愛情之外，曾美玲也相當熱切於經營親情和師生之情的課題。感念於母親的恩情，她在不同時期都曾寫下以母親為題的詩作。像是一九八一年寫過〈媽媽——獻給母親〉[74]，一九九六年有〈豬心——獻給母親〉[75]一作，二

---

68 文曉村：〈船歌，一盞溫馨的燈：序曾美玲詩集《船歌》〉，《船歌》（臺北市：葡萄園詩刊雜誌社，1995年），頁3。

69 曾美玲：〈愛情三部曲〉，《囚禁的陽光》（臺北縣：詩藝文出版社，2000年），頁108-109。

70 曾美玲：〈愛情的告白〉，《囚禁的陽光》（臺北縣：詩藝文出版社，2000年），頁110-111。

71 曾美玲：〈降臨〉，《囚禁的陽光》（臺北縣：詩藝文出版社，2000年），頁114。

72 曾美玲：〈協奏曲〉，《囚禁的陽光》（臺北縣：詩藝文出版社，2000年），頁107。

73 曾美玲：〈愛情〉，《囚禁的陽光》（臺北縣：詩藝文出版社，2000年），頁98-99。

74 曾美玲：〈媽媽——獻給母親〉，《船歌》（臺北市：葡萄園詩刊雜誌社，1995年），頁6-7。

75 曾美玲：〈豬心——獻給母親〉，《囚禁的陽光》（臺北縣：詩藝文出版社，2000年），頁120-121。

○○五年也有〈媽媽——獻給母親〉。[76]在這些作品裡，詩人採取慣常的三段式寫法（過去、現在、未來或過去、之後、現在），深切刻劃母親所帶來的溫暖和愛。成家後，生活的重心轉到家庭與孩子身上，除了少數寫到夫妻的〈結婚紀念日〉[77]，多數詩作用來記錄的是孩子的成長。〈背書包——送女兒上學有感〉[78]以「移動的蝸牛」形容背著超重書包，緩慢前進的無數小學生們。〈牽掛——一個媽媽的真情告白〉[79]點出孩子被功課弄到半夜不能睡覺與母親的煩憂。〈鳳舞——觀女兒獨舞有感〉[80]以臺上翩翩的鳳凰對比臺下雕像般的母親，將人母熱切企盼的心情描繪得活靈活現。或許因為詩人始終保有赤子之心，她與孩子的親密活動經常是日常中通往歡樂的甬道。然而，孩子日漸成長甚至出國，偶然走入突然安靜的房間，徘徊在思念的迷宮[81]，記得一切似乎還只是昨天的事。[82]

身為人母之外，曾美玲在諸多詩行裡也傾訴著對學生的關懷。在〈一個四月的早晨——給一群高三女孩〉[83]裡，詩人以春天高三女孩在校園中競逐，點出六月離愁的湧來。這首詩作最先發表在《葡萄園詩刊》第一三八期（1998年5月），後來為了在畢業典禮表演，詩人將作品從二十四行擴充成四

---

76 曾美玲：〈媽媽——獻給母親〉，《午後淡水紅樓小坐——曾美玲詩集》（臺北市：秀威資訊科技公司，2008年），頁146-148。

77 曾美玲：〈結婚紀念日〉，《午後淡水紅樓小坐——曾美玲詩集》（臺北市：秀威資訊科技公司，2008年），頁152-154。

78 曾美玲：〈背書包——送女兒上學有感〉，《午後淡水紅樓小坐——曾美玲詩集》（臺北市：秀威資訊科技公司，2008年），頁77-78。

79 曾美玲：〈牽掛——一個媽媽的真情告白〉，《午後淡水紅樓小坐——曾美玲詩集》（臺北市：秀威資訊科技公司，2008年），頁161。

80 曾美玲：〈鳳舞——觀女兒獨舞有感〉，《囚禁的陽光》（臺北縣：詩藝文出版社，2000年），頁124-125。

81 曾美玲：〈女兒的房間〉，《午後淡水紅樓小坐——曾美玲詩集》（臺北市：秀威資訊科技公司，2008年），頁164-165。

82 曾美玲：〈還記得只是昨天的事〉，《終於找到回家的心》（臺北市：秀威資訊科技公司，2012年），頁143-145。

83 曾美玲：〈一個四月的早晨——給一群高三女孩〉，《船歌》（臺北市：葡萄園詩刊雜誌社，1995年），頁50-51。

十三行，內涵與原詩大致相同，但增加許多鮮明的花草意象，並將音調改得為更為柔美、和諧。[84]此外，〈老師的愛〉[85]採取每段五行，四段成篇的形式，每段開頭分別以「在崎嶇不平的道路上」、「在波濤洶湧的大海裡」、「在風雨飄搖的歲月裡」、「在混亂不安的年代中」，強調老師無時無刻不扮演手杖、燈塔、大傘、陽光等扶持和帶領的角色。〈送別——給我即將畢業的學生們〉[86]中，為人師者為學生摺疊築夢的船帆，哼唱祝福的歌謠。〈Birthday Party——給我的學生們〉[87]、〈驚嘆號的 Party——給我的學生們〉[88]分別寫二○○六與二○一一年學生為她舉辦的感人派對。

在上述這些作品中我們可以發現，「曾美玲的詩有一個習慣性的格式，即以時間的推移對比疊映情緒的轉換，從而表現出對逝去的留連嘆惋，對未來的追求嚮往。」[89]詩中，童年往往成為現實的參照，一個美好、單純往昔的存在。此外，表現童年、情感的詩作，「其風格大多是清新明朗的，但曾美玲的詩裡卻有一份深沈和婉摯，這也許正是她獨特品格之所在。」[90]事實上，這樣的寫作風格顯現而出的，是詩人真誠以待人、待事的性格，她大量書寫充盈情愛的有情天地，或感恩於父母養育、或記錄孩子成長、或贈予教學生涯中共譜記憶的學生。這裡頭多的是感謝，是歡樂，是溫熱，是交流，顯現而出的是曾美玲對人生獨到的觀察與領悟，及其謙遜的品格與溫暖的生命情調。這樣的情況也顯露在其中年之後，大量經營的詩藝追尋和社會關懷之作。

---

84 這首同名、增改的新作後收入《囚禁的陽光》中。曾美玲：〈一個四月的早晨——給一群高三女孩〉，《囚禁的陽光》（臺北縣：詩藝文出版社，2000年），頁162-165。

85 曾美玲：〈老師的愛〉，《囚禁的陽光》（臺北縣：詩藝文出版社，2000年），頁156-157。

86 曾美玲：〈送別——給我即將畢業的學生們〉，《囚禁的陽光》（臺北縣：詩藝文出版社，2000年），頁160-161。

87 曾美玲：〈Birthday Party——給我的學生們〉，《午後淡水紅樓小坐——曾美玲詩集》（臺北市：秀威資訊科技公司，2008年），頁175-177。

88 曾美玲：〈驚嘆號的Party——給我的學生們〉，《終於找到回家的心》（臺北市：秀威資訊科技公司，2012年），頁181-183。

89 夏元明、周聖弘：〈曾美玲詩漫評〉，《葡萄園詩刊》第134期（1997年5月），頁18。

90 夏元明、周聖弘：〈曾美玲詩漫評〉，《葡萄園詩刊》第134期（1997年5月），頁18。

三　靈魂與現實的棲居之處：曾美玲的詩藝追尋與社會關懷

曾美玲的創作之路始於大學時期，當時對詩的熱切擁抱，清楚顯現在發表於一九八一年的〈詩〉。這首詩一開頭是這麼寫的：「我願雙手化作金翅膀——／以白雲為家，虹彩是搖籃／笑看雨妹沿銀河飄落／揉散綠樹青山的寂寞／聆聽風姐輕歌妙舞／矜持的水仙都羞紅了臉……」。[91]詩中，「金翅膀」代表飛翔與流浪的渴望；「白雲」與「虹彩」點出的都是以大地為家，以自然為探索對象的意涵。雨絲、清風、綠樹，在巧妙的安排下共同構築了一幅爽朗、幽靜的景象。詩人藉由童真的語言，點出詩與自然的關係是緊密而不可切分，一如末尾所言：「更把萬紫千紅盈滿心／流入左手／舞向右手／譜出一宇宙的戀曲！」[92]詩人宣言要與詩戀愛，把詩當成生命中不可或缺的部份。

年少的激情之後，詩蛻變成為生命的底蘊與無法忘卻的伏流。〈詩集〉中，詩人表明儘管詩集往往不受眾人愛戴，而被迫棲居於陰暗的角落；但總有一天，它們會「在歷史幽深的長廊／站成一盞／溫柔的小燈」[93]，以其深刻的價值指引後人走向永恆的智慧。在〈寫作〉中她表明，創作乃是一種在荒蕪的稿紙上，播種思想文字的行為，必須「以靈魂灌溉／情感施肥／再耐心剪裁／旁枝的雜緒」。[94]對曾美玲來說，詩人必須以真誠對待創作，嚴謹而細膩地捕捉日常生活的種種，靈感其實是日常生活中積累的成果，一旦出現自然可以譜出精采的詩篇。這樣一種表述，清楚呈現在〈寫詩與讀詩〉中：

寫詩就像烹調食物

91 曾美玲：〈詩〉，《船歌》（臺北市：葡萄園詩刊雜誌社，1995年），頁10。

92 曾美玲：〈詩〉，《船歌》（臺北市：葡萄園詩刊雜誌社，1995年），頁11。

93 曾美玲：〈詩集〉，《船歌》（臺北市：葡萄園詩刊雜誌社，1995年），頁68-69。

94 曾美玲：〈寫作〉，《船歌》（臺北市：葡萄園詩刊雜誌社，1995年），頁79。

有時候
靈感是能說善道的猛火
題材是新鮮上市的蔬果
快速炒出
令人拍案叫絕的短詩

有時候靈感是沉默木訥的慢火
題材是精挑細選的上肉
耐心燜燒
色香味俱全的長句

讀詩就像品嚐美食
在詩人嘔心瀝血的佳餚裡
細細咀嚼可口的短句
痛快吞嚥豐盛的長篇！[95]

詩人以烹飪比喻寫詩，以「猛火」和「慢火」形容創作的兩種形態。前者是靈感迅速來到，透過新穎的題材，振筆直書便完成精采作品；後者是靈感苦苦不來，創作者在辛苦醞釀中千雕萬琢。從另一個角度來看，所謂的「短詩」與「長句」，也觸及書寫短篇與長篇的不同情狀。短詩的創作講究在極短的時間與詩行中，給予讀者拍案叫絕的震撼；長詩則需要對結構、題材有較長時間的思考，不但需要耐心以對，也相當講究整體的布局與經營。這首詩的第三段，詩人以品嚐美食來形容讀詩；同時也曉喻創作者，只要是真誠、專注完成的作品，不論短句或長篇都有精采可期之處。

詩人在創作歷程中幾經蛻變，長時間的創作除了熱情外，也必須賦予寫作以獨特的意義。在〈為什麼繼續寫詩〉中，她劈頭便問：「在這個詩人被

95 曾美玲：〈寫詩與讀詩〉，《囚禁的陽光》（臺北縣：詩藝文出版社，2000年），頁140-141。

遺忘的年代／有時候，我會懷疑／為什麼繼續寫詩？」[96]而給出的答案有二：一是，從一株小草的挺直腰桿迎向現實風雨，可以看出每一個事物都有其存在的價值，這正有賴於詩人從現實中去搜尋，也呼應了曾美玲在《船歌》〈後記〉中所引宗白華（1897-1986）的這兩句話：「詩是比現實更高的層次」、「應努力將現實提昇到與詩同樣的層次」。[97]換言之，詩是現實的提煉，必須仰賴現實但又超越現實，方能對宇宙萬物有清澈的觀照。二是，詩總像是一顆孤星，綻放微弱的光芒，指引迷路的心，幫助生命找到前進的方向。如此一來，詩可說是生命的照明燈，寫詩是在追尋生命的意義與價值；同時也是為讀者打開一扇又一扇的門窗，找尋靈魂的棲居與救贖之處。

在〈一位詩人的畫像〉中詩人表述了同樣的看法，年輕時終日沉浸在幻想的城堡，詩行總聚焦於憑弔青春；後來，詩魂日益茁壯，「穿越幸福悲傷的幻影／平安降落／真實人間／俯首聆聽大地之呻吟／謙卑體驗眾生的苦難」。[98]當年華老去，有一天離開這個世界，詩魂仍能「化作吟唱的青鳥／傾滿腔熱血淚／獻永生信念／溫暖千千萬萬代／冰封的心」。[99]在〈永恆的舞步〉裡，「在夜夜吟唱的稿紙上／一遍復一遍／踩著美麗憂傷／永恆的舞步」[100]，表述了儘管遭受現實種種困頓，仍舊要堅持創作的想望。在〈蠟燭之歌〉中，詩人則是直言：「抒寫一首生命的詩／在冰涼的黑暗中／預言光明」。[101]〈十字路口〉裡一樣表白：「流連寫作的十字路口／尋覓靈感的

---

96 曾美玲：〈為什麼繼續寫詩〉，《終於找到回家的心》（臺北市：秀威資訊科技公司，2012年），頁25。

97 曾美玲：〈後記〉，《船歌》（臺北市：葡萄園詩刊雜誌社，1995年），頁149。

98 曾美玲：〈一位詩人的畫像〉，《午後淡水紅樓小坐——曾美玲詩集》（臺北市：秀威資訊科技公司，2008年），頁188。

99 曾美玲：〈一位詩人的畫像〉，《午後淡水紅樓小坐——曾美玲詩集》（臺北市：秀威資訊科技公司，2008年），頁188。

100 曾美玲：〈永恆的舞步〉，《午後淡水紅樓小坐——曾美玲詩集》（臺北市：秀威資訊科技公司，2008年），頁194。

101 曾美玲：〈蠟燭之歌〉，《午後淡水紅樓小坐——曾美玲詩集》（臺北市：秀威資訊科技公司，2008年），頁195。

起點／在古典浪漫現代後現代的滾滾煙塵底／拿殉道家無悔的精神／守候單純的願望」。[102]詩創作是曾美玲替自己所立下的終身志業，也是生命最純然的紀錄與告白。

在詩藝與詩精神的探討外，曾美玲也有一些作品是直接寫給詩人。〈獨酌——致李白〉一詩以月光下啜飲美酒醞釀詩句切入，指出當詩人舌尖沾滿酒香的彼刻，方能藉著微醉的月色，「吐盡清醒／迷茫的／自己」。[103]〈夢回康橋——致詩人徐志摩〉[104]以徐志摩（1897-1931）名作〈再別康橋〉作為前文本（Avant-Texte），歌詠徐志摩在康橋時期的事蹟。〈掛在樹上的詩——給新榕〉寫給斗六正心中學教師向新榕，她和許芝薰兩位老師在校內籌辦新詩大賽，吳晟與曾美玲長期受邀擔任評審。二〇〇六年，在曾美玲的建議下，這個活動擴大到正心、虎尾二校聯合舉辦，也交映出更多火花。[105]在贈予詩人的作品裡，相當特別的是收在《終於找到回家的心》「種樹」一輯相連的三首詩作：〈種樹——致詩人吳晟〉、〈秋訪——訪蕭蕭老師和師母〉、〈安息——致文曉村老師〉。這三首作品分別寫吳晟、蕭蕭與文曉村，這三位影響曾美玲創作之路甚深的詩人。

文曉村是《葡萄園詩刊》的創辦者，也是曾美玲踏入詩壇的引路人。她的首部詩集不但是由《葡萄園詩刊》出版，文曉村也為其撰寫序言，對曾美玲來說意義深重。這首詩寫於文曉村過世的二〇〇七年，詩中以「勤勞的園丁」、「吟唱的青鳥」，點出詩人「背負血淚的詩行／飛越人間的憂傷／飛抵苦難的終站」[106]，將安息在永恆的夢土上。至於著作等身的蕭蕭，是臺灣

---

102 曾美玲：〈十字路口〉，《午後淡水紅樓小坐——曾美玲詩集》（臺北市：秀威資訊科技公司，2008年），頁190。

103 曾美玲：〈獨酌——致李白〉，《船歌》（臺北市：葡萄園詩刊雜誌社，1995年），頁90。

104 曾美玲：〈夢回康橋——致詩人徐志摩〉，《囚禁的陽光》（臺北縣：詩藝文出版社，2000年），頁142-143。

105 吳晟：〈午後讀詩〉，《午後淡水紅樓小坐——曾美玲詩集》（臺北市：秀威資訊科技公司，2008年），頁3-4。

106 曾美玲：〈安息——致文曉村老師〉，《終於找到回家的心》（臺北市：秀威資訊科技公司，2012年），頁126。

現代詩壇的前輩，也幫曾美玲《終於找到回家的心》及《相對論》寫序。詩裡詩人以「一進客廳／牆壁上坐著／與王維論禪／清瘦的詩行／比白雲舒展／比流水悠閒／自得」[107]，點出蕭蕭「禪詩」與「小詩」的創作特色。[108] 至於，土地詩人吳晟不但長期與曾美玲互動，也幫《午後淡水紅樓小坐——曾美玲詩集》寫序。〈種樹——致詩人吳晟〉寫的是二〇〇〇年前後，吳晟開始將農地變為林地，在自家的田地種樹，進而號召大家一起響應。詩裡，曾美玲以「寫詩的手，同時握緊／辛勤的鋤頭／耐心種植／綠色的希望／日夜澆灌／島嶼的夢想」[109]，指出吳晟是位具有社會行動力的詩人，想方設法保護這個美麗的島嶼：

多麼希望，有一天
整座島嶼，紛紛
也握緊賣力的鋤頭
鋤去蔓生的雜草和私慾
……
而那時
千千萬萬島民和您
終將站成一株株
綠樹，濁水溪畔
把母親的歌謠
土地樸實的願望
一代接一代

107 曾美玲：〈秋訪——訪蕭蕭老師和師母〉，《終於找到回家的心》（臺北市：秀威資訊科技公司，2012年），頁123。

108 誠如陳巍仁所言：「綜觀蕭蕭的詩作，有兩個特色最常被提出，一是『小』，二是『禪』。」參見陳巍仁：〈羚羊如何睡覺？——如何看《皈依風皈依松》〉，《創世紀》第123期（2000年6月），頁109。

109 曾美玲：〈種樹——致詩人吳晟〉，《終於找到回家的心》（臺北市：秀威資訊科技公司，2012年），頁120。

溫厚地

傳誦[110]

除去雜草、除去私慾，代表的是關懷社會、面向大眾，一株株綠樹指的是對土地的關懷，也是對島嶼美好價值的守護。曾美玲在歌頌吳晟的同時，也表露了其作為一名詩人，面對社會現實予以針砭、褒揚，乃是創作中不可或缺的部份；而她在創作中期，也有了一連串刻劃臺灣乃至於國際現實的詩作。

從《囚禁的陽光》開始，曾美玲幾乎每本詩集都有一兩輯詩作專門書寫社會議題。不過，與男性詩人的好寫政治、嚴厲批判相比，她的社會詩絕少碰觸政治，絕大多數都是以關懷的角度出發，觀看島嶼的種種社會現象，偶爾涉及國際事件。關懷的議題上，則以書寫受到地震、大火、風災、恐怖攻擊等災難傷害的災難詩居多。詩中關懷的對象，明顯集中於女性與孩童。此種創作型態顯現的是曾美玲「長久以來對生長的土地以及對不斷遭逢天災、人禍，傷痕累累的地球真誠的關懷。」[111]同時，也與她在創作上經常展現豐富的母性愛，及女性獨特的觀察視角有關。因此，我們可以從對社會現象的紀錄與諷刺，對女性、孩童等的關注與傷懷，以及對災難議題的刻劃與凝視，三個方面來觀看這些作品。

發表於一九九九年的〈安息——寫給擱淺的幼鯨〉中，詩人側身觀察、記錄一隻擱淺在西子灣的年幼抹香鯨，最終不幸死亡的事件。詩的開頭以「歷盡巨浪的鞭撻現實的咬噬／幼小的你孤獨擱淺在／人類憐惜的眼睛內」[112]，指出幼鯨的擱淺，讓人們暫別電視上五光十色的誘惑，重新關注生態的課題。這首詩，強調了「人與大自然萬事萬物的和諧，對幼鯨的關

110 曾美玲：〈種樹——致詩人吳晟〉，《終於找到回家的心》（臺北市：秀威資訊科技公司，2012年），頁120。

111 曾美玲：〈《終於找到回家的心》後記〉，《終於找到回家的心》（臺北市：秀威資訊科技公司，2012年），頁186。

112 曾美玲：〈安息——寫給擱淺的幼鯨〉，《囚禁的陽光》（臺北縣：詩藝文出版社，2000年），頁96。

懷，正是尋回人類失去多年的良知，對愛的呼喚。」[113]稍前完成的〈腸病毒〉，描繪腸病毒在臺灣肆虐的景象。詩人用童真的語言，將病毒形容為「穿著隱形的黑披風／騎上巫婆的毒掃把」[114]，把父母與防疫單位搞得雞犬不寧。〈一隻流浪狗的獨白〉關懷流浪狗問題，詩裡狗兒被飼主拋棄，最後「當飢餓安靜離去／無力闔上回憶的眼睛／終於聽見主人的呼喚／遠遠，自生命旅程的盡頭／喚我回家」。[115]〈一顆樹的故事〉[116]與〈給老樹〉[117]則揭示了人們為了私利亂砍樹木、破壞水土的問題，與前文談及的〈種樹——致詩人吳晟〉成為強而有力的呼應。此外，〈讓我們一起去賞雪吧〉描寫二〇〇五年三月臺灣下了一場罕見的大雪，從北到南人們紛紛上山賞雪。詩行一起始，詩人便要我們放下千百種爭執的理由去賞雪，去「耐心傾聽／那溫柔謙卑的告白」[118]，傾聽這個島嶼的歷史與傷痛所教會我們的一切。〈消費券〉則二〇〇九年時因應金融風暴政府舉債發放消費券，讓「放無薪假的爸爸」、「為房租菜錢發愁的媽媽」、「找不到工作的哥哥姐姐」、「繳不出午餐費的弟弟妹妹」，暫時掛起一朵幸福微笑，「夢裡夢外／淒涼地盤算／如何將三千六百元／超值消費」。[119]

在此同時，對於臺灣媒體圈的亂象，詩人也表達了其身為母親與島嶼公民的憂心忡忡。在組詩〈寶島曼波〉中，她以「狗仔隊」和「電視新聞」兩

113 葉繼宗：〈陽光與詩歌永存——讀曾美玲詩集《囚禁的陽光》〉，《葡萄園詩刊》第151期（2001年8月），頁75。

114 曾美玲：〈腸病毒〉，《囚禁的陽光》（臺北縣：詩藝文出版社，2000年），頁94。

115 曾美玲：〈一隻流浪狗的獨白〉，《午後淡水紅樓小坐——曾美玲詩集》（臺北市：秀威資訊科技公司，2008年），頁100。

116 曾美玲：〈一棵樹的故事〉，《午後淡水紅樓小坐——曾美玲詩集》（臺北市：秀威資訊科技公司，2008年），頁101-103。

117 曾美玲：〈給老樹〉，《午後淡水紅樓小坐——曾美玲詩集》（臺北市：秀威資訊科技公司，2008年），頁107-108。

118 曾美玲：〈讓我們一起去賞雪吧〉，《午後淡水紅樓小坐——曾美玲詩集》（臺北市：秀威資訊科技公司，2008年），頁91。

119 曾美玲：〈消費券〉，《終於找到回家的心》（臺北市：秀威資訊科技公司，2012年），頁111。

首短詩，寫出一般人普遍對媒體的負面觀感。前詩開頭，狗仔隊先是被形容為一組熱愛探險的團隊，但筆鋒一轉馬上指出他們隱形於黑暗角落，將公眾人物「至隱、至密、至痛之／秘密，熱騰騰端上／醒目的頭版」。[120]第二小節，則乾脆以只要傲人業績、不在乎道德的獵狗來形容這一群人「日夜追逐於大街小巷／獵殺下一個／重要人物」[121]，把臺灣二〇〇〇年前後興起的惡質狗仔隊文化描繪得鞭辟入裡。後一首詩中，詩人批判我們的電視布滿一則則血腥與情色的新聞，像機關槍般日夜瘋狂掃射，最後「終於射中整座島嶼／沈重的呼吸／脆弱的心臟！」[122]這也無怪乎，她要我們學習「關上電視」，讓喧嘩的世界回歸真正的寧靜。[123]

在對女性的關注上，早在一九八七年曾美玲就曾寫下令人深刻的〈那一夜——哀悼彭婉如女士〉，這首作品最早刊登在一九八七年二月十三日的《中華日報》〈副刊〉，後來入選《彭婉如紀念全集》。[124]彭婉如（1949-1996）是臺灣女權運動的重要提倡者，一九九六年十一月三十日晚上搭計程車後失蹤，三天後被發現陳屍在高雄鳥松，震驚各界。詩的開頭寫道：「那一夜／公理與正義／無故失蹤／星星們悲傷垂淚／月亮急得跺腳」。[125]詩人透過擬人化手法，鮮活呈現此一案件所受的高度注目。接著，以「那一夜，整座島嶼／癱瘓著」[126]，以及「那一夜，整座島嶼／忽然開遍無數／清醒的紅花

120 曾美玲：〈寶島曼波〉，《午後淡水紅樓小坐——曾美玲詩集》（臺北市：秀威資訊科技公司，2008年），頁109。

121 曾美玲：〈寶島曼波〉，《午後淡水紅樓小坐——曾美玲詩集》（臺北市：秀威資訊科技公司，2008年），頁110。

122 曾美玲：〈寶島曼波〉，《午後淡水紅樓小坐——曾美玲詩集》（臺北市：秀威資訊科技公司，2008年），頁112。

123 曾美玲：〈關上電視〉，《午後淡水紅樓小坐——曾美玲詩集》（臺北市：秀威資訊科技公司，2008年），頁113-115。

124 彭婉如著、蘇芊玲等編：《彭婉如紀念全集：堅持走婦運的路》（臺北市：女書文化事業公司，1997年）。

125 曾美玲：〈那一夜——哀悼彭婉如女士〉，《囚禁的陽光》（臺北縣：詩藝文出版社，2000年），頁84。

126 曾美玲：〈那一夜——哀悼彭婉如女士〉，《囚禁的陽光》（臺北縣：詩藝文出版社，2000年），頁84。

／向冷漠昏聵的年代／沈痛抗議！」[127]點出臺灣婦女運動與兩性平等運動，因為這個事件而有了跳躍性的發展。

約莫同時，曾美玲也寫下〈哀黛妃〉一詩。威爾斯王妃黛安娜（Diana, Princess of Wales, 1961-1997）出身於英國貴族，一九八一年與威爾斯王子完婚後成為媒體焦點。一九九六年與查爾斯離婚，一九九七年八月三十一日在巴黎車禍去世。車禍事件除了原因起人疑竇，事發時狗仔隊忙於拍攝照片而未及時協助，也讓媒體操守問題浮上檯面。詩行以「哀傷的玫瑰／賠上了生命／徹底粉碎世紀末／虛構的童話！」[128]點出王室婚姻的荒謬性，以及媒體、世人過度關注所帶來的壓力。詩中，感情深沈而含蓄，以「踩」、「等」、「扛」等字眼表達了極沈痛的感情與憤怒。[129]此外，二〇一〇年臺東菜販陳樹菊被《時代》雜誌選為最具影響力時代百大人物之一，一時之間她的善行受到眾人矚目，詩人也寫出〈臺灣阿嬤——致陳樹菊女士〉一詩，一面批判媒體不務正業聚焦於緋聞和口水戰，一面點出「平凡的臺灣阿嬤／如何喚醒全世界昏睡的／良心，在孩子們潔白胸口／種植小小夢想」。[130]

在關懷女性境遇的同時，曾美玲也有不少詩作書寫孩童面臨的社會問題。〈變色童年——哀陳昱捷小朋友〉描寫一九九八年鶯歌六歲孩童陳昱捷遭綁架、撕票事件，這首詩以天真的口吻描寫小弟弟在推開熟悉的家門時，「比巫婆貪心比野狼飢餓的／歹徒，竟自暗處襲擊／狠狠勒斃／金色的童年」[131]，點出在貪心歹徒的殘害下，「一具變色的殘屍／再也看不清星星的

---

127 曾美玲：〈那一夜——哀悼彭婉如女士〉，《囚禁的陽光》（臺北縣：詩藝文出版社，2000年），頁85。

128 曾美玲：〈哀黛妃〉，《囚禁的陽光》（臺北縣：詩藝文出版社，2000年），頁88-89。

129 葉繼宗：〈生命體驗的藝術記錄——讀曾美玲「新作六首」〉，《葡萄園詩刊》第139期（1998年8月），頁79。

130 曾美玲：〈臺灣阿嬤——致陳樹菊女士〉，《終於找到回家的心》（臺北市：秀威資訊科技公司，2012年），頁128-129。

131 曾美玲：〈變色的童年——哀陳昱捷小朋友〉，《囚禁的陽光》（臺北縣：詩藝文出版社，2000年），頁82。

故鄉／再也唱不醒月兒的酣夢」。[132]〈天使——致克莉絲汀〉寫一九九七年槍擊要犯陳進興在犯下綁架白曉燕一案後，逃亡並挾持南非武官一家，武官最小的女兒克莉絲汀畫下耶穌聖心圖感動歹徒。詩中，琴音、天堂、幸福、微笑先是構成一幅歡樂美好的景象，接著歹徒闖入，讓全世界都關心小女孩安危，而她不慌不忙地傳達了耶穌的善意，最後「走出暴力的威脅／小小螢光幕上／彷彿降臨一位／天使」[133]，其扭轉危機的智慧令人印象深刻。

此外，〈悲劇——聞中學生自殺有感〉寫的是詩人讀到報紙上一個中學生跳樓的悲劇，因而有所感嘆地說著：「十七歲比春天短暫的／敏感的少年／徘徊生命脆弱的懸崖邊／親自折斷青春的花苞／揮別寂寞書包純潔的／夢想，縱身一跳⋯⋯」。[134]詩行以「苦苦哀求的風」和「傷心欲絕的雨」，生動地點出眾人對孩子的關懷，終究阻止不了這一場悲劇；而這樣的悲劇又化成報紙上一條沉默的訊息，深深擊中讀者。〈新生的彩蝶——致林奐均〉[135]寫一九八〇年「林宅血案」中，身中七刀重傷倖存的林義雄長女林奐均。一九七九年，林義雄因參與美麗島事件被捕，隔年二月二十八日歹徒闖入殺死其母及一對雙胞胎女兒。詩中，作者以「第一次讀到妳的消息」、「第二次讀到妳的消息」、「後來讀到妳消息」以及「現在的妳」，透過時序的自然轉移描寫整座島嶼從關懷林奐均的生死，到知道她遠飛美國後又回到臺灣，二〇〇三年出版音樂專輯《你是我的愛》，用愛的擁抱希望「帶領著整座島嶼／告別遍體鱗傷的歷史／走出苦難打造的年代」。[136]

---

132 曾美玲：〈變色的童年——哀陳昱捷小朋友〉，《囚禁的陽光》（臺北縣：詩藝文出版社，2000年），頁83。

133 曾美玲：〈天使——致克莉絲汀〉，《囚禁的陽光》（臺北縣：詩藝文出版社，2000年），頁87。

134 曾美玲：〈悲劇——聞中學生自殺有感〉，《囚禁的陽光》（臺北縣：詩藝文出版社，2000年），頁98-99。

135 曾美玲：〈新生的彩蝶——致林奐均〉，《午後淡水紅樓小坐——曾美玲詩集》（臺北市：秀威資訊科技公司，2008年），頁95-98。

136 曾美玲：〈新生的彩蝶——致林奐均〉，《午後淡水紅樓小坐——曾美玲詩集》（臺北市：秀威資訊科技公司，2008年），頁97。

在社會關懷上，曾美玲經常以其大愛，用詩喚醒人們對災難的重視，其中就有多首是以孩童的視角出發或為孩童而寫，表達其濃厚的母愛與關懷的重心。〈破碎的童話——為九二一地震孤兒們而寫〉寫的是一九九九年的九二一大地震。稍前，詩人曾發表〈秋殤——九二一大地震記事〉一詩，用「一隻長期囚禁的巨魔／猛然自斷層脫身／挾帶百年累積憂鬱的情緒／轟然爆發」[137]，描寫這場地震對臺灣島嶼所帶來的傷害，以及人們如何堅強的走出陰影共創未來。在以孩童的視角所寫的這首詩中，前半部詩人點出孩童在睡前幸福地聆聽床邊故事；而後午夜一點四十七分巫婆念起咒語，爸媽溫暖的擁抱以及姐姐甜蜜的歌聲一下子通通消失，「倖存的小弟弟／把殘餘的力氣，牢牢／抓緊，日夜拼湊／破碎的童話！」[138]

〈最後的簡訊〉[139]寫二〇〇八年四川大地震，一位母親以身體擋住坍牆，犧牲生命保護三、四個月的女兒。類似的描繪見於〈孩子，不要怕——為南亞大海嘯罹難兒童而寫〉與〈我做了一個夢——為南亞大海嘯罹難兒童而寫〉。發生在二〇〇四年印度洋的地震與大海嘯，造成東南亞與南亞超過二十九萬人死傷與失蹤，國際間也發起救援行動。前詩以「跟隨上帝天堂的呼喚／回到永恆的家」[140]，撫慰在災難中喪生的孩童；後詩四節的開頭都以「我做了一個夢」強調災難來時如夢似電，「把來不及逃跑的我們／吞進大海的肚子裡」[141]，並且企盼「也許明天，也許後天／從結冰的惡夢中／驚

---

137 曾美玲：〈秋殤——九二一大地震記事〉，《囚禁的陽光》（臺北縣：詩藝文出版社，2000年），頁79-80。

138 曾美玲：〈破碎的童話——為九二一地震孤兒們而寫〉，《囚禁的陽光》（臺北縣：詩藝文出版社，2000年），頁101。

139 曾美玲：〈最後的簡訊〉，《終於找到回家的心》（臺北市：秀威資訊科技公司，2012年），頁101-103。

140 曾美玲：〈孩子，不要怕——為南亞大海嘯罹難兒童而寫〉，《午後淡水紅樓小坐——曾美玲詩集》（臺北市：秀威資訊科技公司，2008年），頁125。

141 曾美玲：〈我做了一個夢——為南亞大海嘯罹難兒童而寫〉，《午後淡水紅樓小坐——曾美玲詩集》（臺北市：秀威資訊科技公司，2008年），頁126。

醒，重新擁抱／爸爸媽媽陽光的笑容／牢牢抓住弟弟妹妹銀鈴的笑聲」。[142]

同樣書寫地震的，尚有〈新聞剪影——二〇一一年三月十一日日本東本大地震記事〉[143]一詩，透過老夫婦、小弟弟、黃狗、老太太、福島核電廠員工等五個不同的視角，藉由五個小節的描繪將福島的災難，以及人們的奮鬥與犧牲，描寫得溫暖動人。〈我的家，在山的那一邊——記八八水災〉寫二〇〇九年莫拉克風災，造成臺灣南部與東南部嚴重的傷害。詩人以一位原住民的視角，寫這場災難比災難片更加逼真地摧毀了部落，祈禱有一天能夠再見如詩如畫的家園，「重溫思念的歌聲／找到回家的道路」。[144]〈水稻的悲歌——六輕大火之後，寫給故鄉雲林〉刻劃六輕進駐後帶來的廢氣與偶然的爆炸和大火，是雲林人共同的痛。詩行裡透過「我來唱一首歌／一首生命的悲歌」[145]，喚醒人們對環境的重視。

在這一系列書寫人間的作品裡頭，最引人注目的無疑是〈當炸彈像大雨灑落——致塞拉耶佛大提琴手〉。這首詩寫的是一九九二年五月二十七日波士尼亞（Bosnia）首都塞拉耶佛遭受砲彈攻擊，大提琴手維卓·史麥洛維奇（Vedran Smailovic, 1956-）穿著正式禮服，在彈坑旁演奏動人樂曲，前後二十二天毫髮無傷。詩行一開始，以「當炸彈像大雨灑落／在廢墟中，穿戴整齊／您優雅的坐下／以天堂的頌歌／抵擋四面八方襲來的／死亡陰影」[146]，點出大提琴手以音樂來撫慰傷亡的義舉，「當炸彈像大雨灑落」一句不但形象鮮明且震撼人心，墜落深淵的心靈，在樂音中彷彿能夠得到重生的契機。

---

142 曾美玲：〈我做了一個夢——為南亞大海嘯罹難兒童而寫〉，《午後淡水紅樓小坐——曾美玲詩集》（臺北市：秀威資訊科技公司，2008年），頁128。

143 曾美玲：〈新聞剪影——二〇一一年三月十一日日本東本大地震記事〉，《終於找到回家的心》（臺北市：秀威資訊科技公司，2012年），頁105-109。

144 曾美玲：〈我的家，在山的那一邊——記八八水災〉，《終於找到回家的心》（臺北市：秀威資訊科技公司，2012年），頁100。

145 曾美玲：〈水稻的悲歌——六輕大火之後，寫給故鄉雲林〉，《終於找到回家的心》（臺北市：秀威資訊科技公司，2012年），頁94。

146 曾美玲：〈當炸彈像大雨灑落——致塞拉耶佛大提琴手〉，《終於找到回家的心》（臺北市：秀威資訊科技公司，2012年），頁91。

詩的末尾如此寫著：

> 當炸彈像大雨灑落
> 在廢墟中，那永不停歇的琴聲
> 像一群希望的白鳥
> 奮力張開光之翅翼
> 飛躍苦難人間
> 在血淚書寫的史籍裏
> 溫暖地迴盪
> 溫暖地迴盪……[147]

這首詩取材於三民版高三英文課本上的故事，曾美玲每每與學生分享這個真實事件，琴音也彷佛穿越時空帶來深刻的感動。她說：「藝術的感染力果真驚人，無論音樂或詩。就像濟慈的名句：『A thing of beauty is a joy forever』。」[148]因之，白鳥的光之翅翼是否能夠帶領人們飛躍苦難的人間，我們不得而知；但是她之所以如此大量的書寫災難，實則是要世人深刻記得，災禍總會無時無刻的降臨人間，對於弱勢的女性與孩童來說，威脅往往益加深峻。在這些詩作中，我們可以「充分感覺那女性特有的溫柔的注視，與廣袤的母性情懷。」[149]也可以發現，詩人的詩亦有其剛強犀利的一面，她「揭露腐朽是為新生開路；掃蕩黑暗是為光明放行」[150]，宣告正義是要我們在艱苦中記憶這些傷痛，思索正面前進的動力與方向。

---

147 曾美玲：〈當炸彈像大雨灑落——致塞拉耶佛大提琴手〉，《終於找到回家的心》（臺北市：秀威資訊科技公司，2012年），頁92。

148 曾美玲：〈《終於找到回家的心》後記〉，《終於找到回家的心》（臺北市：秀威資訊科技公司，2012年），頁187。

149 洪淑苓：〈詩與生活的協奏：曾美玲《囚禁的陽光》評介〉，《文訊》第180期（2000年10月），頁23。

150 古繼堂：〈讀曾美玲的詩〉，《葡萄園詩刊》第185期（2010年2月），頁69。

四　以簡馭繁的《相對論一百》：曾美玲四行詩裡的辯證世界

在曾美玲的整體創作歷程中，有一個從一九九六年便持續進行的工程，也就是四行體哲理詩《相對論一百》的寫作。在〈無悔的選擇——《囚禁的陽光》後記〉中她曾提及：「在『相對論』裡，我嘗試一種新的形式與內容的結合。讓凌亂破碎的人生感悟，繁複抽象的思維，藉由相對的意象，短小的形式表現。化簡為繁的過程中，對於生命與自然，也漸漸養成多角度的關照與深層思考。」[151]這一系列作品最初刊登在《葡萄園詩刊》時，本來稱為《對照集》，後經文曉村的建議改為此名。[152]固定詩行的寫作，在臺灣其實早有前例，諸如瓦歷斯・諾幹的二行詩、蕭蕭的三行詩、白靈的五行詩、向陽的十行詩、王添源的十四行詩等，都在固定句式的鐐銬中，挑戰新詩書寫的可能。只是，這些創作者除了王添源（1954-2009）以畢生之力寫作十四行詩外[153]，大部分都只是作為階段性的任務，很少有人像曾美玲這樣長時間專注的經營。

曾美玲以兩兩相對的相對論立場來經營四行詩，除了容易操作外，也是考慮其以簡馭繁、含蘊深厚的哲理性。她坦言，自己詩藝的形成頗受印度詩人泰戈爾（1861-1941）的影響[154]，相當重視於萬事萬物間搜尋生命的觸發與感悟，四行體這種短而有力的形式，恰好迎合其書寫的企圖與習慣。這樣的一種書寫型態，其實在古典詩中也有它的淵源傳統。從詩學意義上來看，

---

151 曾美玲：〈無悔的選擇——《囚禁的陽光》後記〉，《囚禁的陽光》（臺北縣：詩藝文出版社，2000年），頁181。

152 曾美玲：〈熬煮一鍋小詩——相對論一百後記〉，《相對論一百》（臺北市：書林出版公司，2015年），頁141。

153 有關王添源戮力創作十四行詩的歷程，參見王文仁：〈口香糖、贗幣與缺席的ISBN：王添源詩創作歷程及文本分析〉，《臺灣詩學學刊》第22期（2013年11月），頁177-209。

154 曾美玲：〈熬煮一鍋小詩——相對論一百後記〉，《相對論一百》（臺北市：書林出版公司，2015年），頁141。

「相對論」其實就是在題材上把握事物間相關性的一種「對舉」，從美學範疇而言即是一種對稱美。這在中國古典傳統中早有不少發揮，劉勰《文心雕龍》〈麗辭〉篇，即用「麗句與深采並流，偶意共逸韻俱發」闡釋了這類作品的理想境界。[155]

「相對論」寫的是兩項對立的事物或概念，但其關係有時是分別開展，有時則是相互纏繞。[156]李有成提醒我們，這一百首作品在修辭上正反、對比交相採用，突出相對論形式的特色。題材上則是繁複多變、包羅萬象，不論言志或者載道都可以入詩。同時，這些詩作以對比的意象和短小的形式，來表現生命的體驗與抽象的思維，究其實質可說是一種詩意志的實踐。[157]蕭蕭進一步歸納「相對論」中的句式表現，得到「AaBb 形式：兩截式的設計」、「ABCc 形式：縮結式的設計」、「DdAB 形式：開啟式的設計」、「AaCcBbDd 形式：兩兩相對的多層次設計」、「V 形式：定點雙向的設計」等五種形式，指出詩人試圖在有限的四行中，翻轉出各種不同精采的風景。[158]可以說，四行詩的寫作確實是曾美玲新詩創作中，兼含獨特形式與內涵意義的一種創作表現。

從命題設計來看，這些詩作中共有八十二首採用兩兩相對的題目，僅有十八首採用單一名詞為題，可說是名符其實的「相對論」。另外，以題目類型來看，描寫自然的最多，餘者則著力於刻劃生命樣態、情感、個人信仰，而裡頭幾乎沒有作品涉入社會議題。更有意思的是，在上述這些不同類別的詩作裡，有大量詩行涉及詩、詩人或詩的創作行為，這無疑呼應了上述李有成所言，「相對論」是詩人鍛鍊自我詩創作意志的想法。再之，這一百首作品句子都相當簡潔、鮮明，整首詩在字數上很少超過四十字，且大量運用譬

155 馬立鞭：〈曾美玲「相對論」詩小析〉，《葡萄園詩刊》第181期（2009年2月），頁71。

156 文林：〈我讀「相對論」〉，《葡萄園詩刊》第149期（2001年2月），頁36。

157 李有成：〈短歌行——讀曾美玲的《相對論一百》〉，《文訊》第357期（2015年7月），頁34-35。

158 蕭蕭：〈序相對有詩，絕對泛論——泛論曾美玲的《相對論一百》〉，《相對論一百》（臺北市：書林出版公司，2015年），頁17-26。

喻與擬人法創造出靈動的意象，在對比、對應與辯證中，既追求立即的驚喜，也著力於沉思的回味。因此，在這裡我們將集中於探討觸及詩議題的作品，並以此窺探詩人在「相對論」中意欲創建的辯證世界。

詩集中，名列第四首的〈沉默與言語〉，既是以花喻詩，也是以詩喻花。詩人說：「沉默是含苞的花／言語是盛開的花／至於半開的花／是一首耐讀的詩」。[159]含苞而未放，是詩意的醞釀，也是靈感的啟動；一旦盛開雖是花最美好的時刻，對詩語言來說則未免過於顯露，失卻了含蓄之美。因此，花之半開顯其純真、可愛，而好詩自然也該是言有盡而意無窮。這首詩的巧妙之處，在於以「言語」取代「喧嘩」，讓花語與詩語相互詮釋，同時還進一步指出生命中未盡之美最值得回味。三個譬喻句式的連結，簡潔而有餘韻地闡述了詩的藝術與哲學。蕭蕭認為，曾美玲這首詩剛好呼應了西方詩人「詩在門半開半闔之間」的看法，也應和了葡萄園詩社長久以來詩不該艱澀難解的堅持。[160]在這首詩中，曾美玲帶領讀者進入沉思的世界，思考花開、花謝間的迷離情結；同時，也讓讀者理解到，詩語言與尋常語言自有歧異之處，而好詩需有立即的驚喜也要沉思的回味。

與前詩可相互呼應的，是第五十二首的〈靈感〉，詩云：「有時候不理不睬／有時候緊緊擁抱／靈感是善變的戀人／考驗詩人的愛情」。[161]兩個「有時候」相互對舉，呈現出對立的景況，卻也包含起生活與詩的苦思樣態。「不理不睬」與「緊緊擁抱」是靈感來與不來的煎熬矛盾，也是愛情到或不到的折磨考驗。所謂「詩人的愛情」，指的理當是詩人對於詩的忠貞，對於靈感癡癡的守候。這首作品在簡短的語句中，談了詩、談了靈感也點出愛情的真諦；同時，透過其相互有意的連結，開展出「詩人」與「戀人」的辯證空間。至於第八十四首的〈創新與守舊〉，則是一面意指當代詩壇的流行風潮，一面則點出詩人有意的抉擇：

---

159 曾美玲：〈沉默與言語〉，《相對論一百》（臺北市：書林出版公司，2015年），頁37。

160 蕭蕭：〈小坐後的小小悟得——讀曾美玲《午後淡水紅樓小坐》的〈相對論〉〉，《葡萄園詩刊》第180期（2008年11月），頁10。

161 曾美玲：〈靈感〉，《相對論一百》（臺北市：書林出版公司，2015年），頁85。

向前是後現代的拼貼解構
往後是舊傳統的聲韻修辭
在創新與懷舊的路口
徘徊著詩人的沈思[162]

以「拼貼解構」來形容一九九〇年代在臺灣興起的後現代（postmodern）風潮，確實頗為中的；但是「聲韻修辭」是否能夠代表「舊傳統」，就還有值得討論的空間。不過，作者在這裡要提醒我們的是，「創新」不一定就是真正的創新，「懷舊」也不見得只是單純懷舊，身為創作者（尤其是詩人）不能單純隨著潮流起舞，在傳統與創新之間該有自己的思考與判斷。唯有如此，才能在「向前」與「往後」之間，走出更有價值的第三條路。

詩人之善於在詩行中書寫自然，在《相對論一百》中亦如此。〈花與蝶〉中即是透過「詩」與「歌」來點出「花」與「蝶」的關係：「花是蝶的語言／寫下寧靜的詩／蝶是花的旋律／譜出浪漫的歌」。[163]現實中，花與蝶相互依存，一靜一動；詩行裡，沈默的花以其美麗姿態寫下寧靜的詩，蝶則藉由其飛舞賦予言語以旋律。在詩人的筆下，詩與歌的關係一如花與蝶，相互增色且彼此精彩。由此，當然也可以帶出人生相似的比喻，人與人間可以彼此競爭也可以相互爭色，單看如何進行取捨。〈春風與秋雨〉一詩則是應用了對稱的句式，讓春與秋相互對話、互別苗頭：「背負愛恨記憶／春雨推敲纏綿詩句／揮別悲歡往事／秋雨書寫狂放行草」。[164]有趣的是，應當是充滿歡喜氣氛的春天，變成背負過去的種種；而一向給人憂鬱印象的秋天，才是能夠揮別一切的時節。在這樣有意的逆轉下，詩人以「纏綿詩句」形容綿綿春雨，用「狂放行草」點出秋雨蕭瑟，則又讓人在對照中留下深刻印象。

同樣的，在〈短暫與永遠〉中，雨後的天空也成了詩行駐留的空間：「縱然短暫停留／雨後的天空／詩行間，永遠居住／彩虹的倩影」[165]短暫

162 曾美玲：〈創新與懷舊〉，《相對論一百》（臺北市：書林出版公司，2015年），頁117。
163 曾美玲：〈花與蝶〉，《相對論一百》（臺北市：書林出版公司，2015年），頁45。
164 曾美玲：〈春雨與秋雨〉，《相對論一百》（臺北市：書林出版公司，2015年），頁72。
165 曾美玲：〈短暫與永遠〉，《相對論一百》（臺北市：書林出版公司，2015年），頁50。

與永遠如此相對而抽象的概念，如何以具象的方式精準詮釋？詩人以雨後短暫出現的彩虹，點出其倩影將長久被珍藏於詩行，如此一來「一瞬之間」也將成為永遠，顛覆了一般人對短暫與永遠的思考。同時，這首詩也在述說著，透過詩人的捕捉與詩的書寫，將能賦予短暫的事物以永恆的生命。在曾美玲眼中，萬事萬物的變化總少不了種種哲思的透顯，而詩人正是能夠加以捕捉，並且呈現其相對性與辯證者。在〈痛苦與甘美〉中，她指出痛苦是深埋心中的一粒種子，這樣的苦痛卻足以「醞釀甘美的果實／結成串串詩行」。[166]換言之，詩人咀嚼世間的苦痛，而必須還之以大慈悲；在沉思中艱辛醞釀，以詩行結出甘美的果實。此外，在〈窗內與窗外〉中她說：

仰望窗外茫茫夜空
詩人耐心垂釣星星眼波的寂寞
俯視窗內幢幢人影
星星意外挖掘詩人心窩底溫暖[167]

瞭望星空捕捉星星的寂寞，反身回到書桌前去烹煮人間的溫暖，看似相對的存在卻在詩裡獲得了統合。「窗裡」與「窗外」，在詩裡頭提供了兩種不同觀看的視角，形成一種有意涵的凝視與反思。至於詩中以「垂釣」二字描寫詩人對星子的仰望，可說是相當有具象美的神來之筆。[168]同樣的，在〈寂寞與溫暖〉裡，詩人將「現實世界」與「詩歌天地」對舉，點出後者才是生命最溫暖的天地：「擁擠在現實世界／寂寞大軍般侵襲／閃躲到詩歌世界／溫暖似慈母懷抱」。[169]類似的敘述見於〈流浪與隱居〉：「流浪擁擠的人間／眼睛飛舞寂寞／隱居僻靜的詩行／靈魂歌唱溫暖」。[170]這首詩一樣採取對稱的

---

166 曾美玲：〈痛苦與甘美〉，《相對論一百》（臺北市：書林出版公司，2015年），頁47。
167 曾美玲：〈窗內與窗外〉，《相對論一百》（臺北市：書林出版公司，2015年），頁70。
168 落蒂：〈思想與語言之美——向曾美玲的人生與新書賀喜〉，《葡萄園詩刊》第180期（2008年11月），頁17。
169 曾美玲：〈寂寞與溫暖〉，《相對論一百》（臺北市：書林出版公司，2015年），頁100。
170 曾美玲：〈流浪與隱居〉，《相對論一百》（臺北市：書林出版公司，2015年），頁124。

句式，將「流浪」與「隱居」對舉以詮釋「人間」和「詩行」，點出詩是更接近於靈魂的存在。

此外，在〈快與慢〉中，俗世生活中的「快」成了一路追趕無情太陽的盲目生活，「慢是清醒的靈魂／靜靜享受詩意的月光」。[171]照詩人所言，靈魂要活得清醒，勢必得從現實生活的忙亂中離脫開來，用超越的視野來觀看大千世界，否則難免被「千噸欲望」[172]、「抓不牢載浮載沉」[173]、「僵化的思維」[174]給困住。她要人們回歸自然，閃入幻想與詩的世界，她要我們了解何謂虛假、何謂真實。她說：

戴上虛假的笑容
世人在烈日中吶喊
流下天真的眼淚
詩人在星空下獨白[175]

「烈日」之中自有世態炎涼，也因此不得不戴上虛假的面具；反倒是黑暗的「星空」之下，詩人能夠能夠回歸內心，以獨白訴說著純真。

上述這種詩人獨白、回歸自然、超越俗世、和平安詳的形象，大量充盈於《相對論一百》中。我們可以說，曾美玲在這本詩集中，接力完成一個自然多采、豁達解脫的詩世界；而這其實正是她在三十餘年的創作歷程裡所極力追求的。就像她在〈《終於找到回家的心》後記〉總結其創作歷程時，清楚告訴我們的：「原來，回家的路就是尋找天堂的路，年復一年，藉著創作一首又一首的詩，我發現存在的價值，也終於找到心靈永恆的歸宿。」[176]

---

171 曾美玲：〈快與慢〉，《相對論一百》（臺北市：書林出版公司，2015年），頁77。
172 曾美玲：〈慾望與靈思〉，《相對論一百》（臺北市：書林出版公司，2015年），頁114。
173 曾美玲：〈雪〉，《相對論一百》（臺北市：書林出版公司，2015年），頁96。
174 曾美玲：〈囚禁與飛翔〉，《相對論一百》（臺北市：書林出版公司，2015年），頁127。
175 曾美玲：〈虛假與天真〉，《相對論一百》（臺北市：書林出版公司，2015年），頁115。
176 曾美玲：〈《終於找到回家的心》後記〉，《終於找到回家的心》（臺北市：秀威資訊科技公司，2012年），頁188。

由此來看，「相對論」的書寫乃是詩人為自己在詩中所創造清明、無瑕的理境，也是超越俗世的相對而得到生命貞定的詩藝過程。

五　結語

文中，我們順著曾美玲寫作的幾大趨向，觀看其三十多年創作路途所展現的豐盛版圖。詩人對自然的熱愛、描摹和詠嘆，與其從小生活於鄉間有關，也和她質樸真誠的性格相合。從上述的分析可以發現，曾美玲相當熱衷於抒寫花草、季節，讀過師大英美系、熟習於西方現代主義洗禮的她，在這些詩作中所追求的是「一種如清荷、如稻香的純淨樸實之風。」[177]同時，這些作品以及書寫旅行相關的詩作，也都在寄託其個人的情思。我們可以認同汪洋萍所說的，從曾美玲的詩作可以看出，「她是一個生活在現實中，要以詩來美化現實的女詩人。她的詩中有理想、有期盼、有同情與大愛」。[178]她總是以真誠待人，大量書寫充盈情愛的詩作，父母、孩子、學生以及有緣的朋友們，共同構築了她的有情天地，也成為她詩行的主調之一。

另一方面，對年輕時一腳踏入詩世界的她來說，詩無疑是心靈最堅實的伴侶，「在苦澀徬徨的歲月，向我張開溫柔的雙臂，含著驚喜的淚水，從此酣睡在詩神永恆的懷抱。」[179]或許正因對詩有著這樣宗教式的虔誠信念，曾美玲的詩作自始至終保持著清朗、溫情、易讀的性格，她不追隨潮流而改弦易轍，始終在詩藝的精進中保留自我創作的原味。她在詩行中大量陳述詩理應存在的樣態，詩人當如何面對詩，同時也對影響自己甚深的詩人告白及致意。透過這樣的表彰，她表達了一名詩人必須追求詩境界的提昇，也當面向現實世界，對不公不義發聲。從《囚禁的陽光》開始，她大量書寫攸關社

177 章安君：〈美玲的天地——漫評《囚禁的陽光》〉《葡萄園詩刊》第149期（2001年2月），頁30。

178 汪洋萍：〈我讀曾美玲的詩〉，《船歌》（臺北市：葡萄園詩刊雜誌社，1995年），頁140。

179 曾美玲：〈後記〉，《船歌》（臺北市：葡萄園詩刊雜誌社，1995年），頁148。

會議題的詩作，避開男性好寫的政治，從女性獨特的視角出發，觀看島嶼所發生的種種。她多方關注婦女與孩童的議題，對自然與人為所造成的災難，以母性之愛給予柔性的撫慰。她提醒世人深刻記得，在災禍的面前我們總是如此渺小，必得在悲痛中找尋前進的幸福之路。

在曾美玲的創作歷程中，還有一個持續了近二十年的工程，也就是《相對論一百》的寫作。對四行體的偏好與鍛鍊，讓她接續完成一百首意象豐饒的哲理小詩。兩兩相對的句式在多方變化之下，捕捉自然、情感、道德、信仰的詩意世界。天地萬物與內在冥思幾乎全被網羅其中，女性獨有的細膩、浪漫和婉約，在不斷相對的辯證與辯駁中，開展出臺灣詩壇少有的哲理之境。詩人借天地萬般形象與悟性之語，熱烈且熱切地傾訴：詩才是透曉生命的唯一幸福之路。她對詩的堅持，一如〈山與雲〉一詩所言：

> 不安的雲四處流浪
> 忘記山的叮嚀
> 堅定的山千年守候
> 等待雲的歸心[180]

在誓死不移的等待中，詩人的創作仍在繼續，也值得我們持續的關注與發掘。

---

180 曾美玲：〈山與雲〉，《相對論一百》（臺北市：書林出版公司，2015年），頁40。

參引資料

一　專書

彭婉如著　蘇芊玲等編　《彭婉如紀念全集：堅持走婦運的路》　臺北市　女書文化事業有限公司　1997年

曾美玲　《船歌》　臺北市　葡萄園詩刊雜誌社　1995年

曾美玲　《囚禁的陽光》　臺北縣　詩藝文出版社　2000年

曾美玲　《曾美玲短詩選》　香港　銀河出版社　2004年

曾美玲　《午後淡水紅樓小坐——曾美玲詩集》　臺北市　秀威資訊科技公司　2008年

曾美玲　《終於找到回家的心》　臺北市　秀威資訊科技公司　2012年

曾美玲　《相對論一百》　臺北市　書林出版公司　2015年

二　專書論文與期刊論文

文　林　〈我讀「相對論」〉　《葡萄園詩刊》第149期（2001年2月）　頁36

王文仁　〈口香糖、贗幣與缺席的 ISBN：王添源詩創作歷程及文本分析〉　《臺灣詩學學刊》第22期（2013年11月）

古繼堂　〈讀曾美玲的詩〉　《葡萄園詩刊》第185期（2010年2月）

李有成　〈短歌行——讀曾美玲的《相對論一百》〉　《文訊》第357期（2015年7月）

沈建志、高靖惟　〈訪曾美玲老師——談新詩的創作〉　《葡萄園詩刊》第149期（2001年2月）

洪淑苓　〈詩與生活的協奏：曾美玲《囚禁的陽光》評介〉　《文訊》第180期（2000年10月）

夏元明、周聖弘　〈曾美玲詩漫評〉　《葡萄園詩刊》第134期（1997年5月）

徐哲萍　〈評曾美玲「校園漫思」〉　《船歌》　臺北市　葡萄園詩刊雜誌社　1995年

馬立鞭　〈曾美玲「相對論」詩小析〉　《葡萄園詩刊》第181期（2009年2月）

章安君　〈美玲的天地——漫評《囚禁的陽光》〉　《葡萄園詩刊》第149期（2001年2月）

陳巍仁　〈羚羊如何睡覺？——如何看《皈依風皈依松》〉　《創世紀》第123期（2000年6月）

馮　異　〈在童話與現實之間——讀曾美玲詩集《船歌》〉　《葡萄園詩刊》第128期（1995年11月）

萬登學　〈給詩插上飛翔的翅膀——評曾美玲詩集《囚禁的陽光》〉　《葡萄園詩刊》第150期（2001年5月）

萬登學　〈纖柔溫婉的詩美——評曾美玲詩集《船歌》〉　《葡萄園詩刊》第138期（1998年5月）

落　蒂　〈思想與語言之美——向曾美玲的人生與新書賀喜〉　《葡萄園詩刊》第180期（2008年11月）

葉繼宗　〈生命體驗的藝術記錄——讀曾美玲「新作六首」〉　《葡萄園詩刊》第139期（1998年8月）

葉繼宗　〈給詩歌插上翅膀〉　《葡萄園詩刊》第164期（2004年11月）

葉繼宗　〈陽光與詩歌永存——讀曾美玲詩集《囚禁的陽光》〉　《葡萄園詩刊》第151期（2001年8月）

蕭　蕭　〈小坐後的小小悟得——讀曾美玲《午後淡水紅樓小坐》的〈相對論〉〉　《葡萄園詩刊》第180期（2008年11月）

林沈默「台灣地方念謠」的鄉土風情之書寫重心

——以雲林縣為討論範疇

謝瑞隆

明道大學中國文學系助理教授

摘要

林沈默在一九九四年四月完成大里地區的念謠後，首先從台中縣二十一個鄉鎮市出發，二○○四年七月涵蓋全台三百一十四鄉鎮市（台澎三百○九個鄉鎮市及五個省轄市）終告完成。台灣地方念謠延續林沈默台灣囡仔詩的基礎而擴延至台灣各地的歷史人文的傳唱，也是作者承續其父林天助的鄉土文化之熱忱而背負使命感的台語文學創作，展現歌謠、念謠傳衍、教化民間知識的傳統。本文嘗試梳理林沈默的台灣地方念謠，究其內容大概由歷史開發、地方產業、鄉野民情等質素以及地理環境之特點所組成，在歷史開發部分的書寫多有各地舊地名、族群在地方開發的歷史、入墾族群與姓氏、各地早期的墾首或開發的肇基者。此外，林沈默的地方念謠對於各地地方產業、民間信仰、民間口傳文學等鄉野民情素材以及鄉土地理環境的特點之采錄是積極的，由之建構出一首首鎔鑄童趣而具有文化傳承意味的台語詩創作。

關鍵詞：林沈默、念謠、雲林縣、台語詩、台灣文學

一　前言

林沈默（1959-）本名林承謨，是九〇年代起台灣積極從事台語文學創作的作家，他的作品量頗豐，從台灣囝仔詩寫到台灣地方念謠，總計一九九四至二〇〇四年間以三字經的形式來創作台灣三百〇九個鄉鎮的地方念謠。

林沈默開啟創作台灣地方念謠後，曾在各種刊物登載部分縣市的鄉鎮市地方念謠，其作品獲得不少迴響，也成為一些地方或單位推動鄉土教學的素材。審視林沈默的台灣地方念謠，我們總會有些好奇，作者如何以其個人力量來創作台灣地方念謠？他創作的支柱、理念為何？台灣地方念謠要傳達什麼內容？

關於林沈默文學作品的研究，雖然已有若干研究論文出現，諸如洪國隆《林沈默與台灣囝仔詩》[1]、賴美燕《斗六地區文學發展之研究》[2]、李長青《林沈默現代詩研究》[3]、楊瑞泰《林沈默台語詩研究》[4]，然此等研究論文對於尚未真正集結出版的台灣地方念謠之討論並不多，因此本文嘗試分析、詮釋林沈默何以創作台灣地方念謠，並進一步討論台灣地方念謠的內容組成，從而闡述林沈默在台灣地方念謠的書寫重心為何。鑒於台灣地方念謠的作品眾多，本文以雲林縣作為討論範疇，並以研究者洪國隆〈林沈默訪問稿〉[5]為基礎，分析「台灣地方念謠」的創作背景以及書寫重心，以見林沈

1 洪國隆：《林沈默與台灣囝仔詩》（台東縣：台東大學兒童文學研究所碩士論文，2006年8月）。

2 賴美燕：《斗六地區文學發展之研究》（嘉義縣：南華大學文學系碩士論文，2007年7月）。

3 李長青：《林沈默現代詩研究》（台中市：中興台灣文學與跨文化研究所碩士論文，2009年7月）。

4 楊瑞泰：《林沈默台語詩研究》（台中市：中興台灣文學與跨文化研究所教師碩士在職專班碩士論文，2015年12月）。

5 洪國隆：〈林沈默訪問稿〉，《林沈默與台灣囝仔詩》（台東縣：台東大學兒童文學研究所碩士論文，2006年8月），頁175-181。論者與林沈默相識多年，自言其對林沈默文學創作的使命知之甚詳，附錄載列一篇〈林沈默訪問稿〉，呈現林沈默個人創作生命史的面貌，提供研究林沈默文學創作的第一手資料。

默對於鄉土文化傳承的用心與用力為何。

二 「台灣地方念謠」的創作背景

林沈默，一九五九年出生於雲林縣斗六市西瓜寮（今長安里）的農村。一九七五年，林沈默順利考上嘉義中學，高二時林沈默結識湯振星、林揚等人，創辦了〈八掌溪〉詩刊，開始投入藝文創作。一九七八年，與路寒袖等文友合辦漢廣詩刊，擔任主編。一九八三年，林沈默《白烏鴉》詩集由蘭亭書局出版，附有路寒袖、方俊成、林禮賢的序及文友趙天儀、林央敏等對《白烏鴉》內容探討，是林沈默第一部正式出版的文學創作集。一九八五年，林沈默再發表《唐突小鴨的故事》，由金文圖書公司出版。一九八七年進入中國時報系上班，擔任時報新聞週刊編輯。一九九二年中國時報週刊創刊，擔任編輯主任。這些略歷大抵是林沈默寫作台灣囡仔詩、台灣地方念謠的前緣背景。

林沈默的文學創作是從華語出發的，一九七九年他即積極投入華語詩寫作，發表於各報章刊物。一九八一年，創作生平第一首台語詩〈腳踏雙台船〉。大體而言，林沈默早期的創作以華語文為主，但鄉土生活的經驗以及自身對於母語的情感，林沈默以台語入詩的創作情欲始終未曾中斷，一九八三年，由蘭亭書局出版《白烏鴉》華語詩集即蒐錄了一首台語詩〈腳踏雙台船〉。一九八七年七月，台灣戒嚴；一九八九年一月，黨禁、報禁解除，在台灣鄉土意識日益高漲的潮流中，林沈默的創作由華語轉趨台語發展，風格也由抒情浪漫轉趨寫實。一九九〇年，他開始以林沈默為筆名，開始撰寫台灣囡仔詩（台語童詩）、台語現代詩，連續在《自立晚報》〈本土副刊〉、《中國時報》〈人間副刊〉、《台灣文藝》等報刊發表詩作，邁向台語文學創作。林央敏《台語文學運動史論》言：

> 由於詩歌簡短，因此大部份的台文作者，不論詩人或非詩人，他們之開始從事台文寫作都是由詩起步，如林宗源、向陽，在七〇年代就開

> 始台語詩的嘗試，進入八〇年代後……有宋澤萊、林央敏、黃勁連、黃樹根等人先後投入台語詩的寫作，而且數量較多、風格較特出……，而實際上，於八〇年代末葉以迄九〇年代前半期，涉入台語詩寫作的人已不下百位，如羊子喬、李勤岸、林沈默……等。[6]

林沈默的台語文學寫作也是由詩起步的，從〈腳踏雙台船〉萌芽後，九〇年代起林沈默轉以母語創作，積極地投入台語詩的創作，由台灣囡仔詩開啟另一寫作生涯。台灣囡仔詩的創作與林沈默對於其推廣台灣民間文化的心念有關，林沈默受訪表示：「有一次至台北縣立文化中心欣賞一場民謠演奏會，震驚於台灣民謠的停滯發展，遂下決心要創作屬於新台灣的童謠，從此開始寫作童謠。使命感，成為創作台灣童謠的最大動力。」[7]林沈默自己也表示：（自己）從小就愛編念謠、唱兒歌，自己在一個廢棄的豬舍中，開班授徒，向村中的小孩講故事（虎姑婆、孫臏下山、隋唐演義等）、帶動唱， 自稱「豬椆（舍）王」，入學後，受廖高塘業師啟蒙，更加證明自己擁有編造童話的「超能力」。[8]林沈默生長於民間，長久浸潤於農村文化，復以在父親傳承民間文化的耳濡目染下，潛移默化地涵養其鄉土意識，對於在地文化的傳衍也有一份使命感，台灣囡仔詩堪稱是林沈默透過文學創作來呈現台灣農村文化、民間知識的試煉石，其後台灣地方念謠便是在台灣囡仔詩的基礎下擴衍而來的創作，台灣地方念謠的閱讀對象從小孩擴衍成人，更多元地呈現台灣鄉土文化的內涵，也突破了童詩的侷限而更顯鄉土文化傳承之用力。

關於台灣地方念謠的寫作緣由，林沈默表示：

> 而在一九九四年開始的另一台語文學創作領域──〈台灣地方念謠〉。為何會對這題材有興趣，也是一有趣的觸點，一九九三年，我

6 林央敏：《台語文學運動史論》（台北市：前衛出版社，1996年3月），頁82。

7 洪國隆：〈林沈默訪問稿〉，《林沈默與台灣囡仔詩》（台東縣：台東大學兒童文學研究所碩士論文，2006年8月），頁176。

8 洪國隆：〈林沈默訪問稿〉，《林沈默與台灣囡仔詩》（台東縣：台東大學兒童文學研究所碩士論文，2006年8月），頁175。

> 記得那時小女沁儀還是國小四年級生，有次學校要各班級分組繳交鄉土資料報告，作為表演，我就為她編寫了一份有關大里的地方故事念謠，作業繳交後，老師大為欣賞，直問這東西是抄自何處，根本不相信這是父親的創作。也因這小小的起點，燃起了我對鄉土材料的尋找意念，並計畫把全省三百〇九個鄉鎮的〈台灣地方念謠〉，作為下一個台語寫作的重心，而這工作也耗了我十年的精力，在二〇〇四年時大功告成。[9]

林沈默因協助女兒完成鄉土資料，而試著以童謠式的書寫方式來呈現臺中市大里區的念謠，開啟了他寫作台灣地方念謠的機緣。因著這樣的發展，林沈默的台灣地方念謠有著承續台灣囡仔詩的軌跡。

台灣地方念謠以三字為一句，行行押韻，以淺白的台語文字寫作台灣鄉土地域風采。關於其對台語念謠的聲韻問題，林沈默表示：

> 受了現代詩的影響，現在詩的創作大體上是不押韻，而使人普遍覺得詩不應押韻，押韻即不為詩，但我認為台語詩的創作若不押韻，則台語語音的韻味盡失，況且台語的詩，自早即與「歌」是一體，所謂「唱歌詩」，在台語的使用上，沒有分別的，所以我也把的作品稱為「詩」，它不是為唱為歌而寫，它是朗誦，它是「唸歌」的意思。[10]

在句式方面，台灣地方念謠冠之「台語三字經」，係以三字一句呈現，這種三字一句的句式是台灣囡仔詩最常見的形式之一，洪國隆《林沈默與台灣囡仔詩》曾針對台灣囡仔詩的句法作過分析[11]，在其七十七首台灣囡仔詩中，除了不整齊句法而不規則混合的詩作外，整齊句法的有三言句及七言句，二

---

9 洪國隆：〈林沈默訪問稿〉，《林沈默與台灣囡仔詩》（台東縣：台東大學兒童文學研究所碩士論文，2006年8月），頁178。

10 洪國隆：〈林沈默訪問稿〉，《林沈默與台灣囡仔詩》（台東縣：台東大學兒童文學研究所碩士論文，2006年8月），頁176。

11 參見洪國隆：《林沈默與台灣囡仔詩》（台東縣：台東大學兒童文學研究所碩士論文，2006年8月），頁117-134。

者各有三首（共六首），不整齊句法的規則混合有中規則混合句法共有二十九 首：三、四句混合的作品有七首；三、五句混合的作品有七首；三、七句混合的有有七首；三、四、五規則混合方式的作品有六首；二、三、五、七句規則混合有一首；四、五、七句混合有一首。從中可見，三字一句是林沈默作台語歌謠最經常呈現的句式，因此台灣地方念謠以三字一句的呈現方式正是林沈默從台灣囡仔詩步入台灣地方念謠的發展軌跡之一。

台灣地方念謠的創作除了是延續台灣囡仔詩的基底外，林沈默本身的生活經驗自然也是他用力創作地方念謠的內緣因素。台灣農村，流傳著許多敘述日常生活、風俗民情、歷史文化、風景事物、愛恨悲喜念謠；這些念謠，大多順著語韻，依著音調，可以朗朗吟誦，有些且能歌唱。[12]簡上仁《台灣民謠》指出：

> 台灣的敘事民謠，大致可以分為「敘事」、「敘物」、「敘史」、「敘人」等四類。……「敘物」民謠則在描述日月山川動植物地方器具自然景緻等如「台北調」、「台灣地名歌」、「台灣產物歌」、「時令歌」等。「敘史」民謠指的是敘述歷史故事和民間傳奇的民俗歌謠如：生性兇惡蠻悍的蔡牽，於海上作亂時，南部流傳著「你較野蔡牽」之風謠。此外，「鄭成功開台灣」、「陳三五娘」及「雪梅思君」 等均屬之。「敘人」民謠則以人為對象，這類民謠不多，如「阿藝娟，真正賢」、「黑面祖師公」等。[13]

經由民謠來敘述鄉土的風俗民情、歷史文化、聞人軼事等民間知識是早期人們傳承地方文化的普遍模式之一，長於民間的林沈默沉浸於民謠等民間文學的土壤中，從小就愛編念謠、向村中的小孩講故事，自然深刻地感受到民謠的文娛、教化之用，因此從台灣囡仔詩擴延至地方念謠的創作可以說是水到

12 簡榮聰：《台灣農村民謠與詩詠》（臺北市：行政院農委會、中華民國四健會協會，1983年6月），頁169。

13 參見簡上仁：《台灣民謠》（臺中市：台灣省政府新聞處，1983年6月），頁17-18。

渠成。然而，進一步地分析促成林沈默用力創作台灣地方念謠的關鍵所在，就不得不提他的父親——林天助。

林天助國小畢業，曾與私塾老師學習漢文，精通歌仔戲及民俗講古等台文腳本。林沈默私下曾表示：其父精通多種類型之台灣民俗文化與技藝，例如鄉土誌、台灣地名之沿革、民俗與台文講古及歌仔戲之台語腳本，他不但是一位嚴父，也是林沈默的台語老師。[14]父親林天助對於林沈默的台語素養以及台灣鄉土意識的影響極為深遠，也是林沈默從華語創作轉趨台語創作的幕後推手，一九九四年林沈默一方面因應女兒「識鄉土」的機緣而開啟台灣地方念謠的創作，一方面則是在父親林天助先生的鼓舞下而持續創作台灣地方念謠，從而立志在後半生（以70年陽壽為標準）完成全台三百〇九個鄉鎮市念謠創作，為台灣作一番「轟轟烈烈」的大事。[15]關於父親對其創作台灣地方念謠的影響，從洪國隆的訪問資料可見一斑，其中載錄兩則資料如下：

> 一九九七年七月，完成雲林十九鄉鎮市的念謠初稿，一字一淚，在菩提醫院病榻前唸給癌末、瘦骨如材的父親聽，獲指示，修正斗六、古坑、林內、莿桐、西螺七崁等部份地區檔案。斗六市，描述湖山岩的三字經內文「觀音媽，笑紛紛。三炷香，一蕊雲。」即是其父親出口成章的佳句。另七崁地區「生廖死張」的傳統，亦依口述記錄、再補強二崙鄉內容。[16]

> 一九九七年十二月，父親肺癌末期引發併發症，搶救無效病逝，享壽六十五歲。留下一本破舊的隨身參考書——彙音寶鑑（早期的台語字典，沈富進著作，1954年出版），遺言囑咐「寧願沒頭路，也要為

14 楊瑞泰：〈林沈默訪問稿〉，《林沈默台語詩研究》（台中市：中興台灣文學與跨文化研究所教師碩士在職專班碩士論文，2015年12月），頁15。

15 洪國隆：《林沈默與台灣囡仔詩》（台東縣：台東大學兒童文學研究所碩士論文，2006年8月），頁183。

16 洪國隆：《林沈默與台灣囡仔詩》（台東縣：台東大學兒童文學研究所碩士論文，2006年8月），頁184。

> 台灣鋪後路。《台灣地方念謠》一定要完成，讓蕃薯仔傳誦，代代不忘本……」頓時變成孤兒、也慟失一位創作推手與鄉土地名的師「父」。[17]

從而可見林沈默在創作台灣地方念謠的過程中，父親不僅在旁鼓舞，更進一步地參與與引導，其父遺言囑咐「寧願沒頭路，也要為台灣鋪後路。《台灣地方念謠》一定要完成，讓蕃薯仔傳誦，代代不忘本」，可見林天助督促林沈默書寫台灣地方念謠的用心。父親病歿後，林沈默曾經一度心情跌入谷底，放棄全台三百〇九個鄉鎮《地方念謠》的寫作工程；迄於父親「做對年」時，在妻子楊佩芬的鼓勵下，為了實踐父親的遺志，於靈位前矢志重拾失落的情緒，再度回到書房，進行地方文史資料建檔蒐集，從而可見父親儼然是林沈默持續書寫台灣各鄉鎮市念謠的支柱力量。[18]

觀察台灣地方念謠的創作，一九九四年四月林沈默在完成大里地區的念謠後，首先從台中縣二十一個鄉鎮市出發，積極投入地方史料蒐集以及田野調查，一九九四年十一月，台中縣地方念謠，山海屯二十一個鄉鎮市及臺中市初稿完成，並進行嘉、雲、彰、投地區地方史料蒐集。[19]此後，開始逐步投入各縣市地方念謠的創作。一九九六年六月，〈地方念謠〉在新台灣新聞週刊第十一期開始連載。[20]一九九六年五月，嘉義縣市十九個鄉鎮市地方念謠初稿完成。一九九七年五月二十七日起於中國時報中部版連載「中台灣風雲」部份，內容涵蓋台中縣市、彰化、南投、雲林、嘉義等一百個縣市；連載逾半年，打破「詩作不能連載」的傳統，讀者反應熱烈，各地方文化機構

17 洪國隆：《林沈默與台灣囡仔詩》（台東縣：台東大學兒童文學研究所碩士論文，2006年8月），頁184。

18 洪國隆：《林沈默與台灣囡仔詩》（台東縣：台東大學兒童文學研究所碩士論文，2006年8月），頁184。

19 洪國隆：《林沈默與台灣囡仔詩》（台東縣：台東大學兒童文學研究所碩士論文，2006年8月），頁183。

20 洪國隆：《林沈默與台灣囡仔詩》（台東縣：台東大學兒童文學研究所碩士論文，2006年8月），頁183。

紛紛探詢列入鄉土教材，並被文化工作者列為「當年文史工作十大事件」之一。[21]一九九七年七月，雲林二十個鄉鎮市地方念謠初稿。一九九九年四月，宜蘭十二個鄉鎮市地方念謠完成。一九九九年九月，台北縣、基隆市等三十個鄉鎮市地方念謠完成。二〇〇〇年四月，桃園十三個鄉鎮市地方念謠完成。二〇〇〇年十月，新竹縣市、苗栗縣等三十二個鄉鎮市的地方念謠完成。二〇〇一年五月，台南縣市三十二個鄉鎮市地方念謠創作完成。二〇〇一年十一月，高雄縣二十七個鄉鎮市的地方念謠創作完成。二〇〇二年十月，屏東三十三個鄉鎮市地方念謠創作完成。二〇〇三年六月，花蓮縣十三個鄉鎮市地方念謠完成。二〇〇三年十一月，臺東縣十六個鄉鎮市地方念謠完成。二〇〇四年五月，澎湖縣六個鄉鎮市地方念謠完成。二〇〇四年七月十二日，涵蓋全台三百一十四個鄉鎮市（台澎三百〇九個鄉鎮市及五個省轄市），在最後總修正之後，終告完成，全套書以《唸故鄉——台灣地方念謠》為總書名，分為《北台灣金華》、《中台灣風雲》、《南台灣光景》、《東台灣澎湃》等四冊。[22]

台灣地方念謠最初原本與時報文化出版公司簽約，後因故被取消；其後又與玉山出版社、台視公司、印刻文學出版社等接洽，然迄今尚未真正完整以套書見世，僅有些縣市分別集結出版，如：一九九九年六月，台中縣立文化中心出版《新編台中地方念謠》。

整體而言，台灣地方念謠延續林沈默台灣囡仔詩的基礎而擴延至台灣各地的歷史人文的傳唱，也是作者承續其父林天助的鄉土文化之熱忱而背負使命感的台語文學創作，成為台灣八〇年代末葉以迄九〇年代前半期台灣鄉土文化意識高漲下的母語文學作品之異采，展現歌謠、念謠傳衍、教化民間知識的傳統。

---

21 參見洪國隆：《林沈默與台灣囡仔詩》（台東縣：台東大學兒童文學研究所碩士論文，2006年8月），頁183。

22 參見洪國隆：《林沈默與台灣囡仔詩》（台東縣：台東大學兒童文學研究所碩士論文，2006年8月），頁183-187。

三　「台灣地方念謠」的書寫重心——以雲林縣為討論範疇

民間念謠指的是在民眾生活中傳頌已久的念詞，民間念謠的內容涉及極為廣闊，舉凡天文、地理、民俗、人物、事務等均在範圍之內。[23]林沈默模擬民間念謠的形式，以文人之筆創作台灣地方念謠更顯知識性的傳達之用心。林沈默針對地方念謠的創作目的曾作如下說明：

> 〈台灣囡仔詩〉是赤子之心的投射，寫來趣味好玩，彷彿和小孩子遊戲一般。地方念謠，就有濃重的使命感，目的是要台灣兒童「學台語、識台灣」，作品中童心的同情是必要的，但歷史地理、文化等真切資料的補充也是必要的，知性勝於感性，這樣的過程，不同於台灣囡仔詩，它的趣味性、自然性減損不少。[24]

相較於台灣囡仔詩的戲味書寫，林沈默以「學台語、識台灣」來自許其創作的駆用，學台語主要透過語言的說唱來達成，識台灣則必須透過語文所敘述的知識來傳播，因著識台灣的理念，林沈默在創作台灣各地念謠顯然必須具備相當程度的地方知識來內蘊其念辭之中，所以掌握台灣各地的歷史人文風情成為其創作必要的工夫。事實上，林沈默創作台灣各地的地方念謠的確下足了工夫，除了其父的耳濡目染以及指導外，他也以嚴謹而懷抱著使命感的態度創作台灣地方念謠，對於地方歷史人文資料的搜集是積極的，他曾說：

> 而這份差事，遠比〈台灣囡仔詩〉的創作時所耗費的力氣大多了。二○○○年電腦寬頻網路才日漸通行起來，資料蒐集大為方便，但在之前每每為了求證一小件事，就得遠赴他鄉，有時到當地農會，有時到

23 參見簡上仁：《台灣民謠》（臺中市：台灣省政府新聞處，1983年6月），頁20。

24 洪國隆：〈林沈默訪問稿〉，《林沈默台語詩研究》（台中市：中興台灣文學與跨文化研究所教師碩士在職專班碩士論文，2015年12月），頁177。

鄉野廟口，詢問地方仕紳等等，足足有十年的時間，就沈浸在裡面。[25]

遠赴台灣各地、進行田野調查的過程是備極艱辛的，林沈默花費了約莫十年的時間終於完成全台三百一十四個鄉鎮市的地方念謠，在識臺灣所作的努力無庸置疑。然而，各地鄉土人文素材多元多采，林沈默在蒐整資料以及轉化成創作素材必然有所取捨，究竟林沈默透過台灣地方念謠要傳達什麼樣的台灣歷史人文？亦或在林沈默的心中隱燃所關注的地方人文風貌為何？透過對於其台灣地方念謠的梳理與分析研究當有所得，本文試著以林沈默所在的家鄉——雲林縣作為觀察對象，分析林沈默透過念謠來建構雲林縣二十個鄉鎮的人文風情。限於台灣地方念謠尚未有正式專書出版，然中部縣鄉鎮地方念謠多已發表在《中國時報》中部地方版，因此本文權以《中國時報》所刊行的雲林縣地方念謠作為研究素材。

觀察雲林縣二十個鄉鎮的地方念謠，究其內容，可以發現幾種主題在林沈默的地方念謠佔有重要的位置，亦即林沈默在陳述地方歷史人文時特別關注的素材，這些素材也成為林沈默書寫地方念謠的重要質素。大致而言，林沈默的雲林縣地方念謠在敘述地方歷史人文風情的主要質素有：

（一）歷史開發

林沈默在地方念謠的書寫重心之一便是每一個地方的歷史開發面貌，在雲林縣二十個鄉鎮市的地方念謠之書寫都有關於歷史開發的呈現，筆者略而整理，大致如下：

25 洪國隆：〈林沈默訪問稿〉，《林沈默台語詩研究》（台中市：中興台灣文學與跨文化研究所教師碩士在職專班碩士論文，2015年12月），頁178。

表一：雲林縣地方念謠關於各地歷史開發的描述之語句

	鄉鎮市	相關念謠語句
1	斗六市	1. 平埔哥，秋獵巡。逐山豬，追鹿群。豐年聲，響入雲。斗六門！斗六門！ 2. 柴裡社，斗六門。古早時，青滾滾。番仔莊，歸大墩。明鄭後，漢祖先，來打門。吳英公，開大崙。林克明，入梅林，來開墾。子孫孫，年年春。
2	莿桐鄉	莿桐莊，舊地名：莿桐巷。開基前，野濛濛。清朝時，客饒平，漳泉公。三大姓：黃張王。頂麻園，掘草莽。樹仔腳，開天空。馬關後，吵隆隆。桃太郎，駛火犁，硬墾荒。四腳狗，亂亂撞。
3	林內鄉	1. 壓霸山，草青青。壓霸王，橫肉生。楊仔逞，惡蠻皮：買田地，起冤家。買兵馬，死全家。 2. 清初時，漢墾隊，英雄會。鄭萃徘，招同志，開天地。項下庄，造新街。九芎林，拖牛犁。野荒埔，種香火。
4	斗南鎮	他裡霧！青草埔。開基公。是平埔。清初時，沈紹宏，來起鼓。莊仔頭，開大路。漢先民，不驚苦。溫厝角，納番租。石龜溪，來墾渡。為子孫，鋪後路。
5	古坑鄉	清初時，寫青青。陳石龍，崁頭厝，立地基。掘田心，莊水碓。百家姓，做後衛。
6	大埤鄉	1. 大埤頭，水地理。紅毛埤，瞭萬年。上早時，荷蘭人，咧統治。清初期，李仔芳、漢墾隊。埔姜崙，建鄉里。茄冬腳，造水利。佃仔林、青青青。 2. 大埤頭，客家天。
7	虎尾鎮	虎尾溪，小渾沌。後尾莊，打醣光。清初時，郭六才、客家群：五間厝，墾田園。入惠來，開大墩。
8	土庫鎮	番仔堀，住平埔。清初時，薄昇燦、漢阿祖：笨箕湖，接水路。馬公厝，掘草埔。趕老鼠，起倉庫。黃吉崙，建鄉都。
9	褒忠鄉	褒忠莊，舊地名，埔姜崙。番煙筒，燴火熏。清初時，熱噴噴。陳帝老、漢族群。羅漢腳，一大墩。馬龍山，開風雲。後壁湖，引水圳。新地方，建家園。

	鄉鎮市	相關念謠語句
10	元長鄉	1. 白沙墩，元長鄉：古早時，叫元掌。番公婆，樹仔腳，例歇涼。平埔孫，樹仔尾，摸一雙。 2. 清初時，傅元掌，招房頭。北荒埔，開綵頭。吳大有，接後頭。請墾民，來掠鬮。犁田園，種土豆。播水稻，掘圳溝。
11	西螺鎮	西螺地，巴布薩，平埔窩。清朝時，起風波：張廖姓、王玉成，入廣興，開先河。鍾李吳，新墾號，來報到。 鋤頭柄，拳頭刀。分姓鬥，動干戈。
12	二崙鄉	二崙莊，野青青：古早時，平埔公，卡大天。萬甲地，攏屬伊。清初時，漳客泉，漢墾隊：鍾林李、廖大姓。入南社，做厝邊。沙仔埔，辦水利。蔭子孫，千萬年。
13	崙背鄉	貓兒干，平埔界。番仔姊，顯肚臍。崙背莊，處女地：清早期，開墾業，初發芽。唐山祖，漳泉客。薄昇燦，牽牛犁。張方高，入虎溪。大有圳，蔭漢家。
14	台西鄉	1. 五條港，帆船飛。生理天，赤紅火。海口莊，古早時，鳳凰地。 2. 狀元澳，開港街。溪海埔，起新家。 3. 台西莊，水流夢。
15	麥寮鄉	1. 海豐港，風飄飄。生理船，來入朝。 2. 乾隆時，做大水：雞仔鳥，死翹翹。水水夢，流了了。
16	四湖鄉	四湖莊，尖山堡。清初時，青娑娑。漢祖先，來報到。鹿場埤，開水道。漳泉公、吳墾號。
17	東勢鄉	東勢厝，小豐泰：番仔寮，北地界。清初期，漢墾隊，四方來。漳泉客，栽青秧，入月眉。
18	北港鎮	古笨港，小臺灣。開基祖：貓兒干。明朝時，顏思齊，上陸灘。海霸王，鄭芝龍，開門窗。漢先民，雙頭忙。 牽牛犁，駛船帆。清中期，水劫難、起刀冤：漳州公，走新港。北港街，泉州人。
19	水林鄉	北港溪，野務務。水燦林，番地區。清初時，風雨雨。唐山客，趕廟公，來做主。海埔寮、塗間厝。拚田園，招墾夫。褪赤腳，駛死牛。

	鄉鎮市	相關念謠語句
20	口湖鄉	口湖庄，烏麻園。開臺灣，第一門。古早時，顏思齊，樹苓湖，小停睏，入笨港，去開墾。柳天生、漢族群。溪仔埔，開田園。下湖港，去走船。

雲林縣地方念謠在歷史開發的書寫頗多呈現各地舊地名，如元長鄉：「白沙墩，元長鄉：古早時，叫元掌。」元長鄉在清治時期屬於白沙墩堡，相傳清康熙末年墾首傅元掌率眾拓墾今長南、長北等地而俗稱該地為元掌。又如台西鄉：「海口莊，古早時，鳳凰地。」台西鄉舊名海口，乃因該地位處新舊虎尾溪出海口而得名，大正九年（1920）日人行政區劃在今台西鄉設海口莊。又如北港鄉：「古笨港，小臺灣。」北港舊稱笨港；褒忠鄉：「褒忠莊，舊地名，埔姜崙。」褒忠舊稱埔姜崙。凡此等等，都可以看見林沈默在地方念謠的編作都試圖將該地的舊地名採納至其念謠詩句中。

除了舊地名的呈現，林沈默在其地方念謠的書寫中，特意呈現族群在地方開發的歷史，似乎提醒著——溯源台灣各地歷史溯源時不可忽視原住民在各地扮演的角色，如斗六市：「平埔哥，秋獵巡。逐山豬，追鹿群。」「柴裡社，斗六門。古早時，青滾滾。番仔莊，歸大墩。」描寫斗六市地方在漢人入墾前為平埔族柴裡社的居住地，甚至各地多有大小不一的原住民部落。再見水林鄉：「水燦林，番地區。」崙背鄉：「貓兒干，平埔界。番仔姊，顯肚臍。」斗南鎮：「他裡霧！青草埔。開基公。是平埔。」東勢鄉：「番仔寮，北地界。」元長鄉：「番公婆，樹仔腳，例歇涼。平埔孫，樹仔尾，摸一雙。」土庫鎮：「番仔堀，住平埔。」二崙鄉：「古早時，平埔公，卡大天。」西螺鎮：「西螺地，巴布薩，平埔窩。」等，平埔、番仔等語彙都是早期台灣各地對於原住民的俗稱，在林沈默的地方念謠中頗為常見，這些語彙的使用正是林沈默試圖傳達各地歷史發展的源頭莫要忘記原住民族。

在涉及族群的議題，林沈默的地方念謠特別關切各地的入墾族群與姓氏，如二崙鄉：「清初時，漳客泉，漢墾隊：鍾林李、廖大姓。」莿桐鄉：「清朝時，客饒平，漳泉公。三大姓：黃張王。」大埤鄉：「大埤頭，客家天」、東勢鄉：「漳泉客，栽青秧，入月眉。」虎尾鎮：「郭六才、客家群：

五間厝，墾田園。入惠來，開大墩。」北港鎮：「清中期，水劫難、起刀冤：漳州公，走新港。北港街，泉州人。」崙背鄉：「唐山祖，漳泉客。」四湖鄉：「鹿場埤，開水道。漳泉公、吳墾號。」等，明末以大陸移民台灣的人群主要可以概分為三大族群：來自泉州府福佬人的泉人、來自漳州府福佬人的漳人以及閩粵一帶的客家族群，林沈默的地方念謠相當關切各地的人群來源以及主要姓氏組成，因此在其地方念謠有頗多涉及入墾族群的傳頌。

在念誦各地的入墾人群方面，林沈默也相當關注墾首或各地開發的肇基者，在其念謠中經常出現入墾各地的頭人，如斗六市：「吳英公，開大崙。林克明，入梅林，來開墾。」斗南鎮：「清初時，沈紹宏，來起鼓。」崙背鄉：「薄昇燦，牽牛犁。張方高，入虎溪。」林內鄉：「鄭萃徘，招同志，開天地。」古坑鄉：「陳石龍，崁頭厝」、大埤鄉：「清初期，李仔芳、漢墾隊。」褒忠鄉：「陳帝老、漢族群。」等，大多數的鄉鎮市念謠幾乎都有述及各地入墾者的地方頭人，尤其對其開墾先後多有掌握，顯見其用力之深，如元長鄉：「清初時，傅元掌，招房頭。北荒埔，開綵頭。吳大有，接後頭。」元長鄉的開墾係以傅元掌最早而舊名為元掌，清乾嘉期間又有吳大有、李府等墾戶移入，林沈默頗費心力對於各地開發歷史入墾人物。

在林沈默的地方念謠中，述及歷史開發變遷的書寫中，有一顯著的特點——描繪大水造成街肆的毀壞、沒落，尤其在沿海、鄰溪的地方多有水災造成市街崩毀會離散的敘述。如台西鄉：：「台西莊，水流夢」，台西鄉舊名海口，第五條港（狀元澳）在前清乾隆年間頗為繁榮，然戊戌年（1898）因草嶺潭山洪爆發，港澳毀於一夕而流走往日繁榮的盛景；麥寮鄉：「乾隆時，做大水：雞仔鳥，死翹翹。水水夢，流了了。」清初時期位於現今麥寮鄉的海豐港原先舟船往返，商賈雲集，然惜乾隆年間因新虎尾溪氾濫，港澳家園毀損，其後當地人遷移至現今的麥寮市街；再如北港鎮：「清中期，水劫難、起刀冤：漳州公，走新港。北港街，泉州人。」描述乾隆、道光年間笨港溪氾濫，造成古笨港人群離散、漳泉與姓氏分類械鬥，其後泉州人多居笨北港〈今北港〉，漳州人多移笨南港、新的歷史變遷。分析林沈默特意書寫水災造成市街的破壞與人群的離散或與其生活經驗有關，林沈默受訪時曾表示：我出生那時，台灣還是個窮困的農業時代，而且傳染病、瘟疫流行，我二月出生，而當時八月發生了損毀慘重的八七水災，對當時的農村造成了結構性的破壞，特別是鄰近濁水溪的雲林、彰化、嘉義、南投等的農民受害最大……。[26]「八七水災」對於台灣中部損害極大，水災對於當時人們的計印象應當深刻，災後受創的災民自然口耳相傳，林沈默當年出生於災區，其孩提時期以來應當多有從其父親家族耳聞當年水災的慘烈之態，此種若身歷其境的水災經驗的傳述應當在林沈默的心中烙下深刻的印記，因此當其創作台灣地方念謠時特意關注與書寫水災對於聚落的影響。

（二）地方特色產業

地方特色產業的描述也是林沈默在地方念謠的書寫重心之一，在雲林縣二十個鄉鎮市的地方念謠之書寫都有述及各地特色產業的描述之語句，筆者略而整理，大致如下：

表二：雲林縣地方念謠關於各地產業的描述之語句

	鄉鎮市	相關念謠語句
1	斗六市	白露過，接秋分。文旦柚，甜甜黃。
2	莿桐鄉	莿桐莊，四季紅：早當時，飼白兔，銷四方。現此時，楊桃王。種大蒜，嗆鼻管。
3	林內鄉	種菜瓜，開心花。種木瓜，當好價。上出名，拔仔茶。
4	斗南鎮	1. 阿水嬸，手粗粗：做稷簑，等落雨。阿火伯，面烏烏：做香腳，等普度。 2. 馬關後，反日本，命拖土。百行業，被耽誤。現代天，想進步。工商業，硬燉補。新世紀，找前途。
5	古坑鄉	農特產，一大堆：麻竹筍，呷袂畏。苦茶油，呷顧胃。

26 洪國隆：〈林沈默訪問稿〉，《林沈默台語詩研究》（台中市：中興台灣文學與跨文化研究所教師碩士在職專班碩士論文，2015年12月），頁176。

	鄉鎮市	相關念謠語句
6	大埤鄉	鹹菜風，冷酸酸。冤親家，無借問。大埤兄：一桶肚，若醃缸。溪口伯：一粒面，若臭卵。
7	虎尾鎮	種甘蔗，出白糖。暗荒地，天光光。 虎尾地，老糖霜。早當時：五分車，四界鑽。
8	土庫鎮	土庫莊，早當時：挖蘆筍，銷全島。現此時：紅甘蔗，甜歸路。
9	褒忠鄉	褒忠莊，出蘆筍。飼水雞，叫天光。
10	元長鄉	元長鄉，做草蓆，曝鹹草。苦苦頭，甜甜後。
11	西螺鎮	西螺蔡，銷寶島。西螺米，牌子好。上出名，豆油膏。 氣味讚，免廣告。
12	二崙鄉	二崙莊，甜青青：種蔬菜，第一青。美濃瓜，世界甜。 總統牌，濁水米：李登輝，知滋味。
13	崙背鄉	1. 崙背兄，掘土地，賺實在：種花菜，通人知。 2. 開菜園、種西瓜。
14	台西鄉	1. 漢先民，掘旱田，種西瓜。放蚵栽，網魚蝦。 2. 工業區，若起火，無毛雞，燒發毛。
15	麥寮鄉	1. 王永慶，捧好料：麥寮孫，呷袂了。 2. 麥寮港，金耀耀。六輕廠，闊渺渺。
16	四湖鄉	四湖莊，有三寶：土豆園，第一多。種西瓜，世界好。
17	東勢鄉	農漁業，條件歹。土豆米，西瓜菜。烏白種，隨便採。
18	北港鎮	北港街，土豆糖，芳閣讚。烏麻油，補生產。
19	水林鄉	水林鄉，農地區。此當時，機器化，項項有。做田人，住樓厝。踏雨鞋，駛鐵牛。
20	口湖鄉	口湖庄，早當時，挖大井，開魚塭。飼海鰻，銷日本。

各地特色產業顯見是林沈默觀察各地文化表徵的一個考察點，產業決定一個聚落的發展類型與狀況，因此林沈默在各鄉鎮的地方念謠都有述及產業，並強化呈現各地古來迄今最具代表性的地方產業，如斗南鎮：「阿水

嬸，手粗粗：做稷簑，等落雨。阿火伯，面烏烏：做香腳，等普度。」斗南鎮石龜溪居民自古多以編製簑衣為業，銷往嘉雲南平原各地；此外，斗南早期線香業發達，現存的曾濟美百年香鋪創於清光緒年間，據傳是當時臺灣最早的香鋪之一。又如大埤鄉：「鹹菜風，冷酸酸。冤親家，無借問。大埤兄：一桶肚，若醃缸。」大埤鄉廣植芥菜，並以芥菜為醃漬酸菜原料，該地鹹菜桶林立，空氣中瀰漫著酸菜味，蔚成奇觀，大埤的酸菜產量佔有全省內外銷市場的百分之八十以上，儼然是地方最具代表性的特點。再如莿桐鄉：「早當時，飼白兔，銷四方。現此時，楊桃王。種大蒜，嗆鼻管。」莿桐鄉七〇年代家家戶戶養兔，規模冠於全台，農委會更曾在雲林縣莿桐鄉協助成立「養兔生產合作社」；該鄉的農產品主要為楊桃以及大蒜，該地蒜頭總種植面積約五百公頃。凡此等等，皆可看出林沈默對於各地物產知之甚詳，博及古今，成為他形塑各地人文風情的素材。

（三）鄉野民情

除了歷史開發、地方產業外，林沈默的地方念謠也頗多採集各地的民俗質素，包含民間信仰、民間口傳文學以及地方給予外界的印象等風土民情，筆者略而整理，大致如下：

表三：雲林縣地方念謠關於各地鄉野民情的描述之語句

	鄉鎮市	相關念謠語句
1	斗六市	斗六地，湖山巖：凡弟子，苦苦問。觀音媽，笑紛紛。三炷香，一蕊雲。
2	莿桐鄉	
3	林內鄉	
4	斗南鎮	
5	古坑鄉	柯鐵虎，好男兒。鐵國山，立戰旗。招義軍，死抗日。臺灣魂，鬼驚天。

	鄉鎮市	相關念謠語句
6	大埤鄉	
7	虎尾鎮	鼓鑼聲，鏘鏘滾。一雙手，弄千軍。藏鏡人、史豔文。 台仔頂，殺恨恨。箱仔底，嚶嚶睏。
8	土庫鎮	土庫媽，膾外埠。外地人，真擁護。
9	褒忠鄉	1. 大廓娘，擦紅紅。田中央，花鼓弄。豐年調，鑽耳孔。 2. 此當時，鎮安宮，金金黃：老廟寺、新公園。觀光地，燒燙燙。
10	元長鄉	
11	西螺鎮	阿善師，傳武道。
12	二崙鄉	報恩草，含露水。頭飽飽，尾敧敧。張再輝，重信義。答恩公，掛廖姓。入土日，回本姓。
13	崙背鄉	
14	台西鄉	1. 林仔哥，做鱸鰻，捧薰吹：叫老細，來點火。轉下港，洗尿桶，兼掃地，請老母，來用茶。 2. 海口莊，古早時，鳳凰地。
15	麥寮鄉	麥寮莊，此當時，西海岸，還魂鳥。
16	四湖鄉	
17	東勢鄉	黃麻仙！黃麻仙！三十冬，十八戰。政治路，走遍遍。選舉飯，呷天天。為民主，賣祖田。留子孫，一塊匾。
18	北港鎮	1. 娘傘花，團團轉。媽祖轎，扛懸懸。善男女，落重願。躦轎腳，保平安。 2. 北港媽，真靈感：有燒香，免操煩。
19	水林鄉	
20	口湖鄉	野亡魂，哭天光。金湖嬸，好心腸。辦法會，牽水轙。救水鬼，脫苦門。

鄉野民情饒富地方性色彩，經常衍為地方外顯表徵，因此林沈默在創作地方念謠時也編入不少鄉野民情的素材。如台西鄉：「林仔哥，做鱸鰻，捧薰吹：叫老細，來點火。轉下港，洗尿桶，兼掃地，請老母，來用茶。」台

西人林清標是雲嘉海線一帶黑道教父，民國七十一年（1982）間上電影「台西風雲」以他作為角色雛形，描寫黑道尋仇的情節，因而台西給外界的想像——流氓黑道故鄉，這樣的印象普遍地存在台灣各地，成為林沈默書寫台西地方念謠的素材之一。又如二崙鄉：「報恩草，含露水。頭飽飽，尾敧敧。張再輝，重信義。答恩公，掛廖姓。入土日，回本姓。」大西螺地區的廖姓頗多，其中雙廖一脈盛傳一則「生廖死張」的傳奇：源於元末白蓮教亂時，一位青年張再輝受到地方仕紳廖化的賞識，讓再輝在家避亂，後更讓再輝入贅到家裡，與女兒廖大娘成親，再輝感謝廖家恩澤，因此囑咐兒子活時姓廖來報答廖家恩德，死後再回歸張姓，以示不忘本。又如口湖鄉：「野亡魂，哭天光。金湖嬸，好心腸。辦法會，牽水轤。救水鬼，脫苦門。」口湖鄉牽水藏是地方年度盛事，已為文化部指定為國定民俗，關於牽水藏超度亡魂的緣由主要如下：

> 一八四五年（清道光二十五年），農曆六月初七日的黃昏，忽然間天上烏雲密佈，大地完全籠罩在狂風暴雨中，驚人的海浪滾滾捲向虎尾溪與北港溪間的沿海村落。到午夜時分，蝦子寮（今口湖鄉湖口村南，北港溪畔），舊新港（今口湖鄉下崙西，頂菪子寮港附近），竹達寮（今四湖鄉廣溝村西面侮中），及鄰近村莊，均被狂濤駭浪所吞噬，無數生靈亦隨波而魂歸天國。[27]

由於道光年間的這場大災難，金湖地區村落頹圮、橫屍遍野，為求超度亡靈、親人，災民乃協調集體辦理忌事，每年定期舉行超度水中亡魂的「牽水藏」祭典，金湖地區「牽水藏」的活動皆於每年農曆六月初七到初八舉行，「牽水藏」是一種超渡亡靈的習俗，通常多聘道士團前來設壇演法，為水魂超渡，此種法事在台灣民間都歸入所謂的「做功果」、「做功德」，其超渡科儀大致有「發表請神」、「放水燈」、「走赦馬」、「誦經拜懺」、「排」、「起」、

---

27 本雲林縣四湖鄉公所全球資訊網，（http://www.zuhu.gov.tw/from/index-1.asp?m=2&m1=5&m2=23&gp=&sid=&k eyword=&id=68），2008年9月24日搜尋。

「牽水」、「淨筵普施」、「倒」、「謝壇燒」等儀式。[28]口湖牽水藏活動是口湖鄉人最深刻的歷史記憶，其民俗活動也成為口湖鄉極具特色的文化表徵，因此林沈默在口湖鄉的地方念謠中特別以一段念謠來書寫這一項地方風土民情。

其他又如褒忠鄉：「大廓娘，擦紅紅。田中央，花鼓弄。」旨在呈現褒忠鄉盛行的廟會藝陣——花鼓陣；虎尾鎮：「鼓鑼聲，鏘鏘滾。一雙手，弄千軍。藏鏡人、史豔文」，揭舉虎尾鎮內布袋戲團林立，曾經風靡一時的布袋戲英雄人物——史豔文是虎尾人黃海岱所創造，從而虎尾鎮被譽為「雲洲大儒俠史艷文故鄉」；土庫鎮：「土庫媽，蔭外埠。外地人，真擁護。」土庫順天宮供奉媽祖，地方俗諺：「土庫媽祖蔭外鄉」、「北港聖，不值塗褲（土庫）定」，亦即該地媽祖靈驗，又特別照顧外地人，因此長久以來外地香客絡繹不絕，從而林沈默據以寫作成為土庫鎮地方念謠的一環。

整體來說，雲林縣過半數的鄉鎮地方念謠都有鄉野民情的采錄，由之可見地方鄉野民情也是林沈默編作地方念謠的素材來源之一。

（四）地理環境特點

觀察林沈默在雲林縣地方念謠的創作內容，也有不少關於各地地理環境特點的呈現，筆者略而整理，大致如下：

表四：雲林縣地方念謠關於各地理環境特點的描述之語句

	鄉鎮市	相關念謠語句
1	斗六市	
2	莿桐鄉	
3	林內鄉	
4	斗南鎮	
5	古坑鄉	庵古坑，青翠翠：草嶺景，自然水。清水魚，鑽大腿。

28 參見黃文博：《台灣人的生死學》（臺北市：常民文化事業公司，2000年8月），頁274-275。

	鄉鎮市	相關念謠語句
6	大埤鄉	
7	虎尾鎮	此當時：高鐵站，靠廳門。虎老爺。發頭毛。想回春，拚這陣。
8	土庫鎮	
9	褒忠鄉	
10	元長鄉	
11	西螺鎮	1. 十月天，秋紅紅。風飛沙，咻咻降。風姑娘，來找尪。西螺嬸，關門窗。 2. 濁水溪，烏濁濁。
12	二崙鄉	
13	崙背鄉	
14	台西鄉	風飛沙，噗噗飛。
15	麥寮鄉	風神爺，戰水妖：麥寮公，呷袂消。
16	四湖鄉	三條崙，白波波：美人魚，穿薄薄。海浴場，熱熱梭。
17	東勢鄉	東勢厝，小所在，無倚山，無靠海。
18	北港鎮	
19	水林鄉	
20	口湖鄉	現此時，地平線，一個月，減一寸。龍王爺，搶眠床。風颱天，歹呷睏。

台西鄉：「風飛沙，噗噗飛。」麥寮鄉：「風神爺，戰水妖：麥寮公，呷袂消。」麥寮鄉、台西鄉是雲林縣濱海的鄉鎮，都是風頭水尾的地理位置，因此海風特強，海風強勁成為林沈默描述這些鄉鎮的地方特點，其他又如口湖鄉：「現此時，地平線，一個月，減一寸。龍王爺，搶眠床。風颱天，歹呷睏。」口湖鄉是雲林縣最西南端的鄉鎮，地勢低漥，每逢颱風常見海水倒灌，水患甚烈，因此當地無不擔憂颱風的威脅。再見東勢鄉：「東勢厝，小所在，無倚山，無靠海。」東勢鄉位於雲林平原之上，西鄰台西鄉、東鄰褒忠鄉，地理位置上臨海而不靠海，林沈默透過二句念謠，簡潔地呈現該地的

地理環境之特點。又如西螺鎮：「濁水溪，烏濁濁。」西螺鎮北鄰西螺溪（現今濁水溪主流），濁水溪含沙量多，因而水質混濁，林沈默以烏濁濁來呈現此一特點。

整體而言，林沈默書寫台灣地方念謠，除了呈現各地的歷史開發、地方產業、鄉野民情等人文素材外，一些饒富地域特色的地理環境之質素也成為其汲取地方念謠的素材來源之一。

四　結語

林沈默的文學創作從華語出發的，八〇年代末葉以迄九〇年代前半期台灣鄉土文化意識高漲下，九〇年代起林沈默轉以母語創作，積極地投入台語詩的創作。一九九四年四月林沈默在完成大里地區的念謠後，首先從台中縣二十一個鄉鎮市出發，積極投入地方史料蒐集以及田野調查，二〇〇四年七月涵蓋全台三百一十四個鄉鎮市（台澎三百〇九個鄉鎮市及五個省轄市）終告完成。

台灣地方念謠延續林沈默台灣囡仔詩的基礎而擴延至台灣各地的歷史人文的傳唱，也是作者承續其父林天助的鄉土文化之熱忱而背負使命感的台語文學創作，展現歌謠、念謠傳衍、教化民間知識的傳統。

本文嘗試梳理林沈默的台灣地方念謠，究其內容大概由歷史開發、地方產業、鄉野民情等質素以及地理環境之特點所組成。在歷史開發部分的書寫多有各地舊地名的呈現，並且特意呈現族群在地方開發的歷史，關切各地的入墾族群與姓氏，呈現各地早期的墾首或開發的肇基者，比較特別的是在林沈默的地方念謠中，因其個人生活經驗，頗為關注並書寫水災對於聚落的影響。在地方產業方面，林沈默對於各地物產知之甚詳，博及古今，也是他形塑各地人文風情的素材之一。再者，林沈默生長農村的生活體驗，因此他對民間信仰、民間口傳文學等來自於自民間生活文化的采錄也是積極的，並搭配一些關於鄉土地理環境的特點之描述，建構出一首首鎔鑄童趣而具有文化傳承意味的台語詩創作。

參考資料

一　專書

林央敏　《台語文學運動史論》　臺北市　前衛出版社　1996年3月

黃文博　《台灣人的生死學》　臺北市　常民文化事業公司　2000年8月

簡榮聰　《台灣農村民謠與詩詠》　臺北市　行政院農委會、中華民國四健會協會　1983年6月

簡上仁　《台灣民謠》　臺中市　台灣省政府新聞處　1983年6月

二　學位論文

洪國隆　《林沈默與台灣囡仔詩》　臺東縣　臺東大學兒童文學研究所碩士論文　2006年8月

楊瑞泰　《林沈默台語詩研究》　臺中市　中興台灣文學與跨文化研究所教師碩士在職專班碩士論文　2015年12月

黑色部落的傳奇

——論古蒙仁散文

張瑞芬

逢甲大學中文系教授

摘要

以散文書寫南部家鄉、身世與記憶，阿盛之外，古蒙仁算是文壇少見的好筆。他的散文與早期小說都有可觀之處，八〇年代曾獲時報文學獎等諸多獎章，台灣文學史對他的注目卻少，近年學界所論亦僅僅聚焦在報導文學與社會關懷。本文全面探討古蒙仁的早期小說，散文成就與文壇際遇，深究古蒙仁以及他所代表的報導文學背後的主流媒體立場，他經歷了外省來台世代與本土世代的交替，堪稱戰後世代本土文學首波，與阿盛、林雙不、陳銘磻、小野、古蒙仁、吳念真、林清玄、林文義比肩。古蒙仁早期散文著重批判精神與刊物立場，從社會現象逐漸轉為對人的關懷，包括《失去的水平線》、《黑色的部落》、《蓬萊之旅》、《天竺之旅》與《台灣社會檔案》、《臺灣城鄉小調》，八零年代生活散文愈有情味，如《流轉》、《小樓何日再東風》、《天使爸爸》、《同心公園》、《吃冰的另一種滋味》、《大哥最大》、《虎尾溪的浮光》。早期小說結集為《狩獵圖》《雨季中的鳳凰花》、《古蒙仁自選集》、《第二章》。在台北主流文化和南部邊緣位置間，古蒙仁像守護家傳養鰻池的樹仔叔般，就是到了台北或異地，也不改鄉下人的憨直，是台灣當代散文重要的一位代表者。

關鍵詞：散文、古蒙仁、報導文學、黑色部落

一　古蒙仁的散文定位與評價

二〇一六年六月，古蒙仁在《自由時報》副刊發表〈遷居青埔〉一文，正好銜接了二〇一〇年六月《中國時報》副刊發表的〈天母淪亡記〉[1]，正式宣告了老作家離棄住了二十五年的台北，遷往桃園鄉居的初老心境。青埔，這個鄰近 lamigo 桃猿主場（桃園國際棒球場）和高鐵桃園站，網友心目中「生活機能真的很欠缺」的荒涼之地，如今翻轉城鄉概念，竟成了古蒙仁心中的優勝美地。如他自己說的，悠活既是一種生活態度，也是一種心理狀態，是身心靈的自在解脫與超越。在住了五年多之後，青埔成了古蒙仁繼虎尾、台北後的第三故鄉，也是他二〇一七年《青埔悠活：在地的美好時光》一書中自稱的「終老之鄉」。[2]

言終老，或許尚早，但悠活（或慢活）可是近年頗夯的概念，《青埔悠活：在地的美好時光》這本搭配了百餘幅古蒙仁拍攝照片的圖文誌書，令讀者彷彿回到他七〇年代報導文學光景。只是黑白色調換成了彩色繽紛，黯淡人間成了美好時光，而時光悠悠，四十餘年矣！

本名林日揚，一九五一年生於雲林虎尾的古蒙仁，今年六十七歲。多年前離開雲林縣文化局轉任桃園機場，近年仍有著作，只是大方向轉換到官方名勝導覽（如《台灣山海經——國家公園生態文學之旅》），或地方人文寫真（如《花城新色——新社的故事》）。[3]此番離開住了三十餘年的台北，足證他的鄉下魂不滅。商圈沒落，財團炒房，在失去了天空與綠地之後，天母再也不是可以安居之所。古蒙仁開始仿彼得・梅爾（Peter Mayle）寫的《山居歲月：我在普羅旺斯美好的一年》書寫他人生中的田園之秋，除了城鄉轉換

1　古蒙仁：〈遷居青埔〉，《自由時報》（副刊），2016年6月28日；〈天母淪亡記〉，《中國時報》（副刊），2010年6月18日。

2　古蒙仁：〈我的終老之鄉〉，《青埔悠活：在地的美好時光》（台北市：聯合文學出版社，2017年6月），自序。

3　古蒙仁：《台灣山海經——國家公園生態文學之旅》（新北市：印刻文學出版社，2010年）；《花城新色——新社的故事》（台北市：遠流出版事業公司，2016年）。

的心境，主要是青埔地處荒僻（高鐵桃園特定區──中壢區與大園區交界），史料闕如，也沒地方耆老可以就教，因此古蒙仁就「嘗試用散文來書寫遷居青埔的心路歷程和生活點滴，希望能為這塊土地留下一些紀錄」。[4]

古蒙仁作為七〇年代報導文學的大將，近年雖稍見淡出，然聲名未滅，活躍於許多文學活動與文學獎評審席。[5]年輕學子對古蒙仁的印象，多半僅止於一篇文意淺白的國中課本散文〈吃冰的滋味〉[6]，殊不知那篇在國文老師教案中，「採『分敘』形式，回憶冰棒、冰水、刨冰、芋冰的滋味，展現臺灣早期社會樸實的樣貌」，並且「能認識並學會使用五感摹寫修辭技巧寫作文章」的入選小文，既無古蒙仁報導文學的社會評言本色，也談不上古蒙仁散文中的優選之作（不知據何選出，恐怕只是課文的安全考量）。

論文學成就，古蒙仁散文與早期小說其實都有可觀之處，影響亦大，曾獲時報文學獎、吳三連文學獎、中興文藝獎章、中國文藝協會文藝獎章。一位優秀的散文家卻以如此割裂不全的面目被認識，實在令人慨歎。以新近《鹽分地帶文學》（2018年3月）所評選的「台灣十大散文家」而言，同樣是忽略了這位報導文學先驅。[7]

《鹽分地帶文學》所評十大（陳列、簡媜、楊牧、夏曼·藍波安、林文月、吳明益、陳芳明、劉克襄、林文義、廖鴻基），無疑著重本土特質，對比四十年前（1977）著名的源成版以外省來台作家為主的《中國當代十大散文家》（張秀亞、思果、徐鍾珮、琦君、蕭白、王鼎鈞、張曉風、顏元叔、子敏、張拓蕪），當然是有趣的對比。這之中，尤其可見與林文義同時出道，同是本土出身的古蒙仁是較被忽略的。

---

4 古蒙仁：〈我的終老之鄉〉，《青埔悠活：在地的美好時光》（台北市：聯合文學出版社，2017年6月），自序。

5 二〇一五年古蒙仁任國家文學館台灣文學金典獎評審委員，長篇小說選出吳明益《單車失竊記》與甘耀明《邦查女孩》同獲首獎。

6 古蒙仁：〈吃冰的滋味〉，多年前即被選入國中國文課本第二冊中。

7 《鹽分地帶文學》二〇一八年三月評選的「台灣十大散文家」，依票數分別是陳列、簡媜、楊牧、夏曼·藍波安、林文月、吳明益、陳芳明、劉克襄、林文義、廖鴻基。

台灣中文及台文學界，近年碩博論文研究台灣本土作者以及其散文作品者有漸多之勢，然而論及古蒙仁，多半僅僅聚焦在報導文學，社會關懷，甚至討論到部落的文化再現[8]，就是沒有全面探討其小說或散文成就者，到目前為止，寫作年表也未有周全者。[9]

近年台灣文學史對古蒙仁散文的評價，一樣是不足的。以陳芳明《台灣新文學史》（2011）來說，對古蒙仁就一字未著，實屬明顯疏漏。[10]《台灣新文學史》第十八章「台灣鄉土文學的覺醒與再出發」聚焦於鍾肇政與葉石濤等長篇歷史小說與笠詩社，第十九章談鄉土文學的論戰與批判，第二十章「一九七〇年代台灣文學的延伸與轉化」中，在「戰後世代本地作家的本土書寫」裡，僅僅談到小說家楊青矗、鍾鐵民、王拓、洪醒夫、東年、小野、吳念真、鍾延豪、吳錦發。

平心而論，從現代主義到鄉土文學，陳芳明教授的文學史論詩、小說與文學潮流俱為精到，寫得虎虎生風，筆力萬鈞，但《台灣新文學史》中，六〇到七〇年代的散文恐怕是寫得最弱的一環。古蒙仁的散文以及他所代表的報導文學背後的主流媒體立場，就在這樣文類與本土論者的雙重夾縫中，被忽略了。

專就散文而言，七〇年代的散文，恰好經歷了外省來台世代與本土世代的交替（或稱涇渭合流）。四年級這一波（五〇年代初期出生者），堪稱戰後世代本土文學首發打者。其中佼佼者阿盛、林雙不、陳銘磻、小野、古蒙仁、吳念真、林清玄、林文義等，大多散文小說兼擅。在台灣戰後出生的本

---

8 近年有關古蒙仁之博碩論文，二〇〇六年薛麗珠《古蒙仁的報導文學作品研究》（台北教育大學應語所）側重報導文學七本作品，未及古蒙仁其他散文集；二〇一三年吳佩蓉《古蒙仁的報導文學中的土地關懷》（世新大學中文所）；二〇一三年張育燕《再現Smangus：文化再現與地方主體再造》（成功大學台文所）聚焦秀巒山村，黑色部落與司馬庫斯；二〇一五年周琬翔《古蒙仁報導文學中的台灣現象揭露及批判》（文化大學中文所）。

9 《古蒙仁自選集》篇末寫作年表錄至一九八一年，《人間燈火》錄至一九八七年，薛麗珠碩論錄至二〇〇五年。

10 陳芳明：《台灣新文學史》（新北市：聯經出版事業公司，2011年）。

省籍男性散文家裡，林清玄（1953-）、古蒙仁（林日揚，1951-），和林雙不（黃燕德，1950-）、林文義（1953-），又剛好代表兩條不同的路線。林清玄與古蒙仁依附主流媒體，作體制內的努力，林雙不與林文義在美麗島事件後文風丕變，自此逐漸走向本土與黨外立場。

七〇年代報導文學引領社會風潮，林清玄和古蒙仁同受高信疆賞識，也同有重要貢獻，一九七八年與一九七九年，古蒙仁連續以〈黑色的部落〉、〈失去的水平線〉獲中國時報文學獎，早期結集的報導文學以《黑色的部落》（1978）與《失去的水平線》（1980）最為知名。林清玄《長在手上的刀》、《鄉事》、《永生的鳳凰》同樣見證了高信疆主導的報導文學熱潮的重要成就。《長在手上的刀》（1978）是林清玄報導文學的首航，收錄了四年間十八篇作品，《鄉事》（1980）篇幅拉長，注意到都市與鄉村，事物與人的平衡，《永生的鳳凰》（1982）是很有南台灣風味的一本作品，從陳達、洪通、蘇南成，說到延平郡王祠。寫將軍北門濱海烏腳病防治中心的〈不敢回頭看牽牛〉，更曾獲一九八一年中國時報報導文學獎，成就堪與古蒙仁比肩。

在年紀和文學起步上，林清玄和林文義卻似乎更為接近，憂鬱文藝腔的抒情美文是他們入行的投名狀，卻在八〇年代走向路的兩頭。在林文義成為街頭吶喊的社會記者時，林清玄遁入了菩提心門，意外開啟了下個十年的「心靈散文」熱潮。四個出身不同地域的本省籍青年，在不同時期參與了社會。論幸運，林清玄無疑是此中之最。一百餘種，總計六百萬本的銷量，結合暢銷排行榜的優勢，在九〇年代名聲達到巔峰，形成了文壇至今無法複製的明星光環與「心靈導師」（或「教主」）。[11]有人稱此為「林清玄現象」，稱他是「宗教界的瓊瑤」。古蒙仁長林清玄兩歲，而他們的文學底蘊一被報導文學聲名所掩，一為後來的暢銷光環蒙蔽，同樣未曾得到應得的肯定。

11 鄭志明：〈林清玄學佛散文的教主形象〉，《鵝湖》第24卷第5期（1998年11月），頁1-13。其云：「林清玄文教基金會」以淨化心靈為號召舉辦多場演講，形成龐大支持力量，使林清玄儼然成為以語言文字傳道的教主。

二　古蒙仁的小說與文壇際遇

說到古蒙仁，不知多少人對他早期小說〈盆中鼈〉[12]描繪補習班學生的青春苦悶，極具象徵意涵的細膩文筆，念念難忘。主述者「我」在走出補習班好友狹仄的宿舍後，只記得那隻作為寵物，在臉盆中掙扎爬不出困境的鼈：

> 我低下頭，凝視著盆底那圈小小的世界。鼈蹣跚的在水面上爬行著，弄皺了那池淨水。細微的水波，盪漾著吊燈破碎的反光，也盪漾著他臉龐的倒影。看起來，那影子像貼在水面上，而鼈就在上面爬行著，踐踏著，玩弄著。
>
> （古蒙仁：〈盆中鼈〉（1972），收入小說集《狩獵圖》[13]）

這和他第一篇發表的報導文學〈一個沒有鼾聲的鼻子——鼻頭角滄桑〉一樣，隱喻精巧，文字靈動，堪稱技驚四座：

> 雨天的漁港，淒清而婉然，防波堤外的浪花撲打著，遠遠的太平洋像一隻溫和的巨獸，仰臥在水天一線的千里煙波裡。一個寂靜的漁村，一個美麗的小港口。
>
> （古蒙仁：〈一個沒有鼾聲的鼻子——鼻頭角滄桑〉〔1975〕，收入《黑色的部落》[14]）

「古蒙仁」，這個聽來有點怪的筆名（蒙古人？），其實是一心崇慕塞外風光，也是他剛進輔仁大學那年的惡作劇。一九五一年生於雲林虎尾，本名林日揚的他，在籍貫欄裡填下蒙古庫倫，並於一九七二年首次用這筆名，在中

---

12 古蒙仁〈盆中鼈〉一九七二年原發表於中央日報副刊，被沈謙收入其主編的《年度小說選》，因此稱沈謙為他的第一個貴人。古蒙仁：〈舊夢中的舊愛——我的小說家之夢〉，《明道文藝》第300卷（2001年），頁86-90。

13 古蒙仁第一本小說集《狩獵圖》（台北市：武陵出版社，1976年），一九七九年時報公司改版，加入數篇小說〈碧岳村遺事〉、〈紅蜻蜓〉、〈旅店〉，易名為《夢幻騎士》。

14 古蒙仁第一本報導文學《黑色的部落》（臺北市：時報文化出版企業公司，1978年）。

央日報副刊發表短篇小說〈盆中鼈〉，被沈謙收入《年度小說選》後一夕成名，遂沿用至今。

寫〈一個沒有鼾聲的鼻子——鼻頭角滄桑〉當時的古蒙仁，才剛二十出頭，意氣風發的新生代，在老前輩胡菊人眼中，是個理著平頭，結實壯碩如小牛，答話如士兵般快、準、短，上下樓如飛簷走壁的年輕小伙子。[15]而當時的他在高信疆慧眼識珠之下，剛剛加入中國時報副刊的撰稿工作。

加入這個撰稿工作，原也是無心插柳。古蒙仁在輔大中文系大四時，由於一科必修的「訓詁學」不及格，導致無法畢業，這不小的挫敗，改變了他的一生，並曾被他寫入短篇小說〈夜奔〉裡。像林沖雪夜上梁山一樣，倉皇趕赴台北尋求成績補救的大四生，被峻拒於老教授門外。古蒙仁在延畢補修學分這一年，開啟了一番更廣大的天地，他把避居台灣北岸的鼻頭角漁村這段憂思徬徨，寫成長文〈一個沒有鼾聲的鼻子——鼻頭角滄桑〉，一九七五年發表於高信疆策劃的「現實的邊緣」副刊專欄，就此一炮而紅，展開了古蒙仁往後漫長的記者生涯與報導文學路途。

七〇年代中期，高信疆倡議報導文學的出發點，原是要彰顯民族主義的文化情懷，結果卻由於報導文學以現實為基礎的邏輯，由林清玄及其同輩新世代無心插柳的蓄積了台灣稍後鄉土文學論戰與本土意識的能量。[16]在技巧上，高信疆的「新新聞」（New Journalism，新聞文學化）理想，和古蒙仁、林清玄所強調報導文學需兼有「文學特具的感性」觀念正是不謀而合的。

一九七八年與一九七九年，古蒙仁連續以〈黑色的部落〉、〈失去的水平線〉獲中國時報文學獎，一九七九年又在白先勇的賞識下以短篇小說〈雨季中的鳳凰花〉勇奪第二屆時報文學「推薦小說」獎，首部短篇小說《狩獵

15 胡菊人：〈我看台灣「新生代」〉，收入陳銘磻《賣血人》（台北市：遠流出版事業公司，1979年）與《陳銘磻報導文學集》（台北市：華成圖書出版公司，2002年）。

16 林清玄曾自稱是高信疆「最初的子弟」，〈灑在邊疆的陽光〉（《鴛鴦香爐》）曾述及高信疆對他的提攜。蔡源煌〈最後的浪漫主義者〉稱高信疆為「最後的浪漫主義者」，從《龍族》詩刊到《中國時報》，高信疆的民族主義，所謂「寫自己土地的東西」雖然主要是與西化對應，但情感大於理性，對他人的排斥比較不明顯。此文收入《七〇年代理想繼續燃燒》（臺北市：時報文化出版企業公司，1994年）。

圖》也易名《夢幻騎士》由高信疆主持的時報出版公司重新出版，一時聲名大噪。這時的他剛從軍中退伍，不到三十歲。

古蒙仁早期報導文學，以《黑色的部落》（1978）與《失去的水平線》（1980）二書最為知名。《黑色的部落》偏向長期靜態的地方觀察，秀巒山村、九份小鎮、鼻頭角漁港、西港建醮，是一個多愁善感的大學生帶著好奇的眼光所寫的抒情長文。《失去的水平線》是古蒙仁退伍後擔任《時報週刊》記者的動態出訪，篇幅較為節制而有效率，加入了攝影鏡頭，有意識的報導社會現象，發掘問題，關懷層面也擴大了，例如七股鹽田、虎尾糖廠、太平山林場等，即使這系列文字長度較短，古蒙仁也沒忘了運用小說筆法，對白效果，讓報導生動一些。

一九八〇年出版的《失去的水平線》，和較早的《黑色的部落》稍有不同，因應雜誌吸引讀者的需求，《失去的水平線》標題從早期的隨性到後來愈發生動活潑，這項特性一直延續到古蒙仁後來的所有報導文章。例如〈最後一朵夜玫瑰——北投女侍應生的最後一夜〉、〈牽起阿美族的手來——北區平地山胞聯合豐年節〉、〈銀河孤星——兩位老導演的淒涼晚境〉、〈再見！黑旋風——老火車的沒落〉，這些精彩標題，映襯了內文的深度，也建立了《時報週刊》報導文學的獨特品味。

從原先為自己而寫，變成為社會大眾而寫，著重批判精神與刊物立場，從社會現象逐漸轉為對人的關懷，《失去的水平線》等於是《黑色的部落》長篇報導的化整為零。古蒙仁在《失去的水平線》自序中說《失去的水平線》諸文，可以看作《黑色的部落》註腳，其實後來的《蓬萊之旅》、《天竺之旅》、乃至於《台灣社會檔案》、《臺灣城鄉小調》，都是這種風格的延伸。八〇年代初古蒙仁的報導文章裡，加重了林柏樑與謝春德攝影作品的份量，儼然已是陳映真《人間雜誌》的先聲了。

如今看來，中文系的文字根柢與才情早慧，使得古蒙仁的文學是不容小覷的。以一九八四年李瑞騰細數的新世代報導文學九家為例，古蒙仁外，另有陳銘磻、林清玄、邱坤良、翁台生、李利國、徐仁修、馬以工、心岱[17]，其中多人出身新聞專業，僅古蒙仁一人中文系科班。正是他的精鍊文字與早期小說《狩獵圖》、《雨季中的鳳凰花》[18]所顯露的細膩善感，使古蒙仁在報導文學作家中格外不俗。

古蒙仁的報導文學近於抒情散文，感染力強，遠遠超越了尋常新聞記者的文字水準。儘管《黑色的部落》中諸篇文字並非絕對完美（唐文標就認為真實性與客觀性可議，稍嫌本位主義）[19]，但古蒙仁文字的圓熟精準（後來甚至一直延續到中後期的抒情與生活散文），成功的實踐了高信疆報導文學「向文學借火」的理想，使他真正與其他報導／新聞寫作區隔開來，成為難得「鄉土出身，文字主流」的一種典型。他的題材十分本土，文字卻是抒情優美的好中文。

將一九七八年同獲時報文學獎的陳銘磻〈最後一把番刀——泰雅族原住民的昨日、今日、明日〉和古蒙仁〈黑色的部落——秀巒山村透視〉並列，同樣寫的是新竹縣尖石鄉的泰雅部落，二人筆下情調卻大不相同。陳銘磻〈最後一把番刀〉像縣政府報告書，多面觀點，稍欠剪裁，而古蒙仁筆下的黑色部落，入夜之後，山巒在黑夜中，閃現點點火光與炊煙，充滿一個平地青年對山地部落蒙昧未知的想像與浪漫情懷。

將古蒙仁〈黑色的部落〉和他同時寫的短篇小說〈山婦〉（即〈碧岳村遺事〉）並讀，年輕的山地探測員紀祥清與已婚的泰雅女子莫莉間一段似有若無的情愫，使知性的獵奇與硬性的報導，憑添了不少美麗的煙雲，這和陳銘磻著重教育，關懷弱勢原民青年的小說《部落，斯卡也答》，也是大異其

---

17 李瑞騰：〈從愛出發——近十年來台灣的報導文學〉，《文藝復興月刊》第158期（1984年12月），頁50-58，收入李瑞騰《台灣文學風貌》（台北市：三民書局，1991年）。

18 古蒙仁短篇小說集《雨季中的鳳凰花》（臺北市：時報文化出版企業公司，1980年），收錄了〈雨季中的鳳凰花〉、〈金魚族的末日〉、〈故鄉之妹〉三篇得獎小說，前有白先勇序〈鰻仔與金魚族〉，針對古蒙仁筆下南臺灣一戶養鰻農家的興衰，取與宋澤萊〈打牛湳村〉相比並。

19 唐文標：〈我來，我見，我……——談談古蒙仁的報導文學「黑色的部落」〉，《中國時報》，1978年11月15日，收入古蒙仁《黑色的部落》書前序言。

趣的。[20]

〈黑色的部落〉是「報導」，而〈碧岳村遺事〉無疑就是延伸出去的「文學」了。像古蒙仁這樣懷著浪漫心腸，親切而優美的社會報導，實為難得的芬芳筆墨[21]，在當時是不多的。也因為寫得早，古蒙仁幸運的站上了報導文學最大浪頭，成為報導文學的指標性人物。

台灣的報導文學，遙承一九三七年楊逵日治時期《台灣新文學》裡的吶喊，在七〇年代，挾著主流媒體的優勢崛起，巧妙的結合官方與本土兩派不同立場，呼應鄉土文學論戰和本土意識，一時之間蔚為風潮。一九八五年至一九八九年，報導文學這股力量逐漸由出獄後陳映真辦的《人間雜誌》整合，走向鮮明圖像、批判立場與對弱勢者的關懷。[22]而當時古蒙仁早已出版他最重要的六本報導文學散文集《黑色的部落》、《失去的水平線》、《蓬萊之旅》、《天竺之旅》、《臺灣社會檔案》、《臺灣城鄉小調》[23]，卸下記者工作，隻身遠赴美國威斯康辛大學唸碩士學位了。

一九八三年，正巧黯然離開中時副刊編務的高信疆也赴美散心唸書，二人重逢於威斯康辛異鄉小城「陌地生」（Madison）。這段際遇，被古蒙仁寫入了散文集《流轉》裡的〈再會江湖〉、〈秋夕五月花〉、〈愛荷華之秋〉諸文。同時期古蒙仁也迷上了攝影，回台後出版散文集《流轉》時，開了個名

---

20 古蒙仁〈山婦〉與〈黑色的部落〉都寫於入伍前。〈山婦〉發表於一九七七年六月《中國時報》人間副刊，古蒙仁一九七九年退伍後改寫此文為〈碧岳村遺事〉，收入《夢幻騎士》（臺北市：時報文化出版企業公司，1979年）及《古蒙仁自選集》（臺北市：世界文物出版社，1981年）。陳銘磻（1951-）曾任教於新竹尖石部落，小說《部落，斯卡也答》（德華出版社，1977年）敘述山地青年依尼離開原鄉到平地奮鬥的挫敗歷程，著重原民教育的反思，「斯卡也答」為「再見」之意。

21 劉明子：〈走入更深的層面──評《黑色的部落》〉，《書評書目》第71期（1979年3月）。

22 陳映真：〈台灣報導文學的歷程〉，《聯合報》，2001年8月18日-20日；楊素芬：《台灣報導文學概論》（台北縣：稻田出版公司，2001年）。

23 古蒙仁《人間燈火》（臺北市：希代出版公司，1987年）乃收錄舊作而成，多篇已見前書。薛麗珠《古蒙仁的報導文學作品研究》將古蒙仁報導文學分為前期（《黑色》、《水平線》）、中期（《蓬萊之旅》、《天竺之旅》）、後期（《臺灣社會檔案》、《臺灣城鄉小調》、《人間燈火》）。

為「流轉」的攝影展，頗獲好評。二〇〇四年《凝視北歐——一場作家與攝影家的浪漫對話》基本上就是它的延伸，文字結合圖像，成為一場美不勝收的視覺饗宴。

自稱「小說是我的初戀，報導文學是我的最愛，散文和雜文則是我的紅塵知己」的古蒙仁，這三種文類剛好也歷經了他的青、壯、中三個人生階段。[24]一九九七年，時任國藝會副執行長的古蒙仁曾接受李瑞騰訪問，承認不曾忘情寫作，面對自己曾有的文學版圖，卻不免感傷。他的報導文學和小說，都是「愈早期的愈好」，自稱寫小說對他已經是很遙遠的事，主要是熱情不再了。中年古蒙仁不再寫小說與報導文學，在文壇上逐漸淡出，但白先勇二〇〇一年序《吃冰的另一種滋味》時，念念不忘古蒙仁寫得一手「漂亮的散文」，並說他任職《時報週刊》時寫的大量報導文章，集合起來幾乎「就是一部台灣從七〇年代跨入八〇年代的社會變遷史」，真是識人之語。

三　古蒙仁的散文轉折與文學特質

綜觀古蒙仁散文的寫作歷程，幾乎以一九八三年為分界點。一九七五至一九八三年寫了七本報導文學（前述六本，加上《人間燈火》），一九八三年後轉換為抒情／生活散文，《流轉》到《虎尾溪的浮光》，恰好也是七本——《流轉》（1987）、《小樓何日再東風》（1990）、《天使爸爸》（1994）、《同心公園》（1996）、《吃冰的另一種滋味》（2001）、《大哥最大》（2004）、《虎尾溪的浮光》（2010），質與量都稱可觀。

《流轉》，可稱為古蒙仁唯一的抒情散文集，分「四季」、「生活」、「雲遊」、「趣味」四輯，書寫北國風情與異鄉求學的生活感觸。當時古蒙仁住進全是外國人的「合作學舍」，在青春歡快，熱鬧活潑中體會另一種人生，篇題與文字都精美華贍，別具匠心，不亞於早年創作小說時的講究。例如〈賦秋聲〉，脫胎自〈秋聲賦〉，只是將悲情轉換為驚喜，情致更勝一籌；〈愛荷

---

24 古蒙仁：〈小說創作的第二章〉，《第二章》（台北市：遠流出版事業公司，1991年）。

華之秋〉近似司馬桑敦〈愛荷華秋深了〉的轉化；〈春望〉，則或許是杜甫詩作的移情，《流轉》中寫得最好的幾篇，簡直可力追余光中六〇年代旅美的〈逍遙遊〉、〈落楓城〉。

一九八七年古蒙仁的《流轉》一書，字裡行間充滿濃厚的浪漫氣息，唯美的抒情風格，流淌在文字的金光中：「驅車一路南行，正趕上季節遞變的腳步。我們的車子恰像魔術師的魔杖，車輪過處，顏色由紅而黃而綠，十分明顯。中西部的平原，便這樣一步一步的被秋天佔領了」(〈秋夕五月花〉)。又如同書〈優詩美地〉(Yosemite) 一文：

> 蒼勁粗獷的稜線，將滿天的夕陽，切割成一條條黑紅相間的帶子。背光的山谷，已沉落在蒼茫的暮色中，可是那朝西的岩壁上，仍閃耀著夕陽柔和的光輝。

這樣的文句，幾乎令人想起古蒙仁早期《黑色的部落》〈破碎了的淘金夢〉寫九份山城的奇詭穠麗：

> 整個九份山城，浴滿日光的呈現在窗口外。一絲聲響也沒有的午後，使人覺得那是一框色調濃重的油畫，塗著一層厚厚的顏料。日光、石梯、山巒、蓊鬱的林木、傾頹的屋脊，都被過份強調得顯出一副慘烈無言的愁容來。[25]

此等情調，無怪乎白先勇形容古蒙仁的文字「謠麗穠稠」，「受陳映真影響，不斷追尋美感的，稠密的詩質語言」，而古蒙仁自己，也自認「相當重視文字技巧」，「對於語言文字的錘鍊鑄造，從來不敢掉以輕心」。[26]這一點，無論是他的小說、報導文學、散文，內裡都幾乎是一致的。

---

25 古蒙仁：〈破碎了的淘金夢——九份、金瓜石今昔〉，《黑色的部落》(臺北市：時報文化出版企業公司，1978年)，頁67。

26 白先勇：〈鰻仔與金魚族——讀古蒙仁的小說〉，收入古蒙仁《雨季中的鳳凰花》(臺北市：時報文化出版企業公司，1980年)；古蒙仁：〈旋轉吧！我內心中的風車〉，《夢幻騎士》(臺北市：時報文化出版企業公司，1979年)，頁11。

如果以形式主義和寫實主義來界定古蒙仁，無疑寫實主義才是他成功的品類。報導文學、生活散文，甚至古蒙仁的小說，也以鄉土寫實為優。例如寫南台灣鰻魚池的《雨季中的鳳凰花》、原住民部落的〈碧岳村遺事〉、破落礦區的〈旅店〉。多年後，古蒙仁回憶這篇探討沒落礦村命運的〈旅店〉，仍自認對人性慾念有深入刻劃，為當時最具野心之作。[27]古蒙仁一九九一年的小說集《第二章》曾試圖改變，拓展了異國題材，卻淡乎寡味，不甚成功。

出身台灣農鄉，曾經在六〇年代現代主義、虛無思想與悒鬱傷感的氛圍裡練劍的古蒙仁，對陳映真、《麥田捕手》和三島由紀夫畢竟不是本色當行。早年陳映真看古蒙仁《狩獵圖》裡的校園衝突，青春狂想，就認為稍遜林懷民，只承認古蒙仁小說中的心理觀察相當敏銳。劉紹銘身為古蒙仁的碩士指導教授，也看出「雨季中的鳳凰花」系列三篇，差不多是古蒙仁小說生命的結束了[28]，同是知人之言。古蒙仁小說寫得最早，總量卻不多，共結集為《狩獵圖》(《夢幻騎士》) [29]、《雨季中的鳳凰花》、《古蒙仁自選集》、《第二章》。《第二章》出版於一九九一年，也正式為古蒙仁小說創作畫下了句點。

不同時期，有著不同的心境與文學表達。一九八五年古蒙仁返國、結婚、生子，擔任《中央日報》副總編，從採訪記者退居幕後編輯台，後來又任國藝會處長、副執行長、雲林縣文化局長。古蒙仁專欄文章，抒情文字與生活雜感，取代了前期的報導文學。自稱「心情愈接近中年，愈感受到沈澱與內斂的和平中庸之美。一點點參悟加上幾分的豁達，偶有機智雋語，從容

27 古蒙仁：〈築夢的地基——我的第一本書〉，《幼獅文藝》第82卷第6期（1995年），頁91-95。

28 古蒙仁〈我內心的風車〉，收入《夢幻騎士》(臺北市：時報文化出版企業公司，1979年）序言。《夢幻騎士》為短篇小說集，收錄數篇新作與《狩獵圖》(台北市：武陵出版社，1976年）內容而成。許南村（陳映真）:〈讀古蒙仁作品後的一些感想〉，此文寫於一九七六年，收入《古蒙仁自選集》(臺北市：世界文物出版社，1981年)。〈任何工作都在累積人生的經驗——李瑞騰專訪古蒙仁〉，《文訊》第136期（1997年2月)。

29 古蒙仁第一本小說集《狩獵圖》原由武陵出版社一九七六年出版，但排版與銷售都有狀況，後一九七九改版為《夢幻騎士》)，由高信疆主持的時報出版社出版。古蒙仁：〈築夢的地基——我的第一本書〉，《幼獅文藝》第82卷第6期（1995年），頁91-95。

自若的摘記下來，不知不覺又恢復了寫雜文的習慣」。

一九八七到一九九七年這十年間，古蒙仁發表在中央日報、聯合報與中國時報雜文，收錄成《小樓何日再東風》（1990）、《天使爸爸》、（1994）、《同心公園》（1996）。市聲雜沓，小兒喧囂，筆下生活味多了，文章照樣生猛精彩。

《小樓何日再東風》、《天使爸爸》、《同心公園》三本散文，代表了九〇年代台北家居的古蒙仁，此中多了些人間味與戲謔感，發展出一套市井小民嬉笑怒罵的文字風格。飆機車、買名牌，練健身、入庖廚，甚且炒股買房，滿口育兒經。題材看似碎散一些，卻也熱鬧精彩的呈現出都市人生活的各種壓力與解決之道。論滑稽突梯，市聲喧囂，〈人蚊大戰〉、〈新角頭大哥夢〉、〈大哥大與呼叫器〉堪稱首選；最能勾起農業時代鄉愁的，則是〈澡堂春秋〉、〈蒲扇與涼蓆〉、〈六月十八節〉、〈小學同窗會〉、〈重返蔗鄉〉。〈番婆有約〉是一篇晨起上陽明山健身的妙文，〈小樓何日再東風〉回憶年輕時與林清玄的一段情誼，〈石化大亨的左腳〉說自己大四打工的狼狽際遇與狂妄志氣，而你赫然發現那困頓發不動摩托車的卑微小人物，不正是他早期小說〈夢幻騎士〉主角的原型嗎？

往日寫報導文學，是掌鏡的旁觀者與評論者，而今回歸到寒涼中年的自己，古蒙仁筆下開始有了幾許滄桑。二〇〇一年《吃冰的另一種滋味》裡有幾篇作家特寫非常成功，只可惜未能寫成一系列。〈老蓋仙夏元瑜之謎〉之外，〈人間孤島〉周夢蝶、〈遊園尋夢〉白先勇，都證明了古蒙仁的精準犀利與觀察入微未減當年。

使古蒙仁近作突顯的，是二〇〇二年回鄉任雲林縣文化局長後開發出來的鄉愁與憶舊系列，以《大哥最大》（2004）與《虎尾溪的浮光》（2010）二書最稱代表。《大哥最大》裡的各地行腳，白河蓮鄉、武陵農場、九份山城，彷彿踩著自己昔日年輕的足跡憑弔過往，全書後半篇幅收攏到「返鄉雜感」，那些南台灣小鎮糖鄉的甜蜜金黃氣息，往下銜接了二〇一〇年《虎尾溪的浮光》的主調。

二〇一〇年春夏，古蒙仁的散文集《虎尾溪的浮光》，書寫南台灣糖業小鎮虎尾的繁華與沒落，再度引發了讀者與文壇的關注。距離高信疆主編中國時報副刊的紙上風雲年代，荏苒三十餘年，古蒙仁已然有一點歲月的星霜了。歷任編輯、文化局長諸多職務的古蒙仁，正如二〇〇〇年自加拿大溫哥華回返台南的林佛兒[30]一般，開始寫下懷念兒時之作。

初看《虎尾溪的浮光》封面河水悠悠，餘暉閃爍，就幾乎預告了一個輝煌時代的向晚。正確一點來說，那是台灣中南部盛夏的蔗鄉，虎尾糖廠員工宿舍裡的美麗童年。一個因為納入主流價值體系（類似軍公教），有著優渥待遇與福利（五〇至六〇年代台糖全盛時期），平穩舒適的南台灣農鄉生活回憶。怎麼說，也和困窮濱海的雲林口湖鄉林雙不（碧竹），或蒙上些政治陰影的二崙鄉永定村女兒季季，有著些許不同的情調。

《虎尾溪的浮光》主題集中於童年與故鄉，那是一個輝煌時代的尾聲，也是台灣中南部盛夏糖廠員工宿舍裡的美麗回憶。

古蒙仁〈食堂的美好時光〉裡，把台糖員工餐廳裡數十年如一日的勤懇老闆簡直寫活了；〈兀自聳立的煙囪〉是糖業小鎮的一頁興衰史；〈萬邦之鄉〉言台糖宿舍裡小孩世界的外省本地族群融合；〈西安大第〉是田埂路上撫今追昔的步步足跡。而〈夏日冰塊組曲〉，南臺灣夏日驕陽下，一期稻作收割時，父親命小孩到李福冰店買回來大塊冰磚，「麻繩綁著冰塊，搖搖晃晃閃著晶亮的寒芒」，「那些大塊大塊的冰塊，在漆黑的仙草冰裡載浮載沉，好像黑海中漂浮的冰山，不時碰撞在鐵桶上，發出沉重的聲音」，那仙草冰和米苔目，聲情兼美，令人垂涎。加上古蒙仁更早一篇〈澡堂春秋〉，根本可以和阿盛早期扛鼎作〈廁所的故事〉，並列為南台灣農鄉散文三部曲了。

《虎尾溪的浮光》卷三的「台北心情」裡，看古蒙仁一把年紀還在陪讀陪考基測學測，兒子上考場，老爸老媽能作的都作了，仍然考得一敗塗地，讀來實在令人非常幸災樂禍。〈梵唱〉與〈授證日〉記父親禮佛與關渡「慈

---

30 林佛兒（1941-2017）為台南佳里詩人與小說家，創辦《推理雜誌》並任「加拿大華文作家協會」會長，二〇〇〇年返台後，二〇〇五年起擔任《鹽分地帶文學》雙月刊總編輯。二〇一七年林佛兒年去世後，《鹽分地帶文學》改由遠景出版社接手。

濟人文志業中心」因緣，一半塵世，一半天堂，正如卷一「美好時光」童年往事與當下現實，交織成複雜的況味。但卷二〈告別雲林〉、〈咬狗山莊〉可就太有趣了。沒人知道雲林縣一方之霸張榮味是這樣有情有味一個人，縣長卸任後在偏遠的小山村裡種樹，山荒水遙，莊名「咬狗」，叫人不想去也難。古蒙仁拿捏文字的分寸正好，一點點詼諧，適量的恭敬，加上一小匙懸疑，他的手藝就是順口適喉，別無秘技，唯誠心而已。

四　餘音

以散文書寫南部家鄉、身世與記憶，阿盛之外，古蒙仁算是文壇少見的好筆。在《同心公園》〈重返蔗鄉〉裡，古蒙仁是這麼描述他的原初記憶的：「我時常在睡夢中醒來，傾聽遙遠而低沈的，像心臟一般跤動著的輪機聲。以及小火車駛過虎尾溪鐵橋的，像音樂一般迷人的震動聲，而感到一種被庇蔭的溫暖和幸福」。同樣來自南台灣，並且濡染了台北的主流文化與價值，古蒙仁比阿盛晚了二十年才開始書寫故鄉風物，這系列文字卻比他九〇年代的幽默風格辨識度更高，成就也與他七〇年代的報導文學可堪比並。

在多年以後，人們除了黑色的部落，應當也無法遺忘古蒙仁筆下的虎尾糖廠吧！那隨風遠逝了的時代，夏日有燠熱的蟬聲，襯著淺丘琉璃子與三船敏郎的斑駁海報，空氣裡中有蔗糖的焦香，租書店裡有瞌睡的老闆。那老闆，多半有幾個一頭白髮的糖廠兒時玩伴在名古屋，他們叫作金澤、竹內或淺井，像古蒙仁小說〈台灣志願兵〉裡的主角一樣，多年來惦念著台灣故鄉的訊息吧！[31]

從七〇年代的黑色部落到如今的故鄉往事，古蒙仁筆下那一個個繁華落盡，孤燈清冷的小城鎮，印證了台灣社會的起落興衰。為了工作一輩子汲汲營營的古蒙仁，如今於青埔悠活人生，於搬遷青埔後才有所覺悟，讓他更加

31 古蒙仁小說〈台灣志願兵〉，收入《第二章》（台北市：遠流出版事業公司，1991年），以一個台灣青年到日本尋訪父親虎尾糖廠兒時玩伴為背景展開故事，很有自身的影子。

珍惜這段與家人共度的美好時光。舊時月色，猶見心頭人影，古蒙仁的文字與鏡頭都不玩技巧，強調思考、觀察與內容遠較技巧重要。[32]在台北主流文化和南部邊緣位置間，古蒙仁像守護家傳養鰻池的樹仔叔般，就是到了台北或異地，也不改鄉下人的憨直。那雨季中的鳳凰花，雖然老邁不堪，卻猶屹立在灰濛濛的天空裡，怵目的燃燒著。

---

32 劉洪順：〈古蒙仁：與時光結伴而行〉，《文訊》第28期（1987年2月），頁95。

參考資料

一　古蒙仁散文書目

《黑色的部落》（報導文學）　臺北市　時報文化出版企業公司　1978年
《失去的水平線》（報導文學）　臺北市　時報文化出版企業公司　1980年
《蓬萊之旅》（報導文學）　臺北市　時報文化出版企業公司　1982年
《天竺之旅》（報導文學）　臺北市　時報文化出版企業公司　1982年
《臺灣社會檔案》（報導文學）　臺北市　九歌出版社　1983年
《臺灣城鄉小調》（報導文學）　臺北市　蘭亭書局　1983年
《流轉》　臺北市　九歌出版社　1987年
《人間燈火》　臺北市　希代出版公司　1987年
《小樓何日再東風》　臺北市　九歌出版社　1990年
《天使爸爸》　臺北市　九歌出版社　1994年
《同心公園》　臺北市　九歌出版社　1996年
《吃冰的另一種滋味》　臺北市　九歌出版社　2001年
《大哥最大》　臺北市　九歌出版社　2004年
《凝視北歐——一場作家與攝影家的浪漫對話》　臺北市　上旗出版社　2004年
《虎尾溪的浮光》　臺北市　九歌出版社　2010年
《台灣山海經——國家公園生態文學之旅》　臺北市　印刻文學出版社　2010年
《花城新色——新社的故事》　臺北市　遠流出版事業公司　2016年
《青埔悠活：在地的美好時光》　臺北市　聯合文學出版社　2017年

二　古蒙仁小說書目

《狩獵圖》（後改版為《夢幻騎士》）　台北市　武陵出版社　1975年

《夢幻騎士》　臺北市　時報文化出版企業公司　1979年
《雨季中的鳳凰花》　臺北市　時報文化出版企業公司　1980年
《古蒙仁自選集》　臺北市　世界文物出版社　1981年
《第二章》　臺北市　遠流出版事業公司　1991年

三　論文

許南村（陳映真）　〈讀古蒙仁作品後的一些感想〉（1976年）　收入《古蒙仁自選集》　臺北市　世界文物出版社　1981年
李漢呈　〈懷抱著熱情與批評──談古蒙仁的《狩獵圖》〉　《西子灣》（副刊）　1978年7月14日　收入《古蒙仁自選集》　臺北市　世界文物出版社　1981年
唐文標　〈我來，我見，我……──談談古蒙仁的報導文學「黑色的部落」〉　《中國時報》　1978年11月15日　收入古蒙仁《黑色的部落》　臺北市　時報文化出版企業公司　1978年
古蒙仁　〈破碎了的淘金夢──九份、金瓜石今昔〉　《黑色的部落》　臺北市　時報文化出版企業公司　1978年
白先勇　〈鰻仔與金魚族──讀古蒙仁的小說〉（1979）　收入古蒙仁《雨季中的鳳凰花》　臺北市　時報文化出版企業公司　1980年
劉明子　〈走入更深的層面──評《黑色的部落》〉　《書評書目》第71期（1979年3月）
古蒙仁　〈我的創作經驗──摸索、試探、邁進〉　《文藝月刊》第154期（1982年4月）
李瑞騰　〈從愛出發──近十年來台灣的報導文學〉　《文藝復興月刊》第158期（1984年12月）　頁50-58　收入李瑞騰《台灣文學風貌》　台北市　三民書局　1991年
劉洪順　〈古蒙仁：與時光結伴而行〉　《文訊》第28期（1987年8月）
古蒙仁　〈舊夢中的舊愛──我的小說家之夢〉　《明道文藝》第300卷（2001年）　頁86-90

胡菊人　〈我看台灣「新生代」〉　收入陳銘磻　《賣血人》　台北市　遠流出版事業公司　1979年、《陳銘磻報導文學集》　台北市　華成圖書出版公司　2002年

古蒙仁　〈築夢的地基——我的第一本書〉　《幼獅文藝》第82卷第6期（1995年）　頁91-95

陳映真　〈台灣報導文學的歷程〉　《聯合報》2001年8月18日至20日

黃秋芳　〈在流轉的歲月中——古蒙仁的報導與文學〉　《明道文藝》第149期（1988年8月）

李瑞騰　〈任何工作都在累積人生的經驗——李瑞騰專訪古蒙仁〉　《文訊》第136期（1997年2月）

鄭志明　〈林清玄學佛散文的教主形象〉　《鵝湖》第24卷第5期（1998年11月）　頁1-13

張瑞芬　〈餘暉澹澹的蔗鄉——評介古蒙仁《虎尾溪的浮光》〉　《文訊》第298期（2010年8月）

楊素芬　《台灣報導文學概論》　台北縣　稻田出版公司　2001年

陳芳明　《台灣新文學史》　新北市　聯經出版事業公司　2011年

薛麗珠　《古蒙仁的報導文學作品研究》　臺北市　台北教育大學應用語言所碩士論文　2006年

吳佩蓉　《古蒙仁的報導文學中的土地關懷》　臺北市　世新大學中文所碩士論文　2013年

張育燕　《再現 Smangus：文化再現與地方主體再造》　成功大學台灣文學研究所碩士論文　2013年

鍾文音旅遊書寫的瑰麗文字美學

林葉連　蔡宜砡

雲林科技大學漢學所教授　雲林科技大學漢學所碩士

摘要

現代人經濟優渥，旅遊的機會變多，因應這股熱潮，旅遊文學這種文體蓬勃發展。近代屢奪文學獎的新銳作家鍾文音（1966-）在這類文體中實屬佼佼者，本文將探討鍾文音在此類文本中特殊的文字風格。My journal 系列的書寫形式採日記、書信、紀行體，鍾文音藉著旅行獨自追溯，進一步重組並還原已消逝的歷史時空，利用藝術家與文學家的往日足跡與自身的腳步做尋根與印證，進行各式的自我思考論證以及對哲人已逝的歲月作呼應與對話，增添彼此生命的色彩與厚度。過程中不斷的憶及原鄉，用孤獨的方式呈現自我療癒的進程。本文將探討鍾文音的文學風格，以及其在旅行異地的感懷，在島外投射出與島內的情愫相關聯，自我獨白之下的吶喊與繾綣。試圖在鍾式的美麗文字與細緻情感之中，找出其一脈相連的呼吸與情緒，試探作者生命與作品的溫度與鍊結。

關鍵詞：鍾文音、旅遊文學、孤獨、My journal

一　前言

鍾文音的旅遊文字書寫總是帶有自我對話的意味。在她的多本旅遊文學作品中，可以看出在旅程上都是一個人，孤獨地在異鄉進行懷想與寫作，雖常帶有一個人的寂寥感，卻對此型態樂此不疲。藉由獨身啟程，單人異地，更能讓心思清明，體會當下更加寧靜與深刻。或記事、或抒情、或日記、或書信，不同的文體表現方式，可以清楚的區隔出不同的情緒，也提供讀者不一樣的思維感受。本文將以 My journal 為系列討論，體會鍾文音在旅遊中的自我對話與內心感應。收錄在此一系列的文本計有：《遠逝的芳香——我的玻里尼西亞群島高更旅程紀行》，《奢華的時光——我的上海華麗與蒼涼紀行》，《情人的城市——我與莒哈絲、卡蜜兒、西蒙波娃的巴黎對話》，《孤獨的房間——我和詩人艾蜜莉、藝術家安娜的美東紀行》（以上按照出版時間先後順序排列）。

多才多藝的鍾文音總是不吝在文學之外給予讀者其他的驚喜，她的靈魂不同於其他從事書寫的作家，除了搖動筆桿之外，她還有多重靈魂與人格。她曾說自己有座後花園，是豐饒、美麗的後花園。[1]因為享受了閱讀之樂，所以知道文字的魔力，藉由美的文字，以及多年來浸淫藝術的領域中所沾染的瑰麗美學，從文字產生畫面，從畫面進入內心世界，這樣的書寫充滿浪漫基調，卻也確立了自我風格。

近年來，台灣各類作家如雨後春筍般在文壇相繼冒出，各式文類也蓬勃發展，拜經濟奇蹟之賜，無論島內島外的旅遊都熱鬧非凡。許多作家在本身擅長的文類之外也兼職寫旅遊小品，但是像鍾文音這樣大量產出的畢竟是少數，雖然鍾文音不只一次的表示寫小說才是她的正業，但因其旅遊文學的數量實在不容忽視，此方面的努力當然值得後輩探討。如果在現代小說史上鍾文音佔有一席之地的話，那麼在旅遊文學方面她更是翹楚。

1　參見自鍾文音：《美麗的苦痛》（臺北市：大田出版公司，2004年），頁91。她曾說：「越是廢墟的生活，越是需索豐饒的想像花園。雙手雙眼探向豐饒花園，閱讀如盛在盤子裡的文字花園，隨時可以被端進我的世界，隨時可以帶它去旅行。」

二　札記模式書寫

本文所提出「札記模式書寫」將探討鍾文音在 My journal 系列中的書寫風格，筆者所歸納的「札記式」所指為鍾文音在文本中大量使用的雜記、日記、書信以及一般傳統遊記的融合式筆法。這也是她個人所謂的「紀行體」。她曾在書前序文裡這樣解釋：

> 此風格延續此一系列之紀行書：《奢華的時光——我的上海華麗與蒼涼紀行》的追尋風格，但觀點則在自我中滲入更多的歷史還原，在自我之下展現三個女人的命運，爬梳她們的感情底蘊與作品氛圍和生之慾的能量。並略微觸及了我在巴黎的生活片片斷斷與在那座城市的塞納河右岸寫給在淡水河左岸的女性友人書簡。[2]

上述文中，鍾文音自己說得很清楚，此系列叢書大抵是採用相同的書寫模式。從鍾文音眾多與旅遊相關的文本中觀察可得知，她本人偏愛使用日記體與書信體，第一本出版的《寫給你的日記》雖然不是屬於 My journal 系列，但也是採用此類體例。

> 真實的日記本，充斥著當下手寫的糟亂與隨性的塗鴉，飽滿的生活物件，在這本書裡遁去，那樣原始的混亂和塗寫畢竟是不合於常態的出版。換句話說，雖以日記名之，但記錄書寫的角落大抵是光影可以照射之處，沒有陰暗至必須掩卷喘息的內容。[3]

以上出自於鍾文音《寫給你的日記》的序文中，此書成書極早，可見鍾文音早在開始寫旅遊散文時就偏愛這種方式，因為有所感而記錄，所以她稱為札記。這成為她個人的書寫特色。鍾文音曾在書中提到自己紀行體的寫作風格如下：

2　鍾文音：《情人的城市——我和莒哈絲、卡蜜兒、西蒙波娃的巴黎對話》（臺北市：玉山社出版事業公司，2007年），頁15。

3　鍾文音：《寫給你的日記》（臺北市：大田出版社，2005年），頁10。

> 二〇〇一年之後，我的旅行書寫雖是有所主題和目的的探索，但旅行的文字風格則顯得更自我，毋寧更接近一種純粹和瑣碎的個人小歷史的「紀行」（如二〇〇一年十月於星月書房出版的《遠逝的芳香——我的玻里尼西亞群島高更旅程紀行》和之後系列的紀行書）。如果異鄉旅行對我的書寫有些意思的話，大概是因為我無國界的性格，及從他鄉稍回信息給故里人知的心情吧！[4]

於是產生了鍾式文學中極為有特色的「紀行體」，而這紀行體已行之多年，成為鍾文音內與外的對話窗口，也成為在他鄉與母城的鎖鍊牽繫。

分析鍾文音的寫作體例中的分項，雜記、書信與日記三者合一，其中各項的書寫方式、內容與鄭明娳教授在散文體例中的定義與分野不謀而合，以下提出論證。鄭明俐教授說：

> 廣義的雜文範圍非常廣，可以說，在小品文中，典型的情趣小品、哲理小品以外的小品皆屬雜文。甚至於，任何一類小品的領域都是雜文所能進入，所能包容的。……雜文中的「雜」並非專指內容之駁雜，也涉及形式的不定型，它接受西洋的隨筆與中國的筆記文學以記錄為主的型式。在內容上，它具有理性的論說。然而，若視之為「文藝性的論文」，則又太窄太板，忽略了雜文的戲謔性質。雜文的形式是隨筆的、小品式的，而非嚴肅的論文，不能比諸「文藝性的論文」。應該說，雜文是具有作者直接論斷，帶有批評或議論之見的小品文。[5]

鄭明娳教授《現代散文縱橫論》對於散文中的各項體例定義得很清楚，而且在〈中國現代散文芻論〉一文中提到她對「雜記隨筆」的定義。

> 雜記隨筆：這是一種不注重藝術造境的散文體裁。它的內容雜揉了西洋正統散文的議論性，與中國傳統筆記與批點文學的紀錄性。通常以

---

4 鍾文音：《永遠的橄欖樹》（臺北市：大田出版社，2002年5月），頁273。

5 鄭明俐：《現代散文類型論》（臺北市：大安出版社，2001年），頁149。

> 作者深厚蘊藉的學術基礎為表裏；更需以銳利、獨到、細緻的見解穿插其間。[6]

在鍾文音的書中可以很明確的見到此種文體存在，尤其是作者深厚的文學底子當基礎，她個人敏銳且細膩的見解，此類文體佔有很大部分。例如在《孤獨的房間》一書中針對安娜·梅迪耶塔的作品提出見解，鍾文音的書寫如下：

> 她的作品和女體息息相關，許多的影像都充斥著有皺褶的洞口，毛絨的沙地，流血的牆面……等等，都可以廣義概括成和女體子宮有關係的聯想。至於起火的肉體、讓泥土與野草覆蓋的身體……等等則像是祭壇必要的儀式，有點像是我們的「過火」淨化超渡儀式，也帶著濃濃的時間消逝感，一種把此生的肉身空間凝結成永恆的木乃伊時間渴望。
>
> 身體圖騰化，梅迪耶塔通過對身體的各種轉化動作，她不再是她，她將個我儀式拉到一種對整個文化的致敬，以及整個民族肉身流亡的晃動不安。[7]

以上文字是鍾文音在參觀了安娜的身體裝置藝術作品之後，隨著參訪所寫的札記之中所披露的個人見解，解釋作品的意涵就像解詩一樣，是屬於自我的思維，卻能連結安娜作品與文化、民族的關聯。許多旅遊作家通常只是引領讀者至參訪地點，卻很少深刻的剖析自我在旅點裡的透視層次，這與鄭明娳教授的：「通常以作者深厚蘊藉的學術基礎為表裏；更需以銳利、獨到、細緻的見解穿插其間。」[8]不謀而合。

此外，鄭明俐教授說：

---

6 鄭明娳：《現代散文縱橫論》（臺北市：大安出版社，2001年），頁6，在〈中國現代散文芻論〉一文中，鄭明娳教授提到對雜記隨筆的定義。

7 鍾文音《孤獨的房間——我和詩人艾蜜莉、藝術家安娜的美東紀行》（臺北市：玉山社出版事業公司，2006年），頁159。

8 見註解1

> 寫作原始日記幾乎是每個人都有的經驗，以自我為中心，把生活中的所見所聞、心中的感想、憤悶或快樂，不願公諸於世，只想獨自消受時，便可以寫成日記。……原始日記原無心給第二人看，而後來竟然公開，公開的原因當然是因作者享有盛名，其片言隻字莫不洛陽紙貴。……至於公開的途徑，有的是作者本身不在乎私人隱密為外人所知，例如魯迅、郁達夫等都在生前發表了原始日記。另外一種，作者自己的日記不欲為人所知，無奈藏之不祕，死後被人挖掘出來，公諸於世，例如夏濟安、徐志摩等人的日記。[9]

鄭教授又說：

> 日記體散文，乃是借用日記的形式，以「日」為敘述的章節，用日記體獨白的方式行筆。但大量刪殳原始日記中較無意義的雜事。……在創作心態上，日記體散文與真實日記最大的差異，乃在前者是寫作時就準備公開發表的，而真實日記卻絕不想公開，這種心態影響日記內容的差異極大。[10]

鄭教授在《現代散文縱論》一書中，對「日記體」的定義為：

> 日記是作家依他個人特有的生活習慣及行為模式所做的生活記錄，個人色彩極為濃厚，也是研究作家心裡、探求創作歷程的文學外緣資料。日記可分兩種，其一為作家真實的生活記錄；一為作家刻意以日記體裁作為文學表現工具的「日記體文學」。[11]

茲舉鍾文音在《奢華的時光》一書裡的日記書寫為例：

> 十月九日　在宋慶齡故居我見到樟樹

9 鄭明俐：《現代散文類型論》（臺北市：大安出版社，2001年），頁168。

10 鄭明俐：《現代散文類型論》（臺北市：大安出版社，2001年），頁179。

11 鄭明娳：《現代散文縱橫論》（臺北市：大安出版社，2001年），頁6。

在宋慶齡故居我見到樟樹，在昏黃偌大的光線裡也聞到一個長年守寡女性情慾的寂寞無解。

上海滿城栽種法國梧桐，鮮少見到別的樹種，在淮海路的宋慶齡故居院子四周卻見數株翠綠的樟樹。樟樹讓我思起台灣山林，台北街道我常行走的中山北路圓山路段兩旁也以樟樹為風情。樟樹的骨幹漂亮，樹葉濃密，延伸的姿態壯麗中有一種小家碧玉。[12]

以上的例子可以清楚的知道時間、地點、還有發生事情內容，這是鍾文音用日記撰寫的方式寫下在上海的某一日遊程及心理思維，這樣的日記書寫方式在此一系列中的每一本幾乎都可以見到，即使是最早發行的《遠逝的芳香》尋找高更之旅裡就已見日記體書寫：

三月十四日

太陽升落，月兒浮沈，星子明滅，海洋低吟，綠樹搖擺。

聲籟齊鳴，唯我靜處。

高更寫信給梵谷說到：「在自然中，夢總是來自現實。印地安野蠻人永遠不會夢到穿巴黎風格服裝的男子。」[13]

鍾文音記錄著三月十四日的天象景況，還有自己獨自一人。在大溪地，當然會引發關於當地的一些人事物的想法，因為尋找高更，所以想到高更寫信給梵谷之事就記了下來，這是旅遊中的其一心思，也將當日的情緒予以抒發。

以上二例與鄭明娳教授對日記體的定義之一：「為作家真實的生活記錄」[14]相符。至於鄭教授對於日記體的定義二舉例如下：

AUG 21

12 鍾文音：《奢華的時光——我的上海華麗與蒼涼紀行》（臺北市：玉山社出版事業公司，2002年），頁256。

13 鍾文音：《遠逝的芬芳——我的玻西尼亞群島高更旅程紀行》（臺北市：玉山社出版事業公司，2001年），頁149。

14 鄭明娳：《現代散文縱橫論》（臺北市：大安出版社，2001年），頁6。

一個人在海域，在莒哈絲寫作的窗口所對望出來的風景呆立，我捧著她的書讀，感覺整個夏日的每一波浪潮，所打上來的都是莒哈絲海浪，我在莒哈絲海岸遙想一個逝去的寫作頑固靈魂。「寫作就必須很強大，比作品更大！」莒哈絲，強悍的莒哈絲，把寫作推向死亡，待在死亡中。

「妳得與孤獨鬥爭，沒有孤獨就沒有作品。」

我回望她的窗口，彷彿有個黑影歷久彌新地立在那裡，孤獨而頑強，那種力量，那種浪潮，直讓我敬畏。

我咀嚼著他的話，化身成孤獨。[15]

鍾文音藉著對莒哈絲的我思故我在般地親近，透露出她在文學創作上的堅持與執著。用莒哈絲之言來表明內心的想法，她想要有一個頑強的寫作靈魂，即使孤獨、即使死亡都在所不惜，這樣不清楚明白地表現，利用寫日記記錄的方式將靠近莒哈絲的微妙感覺表現出來，昭告世人，莒哈絲就是前引的光，而自己就是莒哈絲的後來者，此與鄭明娳教授的：「一為作家刻意以日記體裁作為文學表現工具。」相符合。鍾文音以此為個人文字洗鍊的文采宣洩，也是文學上的表現手法之一，運用非常高妙。

鍾文音在此日記中利用文字書寫來闡述自己對文學的堅持與意圖，再則討論關於良知的想法。一般人常在日記中記錄當日當時的心情與見聞，鍾文音當然也不例外，與一般人不同的是更多的心理層面剖析，此與鄭明娳教授的定義不謀而合。

至此可知鍾文音在旅遊書中大量採用的「日記體」可說是她個人偏愛的寫作手法，閱讀文本實可發現，每一篇札記裡都載明日期，就是一篇篇的日記。如此的書寫方式感覺真實，彷彿可以跟著作者在異地裡逐日地過生活，隨著時間改變而心境有所變化。讀者可以身歷其境，感覺與作者思想、腳步合而為一的契合。

---

15 鍾文音：《情人的城市——我和莒哈絲、卡蜜兒、西蒙波娃的巴黎對話》（臺北市：玉山社出版事業公司，2007年），頁84。

至於在 My journal 系列中，可以看出另一個常用的文體為「書信體」，此亦為鍾文音個人極大量使用的書寫模式。書信，在中國傳統文學上稱作「尺牘」[16]，是散文的一種。鄭明娳教授說：

> 散文的所有文類中，書信是最能拉近作者與寫作對象之間的距離，而更有效地傳遞思想、感情。……這種散文又可分為兩種，一種是有特定對象的，一種是非特定對象的。……非特定對象的書信文學，受信對象不是某一個人，但也不是所有的人，乃泛指某一部分人，閱讀它的人，往往就遞位為受信人，書信體中寫信、受信及讀者的三角關係中，受信人與讀者合一，變成直線的對等關係。[17]

鄭教授對於書信體的定義為：

> 作家的書信被視為文學作品，中外都有例可循。尺牘的最大特色是敘述表白的對象是特定的，其他的散文體裁則是面對普遍而不特定的閱讀對象而寫。它可再分為兩種典型；一為純粹的書信往來，因其富有文學價值而流傳下來；另一類為藉尺牘的型制做為文學表現手法的「書信體文學」。[18]

根據以上說法，可以歸納出鍾文音的書信體書寫為定義中的第二種：「藉尺牘的型制做為文學表現手法。」利用對特定對象的抒發，表現內心的情感與感悟。在鍾文音的 My journal 系列中，每一文本裡都有書信體的存在，整理列表：

16 「尺牘」一詞最早出於漢代，《漢書》曾記載：「漢遣單于書，以尺一牘，辭曰：皇帝敬問匈奴大單于無恙。」「尺一牘」及漢代詔書，因書於一尺一寸之書版上，故名。後省稱為「尺牘」。

17 鄭明俐：《現代散文類型論》（臺北市：大安出版社，2001年），頁200。

18 鄭明娳：《現代散文縱橫論》（臺北市：大安出版社，2001年），頁6。

書名：	寫信對象
遠逝的芬芳	親愛的 H
奢華的時光	親愛的 E
情人的城市	致莒哈絲書簡 致卡蜜兒書簡 致西蒙波娃書簡 給暖暖
孤獨的房間	致激情的女神，寫給安娜的信 致孤獨的詩神，寫給艾蜜莉的信 紐約書簡──致小ㄅ 異地書簡，給雙重的你 ──致 W ──致 G

以下舉兩個鍾文音書信書寫的例子：

> 親愛的 H：
>
> 見過高聳於熱帶雨林的石雕神祉之後，夜裡我老是夢見祂們的表情，有一種原始雜蕪的力量散發在我的四肢體內。
>
> 飛蛾依舊夜夜來訪，撞擊著屋內唯一的燈，愈是死期將近者撞擊得愈猛，奇異的每個個體生命，如何解？只得闔上書籍，關燈。我知道明天又將是蛾屍滿地。
>
> 黑夜中賞星光，坐在木頭窗櫺上，搖晃著腿，思緒想著你。[19]

這是鍾文音寫給在台灣的友人 H 的一封信，在鍾文音的書中常有此寫信對象，心情抒發有個客體是非常典型的鍾氏文學的寫法，就像之後在《奢華的時光》中也有個寫信對象：E。此外在《情人的城市》中，鍾文音旅行於巴黎，除了寫信給心中的偶像莒哈絲、卡蜜兒、西蒙波娃之外，也不斷的在文

19 鍾文音：《遠逝的芬芳──我的玻西尼亞群島高更旅程紀行》（臺北市：玉山社出版事業公司，2001年），頁96。

中摻雜了給友人「暖暖」的書信。《孤獨的房間》裡安排得更是細緻，除了寫信給安娜和卡蜜兒，還有致台灣的友人小ㄅ、W，以及G。

鍾文音是個情感內斂的人，唯有在對自己親密的人書寫時才會將內在情感表露無遺。鍾文音知道自己的書寫特色，將書信體加入旅遊文學作品中，不啻是展現自我的一個好方法，透過文字的翻轉纏繞，面對的是自己親密的友人更可以暢所欲言，尤其當人在異鄉時，總是需要有個說話的對象，將情感訴之於文字更能見真心。

以下舉在《情人的城市》中寫給暖暖的信為例：

> 暖暖：巴黎想著妳，也祝福著妳。
> 盼自己和妳都能走出情愛的生命幽谷。我們追求幸福，但有比幸福更重要的事，好比覺悟好比發覺自我，我這麼地相信，那才是永恆的幸福。情愛所捕捉的幸福都是燐光片影。當這麼多這麼多的情侶在聖殿彼此吐露「我願意」時，那當下是被祝福且飽滿的吧。[20]

在書信中，鍾文音和朋友談天說地，可以暢所欲言的說出心裡所想，不必避諱或遮遮掩掩，素來書信最能剖析個人的心情點滴，不若抒情文時時重視文采，也無須要像論說文說理精確，只要真實呈現即可，即使對象是虛構的，也無傷大雅。

筆者認為鍾文音選擇日記和書信的書寫方式來架構 My journal 系列的旅遊追尋之旅，一來是鍾文音多年來常駕馭此文體，再則使用日記或書信體可以更貼切作者內心世界，用日記對自己說話，用書信對親密對象說話，不論主體或客體都能深情以對，此為獨到之處。

鍾文音曾在《奢華的時光》一書中的後記裡寫著：

> 我選擇以日記體來揭露時光的變軌，以書信體來和故里述旅地衷曲。日記體隨筆式的紀行，是某種回憶錄的時光切片；書信體是感情出走

---

20 鍾文音：《情人的城市——我和莒哈絲、卡蜜兒、西蒙波娃的巴黎對話》（臺北市：玉山社出版事業公司，2007年），頁305。

> 的對談集，二者皆是人生旅程當下發生的紀實。[21]

由此可知，日記體和書信體是鍾文音在此一系列書寫中的重點，再加以雜記旅地的隨筆，形成了她所謂「紀行體」，此一紀行體中的雜記、日記、書信各恰如其分，扮演了各自的角色，也使文本增添閱讀的深度與變化，在每一種不同的書寫模式中可以分野不同的情感對象與情緒出口，這是旅人腳步移動的風情，也是留下印記的獨白方式。

綜觀 My journal 系列中，鍾文音的寫作方法實異於坊間一般的旅遊書，這點從書名就可以看出端倪。例如：《遠逝的芬芳——我的玻里尼西亞群島高更旅程紀行》一書的題目：「遠逝的芬芳」，就是鍾文音探訪高更之後所寫的形跡紀錄，高更雖已離開人世多年，但他所留下的典型與藝術作品卻彷若一縷芳香幽幽的飄散著，所以題目訂為「遠逝的芬芳」。至於小標題「我的玻里尼西亞群島高更旅程紀行」則是清楚的寫出旅程目的地，讓讀者明白書中的內容、旅地以及所感懷的對象。

鍾文音獨創「紀行體」為旅記的主要書寫模式，一來是個人偏好，再則為鍾文音有隨手札記的習慣，利用札記書寫，更能細膩的抒發內心的感覺，像是有個虛幻的客體在聆聽著，而所有的讀者只要願意者，都可以成為這虛幻位置的座上賓。她曾經在《孤獨的房間》一書中的序文說道：

> 這一系列一直都不是旅遊書，以旅遊書來讀的讀者恐怕要很失望了，因為你要的資訊少得可憐。但是如果你以「紀行體／書信體」的追尋眼光來閱讀的話，也許你的生命也會因為閱讀經典而發出靈光時刻。[22]

鍾文音不斷的強調「這不是旅遊書」，即便書中有吉光片羽的旅遊點介紹，但那是因為她的腳步挪移所需要說明的時間與地點。除了自詡與市面上一般

---

21 鍾文音：《奢華的時光——我的上海華麗與蒼涼紀行》（臺北市：玉山社出版事業公司，2002年），頁275。

22 鍾文音：《孤獨的房間——我和詩人艾蜜莉、藝術家安娜的美東紀行》（臺北市：玉山社出版事業公司，2006年），頁19。

旅遊書的不同之外，鍾文音也希望教育讀者，在關於旅遊這件事上，還可以用此種方式書寫，這是她鍾文音獨鍾的方式。

跟著她的腳步旅行於外，她不求讀者認識莒哈絲、艾蜜莉，但是她想介紹心中的經典人物給大眾，讓想親近者多一分線索，讓徘徊於外的人找到開啟的鑰匙，在文學的領域裡一同追尋著，因為渴望所以旅行，因為旅行所以找回自我，這是她的想望，也是給大眾讀者開啟旅遊文學世界的另一扇窗。

三　精緻美學語言

鍾文音一向擅長處理美學，不管是文字或是她愛的繪畫，以及隨手留下痕跡的攝影，信手拈來無不充滿美意。美感這一類的東西必須具有天分，鍾文音不是科班出身的作家，反觀大傳系畢業的她最後卻走上專業作家一途，用異於中文範疇的眼光來書寫，反而別有一番風味。

以下此小節將討論鍾文音在文字上的美學，將內容分為三個部分，分別是鍾文音在心情上、遊歷上，以及與過往哲人對話，在這其中不難發現鍾文音貫徹以往的堅持，用精鍊的文字來鋪陳，讓讀者讀起她的文字格外感覺美的存在。

（一）心情帷幕之私語

在 My journal 系列中，鍾文音用寫散文的方式來寫旅遊紀行，一貫的文字美學，流洩而出的是如詩如幻、讀來又深蘊有致的情味。在這系列的文本中，旅行異地的見聞當然是不可少的，當下的心情卻是鍾文音更重視的部分。她常常自我對話，詢問著內心的真實感受，一個人旅行就是要像她這樣不斷記錄著，才能留下性靈真摯之美。

以在上海的旅程來說，因為尋找了張愛玲，思及張愛玲與胡蘭成的愛情，而張愛玲這樣一個有才情的大作家，在愛情面前仍不免卑微。最後終究以獨居來作為人生的句點，鍾文音因為喜愛孤獨，所以能體會孤獨的韻致，書寫了自己看張愛玲的風花雪月，格外妥貼：

> 在步行中，我想我這個人大概一生都是個孤獨者與局外人吧，是婚姻關係的局外人，甚至也是愛情雙人行的局外人。
> 我常常一個人。不是因為沒有愛情才一個人，而是配合不來別人的節奏。相思有何用，相思只徒然，相思洩漏了自己禁不起孤寂，相思說明了某個時刻多麼需要個人擁抱和對話。我當如何繼續人生的孤旅，在我脆弱時嗎？
> 我好想停步暫借問，問問最後獨居經年累月以終的張愛玲。祈求她入夢來。[23]

鍾文音已經習慣說自己孤獨了，在許多時候她的文字都出現這樣的字眼，用「孤芳自賞」來形容他又不免過於嚴苛，用「看破紅塵」來說，卻又不免世俗矯情。在愛情的氛圍裡，因為跌跌撞撞，久而久之，她便是孤單一人了。因為期許太高，所以不求苟合，來到張愛玲的屬地，也想問一問這浮載於愛情海中的才女，是如何過愛情這一關的？在此段文字中，鍾文音是想表現出自己的高傲心智，不願意遷就他人，即便有時會相思、有時會想要擁抱與對話，但最後剩下的仍是自己的靈魂。並非沒有愛情到來，而是自己不願意屈就，這是鍾文音的骨子裡的傲氣，無關風月。

而在上海豈能不寫黃浦江？鍾文音一向愛河，在台北的住處依傍著河水，河水悠悠，如同迷幻藥一般的魅惑著她。即便是在上海，鍾文音還是仔仔細細地描寫了自己與河的心心相映：

> 黃浦江讓我想起我們家門前的河水，一條隱含著美麗與哀愁的淡水河，台北原是個水城，可是現在誰能相信呢？台北人早遺忘了他們還有一條河。[24]

---

23 鍾文音：《奢華的時光——我的上海華麗與蒼涼紀行》（臺北市：玉山社出版事業公司，2002年），頁103。

24 鍾文音：《奢華的時光——我的上海華麗與蒼涼紀行》（臺北市：玉山社出版事業公司，2002年），頁262。

淡水河是如此的美麗與哀愁，這美與愁總是跟著鍾文音出走，每到一個異地，看見他鄉他河，便憶起心中這美麗的河，必要用幾句美言美句來提醒自己故鄉這條悠悠等待的河。她說：

> 河水可以治療憂愁，河上的波紋倒影著風中的雲，光影移動交纏，樹的綠脈上停憩著候鳥，有時看著看著會發起呆來。你問我看著河水發呆是怎樣的狀態呢？你說你多麼渴望有那種狀態，沒有思考，就只是存在，長時間靜止冥想，有如被天使接走了。[25]

從河水治療憂傷寫起，寫到風中的雲，水上的光影，甚至連停憩的鳥都帶入，這樣的觀察細微若不是平常極深入，又如何信手拈來？發呆是鍾文音常對著河水做的事，作家需要思考，鍾文音需要的更多，所以她愛河，她寫河寫得有生命，讓人動容。

在巴黎，鍾文音寫巴黎，寫自己在巴黎裡的模樣，如此清楚又自憐，如果不是清楚瞭解自己的姿態，就是太瞭解巴黎這個都市的魅力，才能妥貼拿捏在這個城市出入所需具備的神態。她在《情人的城市》中有一段寫到巴黎地鐵的文字：

> 坐的位子對面沒人，於是我又照見了自己在地鐵車廂內晃動的身影。有時過了某一站有人坐了上去，我的身影便消失；他人離去，我又入鏡。出鏡入鏡，投射反射，在巴黎許多角落都有這種感覺；有時是窗戶，有時是落地窗，有時是倒影……倒影有許多，有時是路邊水管泛出的水，有時是清灑狗大便的水車，有時甚至在一攤的雨水，玻璃和水面都無時不刻地讓我照見了我自己。看著時而安逸，時而帶點迷人，時而帶著呆滯，時而拖曳著疲憊……種種身影的自己。
>
> 投射，反射，我還是我。[26]

---

25 鍾文音：《奢華的時光——我的上海華麗與蒼涼紀行》（臺北市：玉山社出版事業公司，2002年），頁262。

26 鍾文音：《情人的城市——我和莒哈絲、卡蜜兒、西蒙波娃的巴黎對話》（臺北市：玉山社出版事業公司，2007年），頁57-58。

鍾文音利用地鐵車廂內的玻璃反射出的自己的影像，思考自己的真實形象為何？當自己出現時，又或者被他人的影子遮擋，這來來去去之間的實影虛影，都無時無刻不在滲入鍾文音的生命之中。有誰能這樣透徹的看清自己：「時而安逸，時而帶點迷人，時而帶著呆滯，時而拖曳著疲憊。」所有可能的情緒全跟上了，若不是心思細密至此，又如何能如此剖析自我？最後，她要告訴讀者的是，「我還是我」，不必為了別人做任何改變，一如她始終如一的心思。

鍾文音的文筆犀利又具真情，她總是無時無刻不想起自己的愛情，因為懷有愛，所以筆下充滿深情，一個沒有情愛滋潤的作家，如何成就文筆瑰麗之美？莒哈絲的《情人》[27]總是帶給鍾文音力量，想著莒哈絲，想著自己的情人，她說出了自己的情愛之道：

> 我的地板角落日日爬滿了頭髮，長長的髮絲被窗邊吹進的風自頭頂翻飛，離去的髮絲如流年，提醒死亡，時時刻刻地提醒，要我好生弦歌不輟，好生看顧生命的過程之點點滴滴與變化的絲絲微微，每個思維的絲線都要入扣，縫入這件生命的金縷衣上。
>
> 情人，是一種不可仰賴的感情對象。[28]

三千煩惱「絲」亦為三千煩惱「思」，自古多情總是為情所綑綁，鍾文音自髮絲寫起，「髮絲如流年」、「絲絲微微的絲線入扣」，一點一滴的引人入情愛的細密處，她所鍾愛的金縷衣一絲一毫都是親手縫製，偏偏，那愛人往往是無法仰賴的對象。這樣的悲傷書寫總是讓人讀來情緒低落，熟悉鍾式情愛的人讀來莫不熟悉，卻也憐惜她一路而來的跌跌撞撞、因無法開花結果的愛情而獨舞。只有身歷其境的人才能將愛情寫得絲絲入扣，就像金縷衣上的線索，肉眼看不出的情傷，只能披上了感受其溫度。

---

27 《情人》是莒哈絲在一九八四年出版的小說，內容是寫一個少女與一個西貢來的越南男人的愛情故事，此書曾獲得龔古爾文學獎。

28 鍾文音：《情人的城市──我和莒哈絲、卡蜜兒、西蒙波娃的巴黎對話》（臺北市：玉山社出版事業公司，2007年），頁222。

鍾文音寫心愛的城市：「紐約。」也寫得相當精緻美好。她總是懷念紐約，雖然常咒罵她，但偏偏又是一座離開了還會想念的城市，這樣弔詭的愛慕讓鍾文音時時眷戀著，寫起紐約，格外有情。

> 我花了一段不短的時間和紐約建立起有如「小王子」和玫瑰花的馴養關係。紐約曾讓我流淚，而小王子說，當一個人要被馴養時，他就要接受流淚的可能。馴養的過程，充滿各式各樣的情緒，生活在紐約，這城市讓你深度地和慾望交融，也深度地讓你照見自己的無能與寂寞，紐約讓你高潮，也讓你低潮。它情緒不穩，它有時急躁如十秒的廣告片不斷劃過你的眼睛，或者它高速碾過你的身體你的感情，直到你成了碎片。但奇異的是在這樣血肉模糊裡，確有一種不曾有過的歡愉與哀愁快感。[29]

紐約是鍾文音成就自己藝術美夢的第一個城市，用小王子與玫瑰花的故事當引子，她書寫起紐約格外深情細膩。生活在這樣一個百變的都市，每張臉譜都是不一樣的情緒，慾望與歡愉構成了這個都市的主經緯，藝術與新潮像兩極點般的始終牽引，鍾文音是這樣寫紐約的：「我在紐約卻最喜歡徒步，除了享受他人目光的禮讚外，也很享受紐約的各種節奏，快快快，慢慢慢，你可以做你自己。」就是要「做自己」，這是無論何時何地鍾文音用來鼓舞自己的方式，即便她仍會想起托斯卡尼或普羅旺斯的清新之美，卻還是要得放逐了自己的心靈在這樣的城市裡交融，才能哀樂並融，體會著百態的人生，魅樣的自己。

鍾文音從不隱藏自己鄰近死亡的書寫方式，就像她曾經在散文中大量的抒發自己對死亡的關照，她說：

> 屬於自己的死亡儀式，吾尚未找到，也許該魂埋大樹下，魂埋會開花的大樹裡，化做樹魂花魂，以償還這一世出書用了太多的

29 鍾文音：《孤獨的房間——我和詩人艾蜜莉、藝術家安娜的美東紀行》（臺北市：玉山社出版事業公司，2006年），頁175。

> 「紙」。……紙說穿了是樹的死屍，是具體而微的屍體展現。至此，我不禁想著，其實書寫者不都是在寫死屍嗎？寫記憶的死屍，寫愛情的死屍，寫感情的死屍，寫童年的死屍，寫理想的死屍……創作永遠是不朽的悼亡之書，和生死無分無際。[30]

由以上可看見，鍾文音在面對死亡書寫時無畏無懼的心情，所以對於有著艾蜜莉的死亡陰影之城，寫來當然也是充滿情味，不同於一般人對於死亡的避之猶恐不及，反而用流暢的文筆勾勒出死亡之下的滄桑美麗。鍾文音不是第一次用「葉子」來鋪陳死亡的意味，她曾經在《美麗的苦痛》一書中寫道：「變色，凋零，辭枝，和泥，腐朽，還魂。對這些葉子而言，換裝的開始，就是渡向死亡的第一步。」[31]用此例來印證鍾文音心中對死亡的美麗有股迷戀，甚至她思考出在這樣的空間裡長成的詩人當然是能寫出一首首激盪人心的作品，味道亙遠。所以在艾蜜莉的城市裡，鍾文音不僅僅聽到「嘆息」的聲音，甚至看見生命遞嬗之後的動人。

鍾文音用來抒情的筆端，總蘊藏著源源不斷的墨水，那流出的文字如傾洩之天上聖水，靈巧又穿透人心。人人心中都有一個美麗的花園，鍾文音內心的那個更是深邃令人無法逼視。就像她寫死亡、寫愛情，甚至寫母親、寫這個島嶼的傷痛，都予人貼膚之痛，筆墨潺潺不絕，那個愛美學的靈魂跳躍在紙上，成就了鍾式美文的經典創作。這樣的修練不是三五年可以，正如鍾文音常常說著的，她的靈魂裡住著不同的好多人。應該也是如此關係，讓她融合了多角度的美感與創作思維，開出一朵朵綺麗花苞，綻放文壇。

30 鍾文音：《美麗的苦痛》（臺北市：大田出版社，2004年），頁224。

31 鍾文音：〈大和民族的臨終之眼〉，《美麗的苦痛》（臺北市：大田出版社，2004年），頁213。此篇散文書寫北國日本的風情，文中提及北國楓葉的凋零與大和民族的浪漫性格，讓他們面對死亡時有種另類的美感。

（二）遨翔天地之跫音

當讀者閱讀旅遊相關文本時，除了可以藉由作者的隻字片語瞭解當下情懷，更是藉由作者的眼中所觀的世界來神遊寰宇世界。即便鍾文音的旅作與坊間一般導覽世間風情的旅遊書籍不同，這裡頭多的是作家的個人情緒與特殊的書寫模式，但不諱言的，既然與「旅行」掛上鉤了，仍不能免俗的得讓讀者看看，在當地、在當時，作者都看到了什麼？做了些什麼？鍾文音寫情寫愛，當然免不了寫此城此地給她的悸動。

如何透過文字來描述一個城市，讓讀者即使沒有親臨其地，仍然能夠看盡她的風情萬種，如此有賴於作者的文字功力，想像遨遊。

在 My journal 系列中，鍾文音雖然用自己的方式來進行書寫，但仍藉由親自操刀的攝影作品以及行腳的足跡，給予讀者親臨他地的感受。就像她介紹上海城，有鍾文音式的風格。

上海城，一個許多旅人曾經造訪過的地方，但是沒有人像鍾文音這樣書寫上海城的美麗。她說：

> 華麗之都，蒼涼的心。
>
> 張愛玲的蒼涼手勢，在這裡成了我的揮別手勢。人生真是一場又一場的揮別，不論徬徨少年，青春思愁，哀樂中年，淒清遲暮。[32]

把張愛玲和華麗上海城交構，在人潮擁擠的上海城，每個人都有自己的風情與故事，鍾文音用「徬徨少年，青春思愁，哀樂中年，淒清遲暮」一網打盡，再加上張愛玲蒼涼的手勢，彷彿可見華麗之下的滄桑，這美麗如錦的中國都心，怎麼都離不開張愛玲。且說道：

> 上海初秋常常有一種陰鬱般的明亮，雨忽忽飄來，一陣冷風乍起，雲飄過天空放晴；又或者像今晨的雨勢，一種悶滯不開的灰灰濁濁，這

---

32 鍾文音：《奢華的時光──我的上海華麗與蒼涼紀行》（臺北市：玉山社出版事業公司，2002年），頁152。

> 種終日綿綿細雨的濕味，在五官軀體四周飄啊飄的，讓人有點煩，彷彿我把島國的潮濕命運帶到了這裡。
>
> 男人女子走在此城，撐著花傘，雜沓在街上，踩著梧桐枯葉，有那麼幾分海上花的古老氣味，滲透在我所聞的空氣中。[33]

文字帶情又帶景，讀之可見市井中穿梭的男男女女，打著傘在雨中的徐徐急急的腳步，又可聞到潮濕的氣息中有梧桐的味道飄散在上海城的每一個角落。上海本就是一個有韻味的新舊相交的城市，鍾文音利用本身細緻的文筆，除了書寫還帶給讀者感官的感受，有了畫面的呈現。

在新潮的巴黎城，為了尋找心儀的莒哈絲，鍾文音也待上了好一段時日。在巴黎特魯維爾黑岩區海邊莒哈絲的故居旁，鍾文音眺望著這片莒哈絲曾經也日夜相望的海洋，心裡感觸良深。

> 我不屬於任何地方，我也沒有名字。我複述妳，在妳的靈魂故居，和妳眺望同一片海洋。這片海洋之所以迷人，是因為妳和普魯斯特都曾經日夜地望著它。這幢建築之所以可以讓我一看再看，都是因為妳，妳的文字，妳的生活。那股彷彿從海洋黑心深處所散發出來的激情和絕情，一再讓人反芻咀嚼，直到破碎。[34]

一片海洋，因為有了莒哈絲和普魯斯特的加持，便成了鍾文音心中的汪洋，海洋多情映照出鍾文音的深情，在這裡竟然沒了幸福的感覺，是怎樣的淒清與絕望？

> 夏日海灘是一種海市蜃樓般的幻覺，陽光像玻璃帷幕，人們在潮浪之間跳躍喧囂，對生活明顯的好感在此表露無遺，法國雖宜玩宜居，但是對於我這樣的他鄉者，對於幸福是不會有真切感的。

---

33 鍾文音：《奢華的時光——我的上海華麗與蒼涼紀行》（臺北市：玉山社出版事業公司，2002年），頁152。

34 鍾文音：《情人的城市——我和莒哈絲、卡蜜兒、西蒙波娃的巴黎對話》（臺北市：玉山社出版事業公司，2007年），頁124。

> 瞬間，太陽好烈，可我好冷。我需要威士忌驅走內心的寒冷與絕望感。[35]

這就是鍾文音的書寫模式，一樣的海洋，人們用來歡樂玩耍，在她眼裡卻是充滿絕望與陰暗，用她特殊的筆觸描寫出莒哈絲的海岸是多麼的震人心魂。鍾文音心中自是有美麗的天地，那是與莒哈絲對話的私密天堂，也透過書寫獲得釋放。

莒哈絲的美麗在於她的才華，而擁有莒哈絲往日足跡的巴黎城更是美麗過火。因為對莒哈絲的個人偏好，所以觀看巴黎的眼神格外溫柔，寫出來的文字就韻味無窮，這是莒哈絲賦予鍾文音的魔力，也是鍾文音與身俱來的才情。

紐約，是鍾文音魂牽夢縈的地方。在這裡，成就了她的藝術美夢，也讓她得以一窺自由國度對各類藝術的包容。這是個由慾望構成的城市，抽掉了「慾望」這一件事，這個城市彷彿就空了。男男女女的來來去去，總讓我們覺得他們不帶一絲感情，藝術可以是熱情，也可以是冰冷無情，偏偏每個藝術家都希望可以在這裡開花結果。鍾文音在書寫到「紐約的藝術境界」這一段話時，她下了一個標題：「寬容的情緒表達。」

> 紐約，許多藝術家畢生想要在此仰息成名之地。有時候我們未必會見到真正的藝術，反而見到大量非常視覺感官與情緒塗鴉的語言。
> 紐約的自由展現在對表達的寬容度，尤其是下城更是縱容邊緣人的存在。海報塗鴉是下城的藝術語言，虛偽做作的那一套在這裡用不上。於是我感覺走在下城最是輕鬆，可以把自己的慾望還原，直視自己的匱乏與擁有。[36]

---

35 鍾文音：《情人的城市——我和莒哈絲、卡蜜兒、西蒙波娃的巴黎對話》（臺北市：玉山社出版事業公司，2007年），頁124。

36 鍾文音：《孤獨的房間——我和詩人艾蜜莉、藝術家安娜的美東紀行》（臺北市：玉山社出版事業公司，2006年），頁94。

因為真，才有美。鍾文音寫著紐約的真實存在之感，可以自由揮灑自己心中的彩度，不必在意他人的眼光，每個人在這裡都可以展現自己的藝術角度，直視心靈。這是鍾文音書寫紐約的觀點，重新出發，用己身擅長的美感經驗作經緯，架構這都市的氣息。

曾經在紐約漂流的鍾文音，對於紐約有一種特殊的情感，「曾經，在紐約的寒冬，我悲傷地看見另一個自己縱身入河，為的是緊緊抓住將漂流而去的心。」[37]此次在暌違多年之後再次因尋訪詩人艾蜜莉而回到紐約，充滿愛的心思不變，只要愛不死，靈魂就能高飛。

（三）時空遞嬗之火花

鍾文音在每一段旅行中總是有個經典追尋，透過這樣的尋覓，足以安撫自己因生活而日漸荒蕪的心靈，書寫至情至性的偶像時，文字總是溫柔多情，在文本中多處可見。在長時間的旅行中，每到一個地方就會有不同感受，雖然時間荏苒過往不再，但藉由珠圓玉潤的文字串連今昔，足以讓文本雋永銘心。

在經過多年的旅行之後，鍾文音開始反省內心的思維。思考著到底在遊歷了許多的國家看過許多文化之後，自己為這個島嶼母國做了什麼？她說：

> 全球化絕對是一個無法避免的猛獸，加入世界公民是未來人的條件，美學與網路結合將使台灣更具有東方獨特性與世界性。什麼是台灣美學？什麼是世界美學？如何注入民族美學精神？如何廣納各國美學與文化精髓？如何擁有自己之美又看見別人之美？
> 我們的美學自覺與自信品味在哪？[38]

鍾文音在尋找這個世界的美，用文字的美、影像的美，來烘托人情的美。她

---

37 鍾文音：《美麗的苦痛》（臺北市：大田出版社，2004年），頁156。

38 鍾文音：〈世界是個大教室〉，《幼獅文藝》第720期（2012年6月號），頁105。

的文字比起一般坊間的散文更具美感，有時還會繁辭耗字，讀者必須很專心的閱讀，否則會流於腦袋空轉的地步。寫一棵樹、一幢古宅，她可以用上一大段文字，只為了細細描寫其中的味道，這就是她用心之處。

在《奢華的時光》一書中，鍾文音寫樟樹，寫一個女人的寂寞。

> 在宋慶齡故居我見到樟樹，在昏黃偌大的光線裡也聞到一個長年守寡女性情慾的寂寞無解。
> 上海滿城栽植法國梧桐，鮮少見到別的樹種，在淮海路的宋慶齡故居院子四周卻見數株翠綠的樟樹。樟樹讓我思起台灣山林，台北街道我常行走的中山北路圓山路段兩旁也以樟樹為風情。樟樹的骨幹黑亮，樹葉濃密，延伸的姿態壯麗中有一種小家碧玉。[39]

鍾文音從宋慶齡故居寫起，帶出宋慶齡寡居的淒涼，再入筆樟樹，寫上海的樟樹與台北的樟樹，用小家碧玉來形容樟樹倒是少見。除了這樣的思緒延伸，她還憶及了張愛玲小說中的樟樹記憶，引人遐思。

> 這樟樹還讓我思憶起張愛玲在《更衣記》裡寫道：「回憶這東西若是有氣味的話，那就是樟腦的香，甜而穩妥，像記得分明的快樂，甜而悵惘，像忘卻了的憂愁。」樟腦的香勾起她綾羅綢緞衣裳的回憶。[40]

對於此類的書寫，鍾文音是箇中好手，因為已身對影像的專業，所以能寓景入情，讀她的文字似乎可以看見張愛玲身穿綾羅綢緞的美妝模樣，細細的說話著，談論著樟腦的香是如何穩當的沁人心脾。

書寫莒哈絲是鍾文音最想做也最不知如何開始的事。絕望與死亡像個雙向的鍊子時時綑綁著鍾文音，在莒哈絲死亡之後，鍾文音得以窺見內心崇敬的部分，她是這樣給莒哈絲寫著信，一封女人寫給女人的情書。

---

39 鍾文音：《奢華的時光——我的上海華麗與蒼涼紀行》（臺北市：玉山社出版事業公司，2002年），頁256。

40 鍾文音：《奢華的時光——我的上海華麗與蒼涼紀行》（臺北市：玉山社出版事業公司，2002年），頁256。

> 我們之間絕對沒有親愛的這樣的字眼，因為我們絕望。就像夏夜致命而襲的悲傷，難以慰藉的回憶讓世界走向死亡，回憶成了夢囈。
> 我不禁想向妳說，愛情這種神話，當消逝時只能向虛無中的虛無吶喊，在荒漠中的荒漠孤立。[41]

只有鍾文音會用這樣的孤絕的字眼來描寫愛情，甚至把自己和莒哈絲的愛情全混為一談，因為在心底深處，她視她為知己。鍾文音一向對愛情悲觀，也因為不斷的衝撞而遍體鱗傷，所以不言親愛的，所謂親愛便是示弱，在愛情的面前，她仍想要張著堅強的羽翼飛翔，用莒哈絲的堅心鼓舞自己。就像她曾經說過：

> 愛情是充滿潰爛和千瘡百孔的傷口，因為人有愛憎、有忌妒，這些都是傷痕，一句話也可能是傷痕，我對自己的期許比較大，我願是一條河流，有時候當碰到黑暗深淵的那一刻，確實會覺得生命的很多意義都不存在，可是你可以成為一條河、成為包容人事千瘡百孔或是污垢的所在，我期許自己成為一條河。[42]

鍾文音總是用極美的文字描寫愛情，卻偏偏對於愛情是晦澀不晴，那是纏繞著她的宿命氛圍，即便書寫莒哈絲這樣的強人作家，仍不免要讚嘆莒哈絲強勢的一面，藉由此拯救自己的靈魂。由文字構築的隔代火花，這裡歷歷在目：

> 我飛越大片的陸塊和海洋，來到屬於妳的城市，巴黎的夏日正豔，我心卻近乎蕭索的枯萎，絕望是妳的基調，於是我看出去的炎夏豔麗風光自此沒了色度。妳的眼光成了我的眼光，究竟是什麼樣的眼光成為妳的獨特體驗，那就是絕望與孤獨，那是妳的生命元素；追求與獨

41 鍾文音：《情人的城市──我和莒哈絲、卡蜜兒、西蒙波娃的巴黎對話》（臺北市：玉山社出版事業公司，2007年），頁31。

42 國立台灣文學館：《徬徨的戰鬥──十場台灣當代小說的心靈饗宴》（臺南市：台灣文學館，2007年），頁72。

特，是你生命的火花。我帶著獨特與火花來到妳的巴黎。[43]

用這麼長的字句來鋪陳，鍾文音只為了告訴讀者八個字，「絕望、孤獨、追求、獨特」。藉由讚嘆莒哈絲來書寫自己，這是一兼二顧，既表志又可抒情，極為高明之手法。在文中一直不斷的強調自己是這樣的性情，倒不如用一個舉足輕重的人來類比，不失為感動人心的作法。當然，這樣的萎靡必得在夏日豔豔的巴黎城中才能顯現特殊，藉由眼中無彩度的巴黎城來呼應內心長久的黑白氛圍，手法極為高妙。

除了摯愛莒哈絲之外，鍾文音還探訪永遠的詩神艾蜜莉，不變的是依然用書信體寫了信給她，信中語言懇切，文字清麗具有美感，與寫詩之人艾蜜莉並不遜色多少，雖然鍾文音謙稱自己並不善於讀詩、寫詩，但以下給艾蜜莉的文字卻充滿詩意。

妳是謎團，親抵此地雖可找到啟開妳的鑰匙，但卻只是一兩把鑰匙而已，全面解開、看懂妳的鑰匙是不可能尋獲的，或許能在這趟旅程裡打開一兩間密室就足以讓我萌生難能可貴的竊喜了。[44]

以上文字鍾文音所要表達的是前來親近艾蜜莉，讀艾蜜莉的詩不一定全能懂得，但只要有些許的獲得即感到欣慰。就像房子裡的一間間密室一般，只要能找到一兩把鑰匙，可以開啟某一些角落的斗室，已經是堪慰己心了。鍾文音用「密室」來形容艾蜜莉的詩、艾蜜莉的人，而自己能否握有許多鑰匙，得依賴是否具有慧根；欣賞不一定懂得，但只要有心而來，就可以有所收穫。

以下一例也可看出鍾文音對艾蜜莉的全然膜拜：

天堂或許是人們所以為的終站之未知驚喜，但我不須等待那個驚喜的到來就已經擁有如置身天堂的喜悅，在妳的詩裡，我已觸及了那恍似

---

43 鍾文音：《情人的城市——我和莒哈絲、卡蜜兒、西蒙波娃的巴黎對話》（臺北市：玉山社出版事業公司，2007年），頁31-32。

44 鍾文音《孤獨的房間——我和詩人艾蜜莉、藝術家安娜的美東紀行》（臺北市：玉山社出版事業公司，2006年），頁222。

天堂的驚喜。帶著寧靜的妳的詩為自己妝點靈性的美，愛情給予生命的騷動與焦慮，全因妳的詩的巨大靈光與真誠神性而降伏了。[45]

用這樣的文字只為了表達讀懂了艾蜜莉的詩就如觸碰到天堂，天堂之美好人人嚮往，有了這深情迷人的詩，愛情也顯得愜意。心裡的靈性之美在這裡呼之欲出，一切是這樣的美好。凡人無法如此遣詞用字，頂多只是用「美好」、「感動」來形容自己在文學上的閱讀收穫，鍾文音卻利用天堂之意來闡述自己讀詩的澄澈之美。此驚喜不只是閱讀艾蜜莉的詩而來，更是讀鍾文音之文字所獲得的魔力魅惑。

鍾文音說：「美學是一輩子的事，美學是一個文化的總體，美學是個體的意識外顯，美更是神在人間的存在證明……我尋找美。美在四方，美在世界這個大教室裡，美無所不在。」[46]有了這樣的胸襟與從容，鍾文音差遣文字顯得輕鬆自如，作為一個有使命的台灣新時代作家，不向靡靡之音低頭，用自我的風格兀自散發著芬芳，就像她對自己的期許：

站得多高就看得多遠，建立風格的美學之眼與獨特創意與敏銳觀察力是決定一個藝術家的生命。[47]

要建立自我的風格就必須先看清自己，唯有如此才知道自己的價值為何？用這樣的思維來勉勵自己是最適合不過的。

在 My journal 系列書寫中，鍾文音藉著尋找過往的經典人物，來作自我的療癒，時間不斷的往前走，留下的是經典人物的風華，當她把自己放進旅程之中，成為一根錨，便再也無法脫離那些往日的亮點。她曾說藝術是一帖藥，追尋經典與書寫，是服藥的過程。藉由時空的遞嬗，我們終於瞭解常在我心者為何？而鍾文音執迷不悟的旅程裡，又是如何的飛蛾撲火般堅持，然後一字一字的寫下，等待知音前來。

45 鍾文音：《孤獨的房間——我和詩人艾蜜莉、藝術家安娜的美東紀行》（臺北市：玉山社出版事業公司，2006年），頁222。

46 鍾文音：〈世界是個大教室〉，《幼獅文藝》第720期（2012年6月號），頁105。

47 鍾文音：〈世界是個大教室〉，《幼獅文藝》第720期（2012年6月號），頁105。

四 影像文字交融

鍾文音長久以來的寫作風格往往是圖文並茂，所謂的「圖」大多是她親手攝影的作品。在 My journal 系列的旅遊書寫裡就大量地放置了照片，近期問世的散文作品中更是將此風格推到極致表現。

在 My journal 系列中，除了訪問經典人物之外，內頁夾雜鍾文音在當地的攝影作品，此為她個人的創作風格。而在二〇一二年鍾文音出了一本攝影、文字合一的書籍，名為《暗室微光》，可說是散文攝影書的高規格表現，將影像與文字推演到極致。而在這之前的多年寫作生涯裡，鍾文音習慣在書的內頁裡附上自己親手拍攝的照片，鍾文音一直在文學之外不忘繪畫與攝影。她說：「攝影，一直是我的抒情，我的詩語。喜愛直覺式的拍法，為陽春相機找出口。」[48]所以，當攝影是心情的出口時，眼中所見便都是深情。溯及鍾文音的背景，大傳系畢業的她從事文學創作，算是半路出家，在這之前，她從事的是關於美學創作的攝影，當文學生命走到顛峰時仍不忘情快門清脆的聲響，這是她用來平衡視覺與靈魂的方式，用文字療傷，用影像停格，交織成圖文融合的傑作。

鍾文音的攝影之路來自於畢業時曾經在劇場擔任劇照師一職的經驗，當時隨著侯孝賢導演班底，在電影界飄盪了兩年。她曾說：

> 我擅長的是「美學」，文學之外，我關心攝影繪畫美術心靈空間設計……這些領域都是我生活的「後花園」。[49]

一個會攝影繪畫又會寫書的人，她的心靈美是凌駕在凡人之上的，多年來，鍾文音用她的手指和頭腦體會生活，因為知道自己在乎「美」，所以，讓生活中充滿美意。除了在文字之外，用攝影構築一張網，密密的框住文字的深情，給讀者文字想像之外的影像空間。

---

48 鍾文音：《暗室微光》（臺北市：大田出版社，2012年月），頁36。

49 鍾文音：〈世界是個大教室〉，《幼獅文藝》第720期（2012年6月號），頁104。

而 My journal 系列與坊間一般作品不同的是，書中的所有照片都不假他人，完全是鍾文音一手包辦，她用敏感的心思去看世界，留給讀者一方想像空間。她曾說：

> 文字像是折磨的情人，繪畫像是童年的玩伴，攝影是舒服的情人。……繪畫和攝影是比較偏向嬉遊的心情來完成的，但文字比較不一樣，以前覺得文字就是寫出來就好，不難，多年後才開始敬畏文字。[50]

在文字中沈溺許久，心會慢慢的黑白起來，如果能夠找到一條通道，讓心打開，重新測量這世界的溫度，那是再好不過的了。攝影是讓鍾文音放輕鬆的方式之一，像是遊戲般的轉繞著，用手指頭點出另一面向的深情，是有趣的一件事。

當物件因時光而消逝，照片，即是留住時光軌跡的不二法門。專業的藝術家姚瑞中[51]曾經說：「在這個媒體席捲一切的時代，攝影已不再只是攝影，影像也不只是影像，而是將個人意識轉化為真實的一種方式，或者可以說是自我發現、自我實踐的可能途徑，雖然到頭來它注定是一個幻影，卻也是定義存在最直接的見證方式。」[52]圖文表現方式是鍾式文學中極為特殊的手法，鍾文音自己曾經說過：「物件和影像，穿越時光之河，終於有了不同的顏色與自由的寬度。」[53]鍾文音在當下留住了影像，時間荏苒，歲月遷移，觀者有自己的評斷自由，心的想像空間無限寬廣，顏色自由揮灑。這種風格也表現在 My journal 系列書寫中，旅行在外的心情點滴利用鏡頭停格，這是她親手用相機記錄下來的影像，搭配在書的內頁裡，給予讀者除了文字

---

50 翟翱：〈今夜，昨日重現〉，《聯合文學》第330期（2012年4月號），頁26。

51 姚瑞中：一九六九生於台灣台北，台北藝術大學畢業，曾代表台灣參加威尼斯雙年展及許多國際大展，也從事過小劇場、電影、電視、電台、攝影、等工作。藝評文章散見各中英文藝術專業期刊。

52 姚瑞中：《台灣當代攝影新潮流》（臺北市：遠流出版事業公司，2003年），頁13。

53 鍾文音：《昨日重現》（臺北市：大田出版社，2001年2月），頁17。

之外的視覺享受。至於，她個人的繪畫畫作並不在本論文討論範疇中。

在文字中尋找真實的感動時就需要力量的支撐，而這力量透過視網膜的分析、映照、然後留在眼底、心底。就像鍾文音曾說：「宛若童年之眼，對一切感官感到光鮮。」[54]文人的眼本來就敏感透視，鍾文音曾經說過：

> 在旅行心態上雖時時仍懷著一個寫作者的觀察之眼，但在旅行經濟行為條件上我卻又回到紐約遊蕩時期的簡陋，這簡陋條件讓我漫遊期間過得比較像個當地小市民，旅行結束也可以為想說什麼而寫什麼，為感動而記錄一些小事小物，去除了許多過去（報導者）的負擔色彩，我現在只想簡單當個浮遊人世的人子，而看似簡單的東西往往最難。[55]

觀察者之眼最難在與眾不同，許多人往往在人群雜沓中前進，殊不知人云亦云是洪流之中鍾文音最見不慣的樣貌，她的眼光銳利、心思細膩，入她的眼、上她的心，必屬不凡。

在此論文的範圍裡，My journal 中的第一本文本尋找高更的旅程中，鍾文音就使用了影像與文字合一的方式，接下來的上海、巴黎、美東之行，只是把這方式發揮得更淋漓盡致罷了。

在 My journal 系列中，鍾文音於旅行中進行的攝影部分有固定的觀點，若加以分類，探討其內在意涵，許多心裡想法藉著圖證有跡可尋，以下將分三部分討論。

（一）所見異地之風情

此系列的四個探訪主題為大溪地、上海、巴黎和紐約，對於讀者而言，這些是耳熟能詳的地方，雖然鍾文音在文本中的主線是在尋找已逝的靈魂，並藉著尋找的過程滿足自己流浪靈魂的缺角，除了心靈的部分之外，在天涯

---

54 鍾文音：〈旅行年代的美麗遺跡〉，《最美的旅程·自序》（臺北市：閱讀地球文化事業公司，2004年4月），頁3。

55 鍾文音：《永遠的橄欖樹》（臺北市：大田出版社，2002年5月），頁273。

彼岸走走看看也是增添眼界的開闊度，對於這些城市的所見所感，她亦留下許多經典照片。這些照片夾雜在書的內頁裡，可供讀者想像異地的都市面容與當時情景。

不能免俗的，有時也得像個觀光客穿梭在城市的一隅，當轉換成這樣的身分時，鍾文音有她自己的看待方式：

> 觀光客通常都有臨去秋波、大灑銀子的慣性，因總想著不知何年何月生命還能在每個異鄉和人事物遭逢，遂顯得大方。當地人自然姿態不同，生活的計算是從早晨醒來就開始的。那麼，如果能夠在日常生活裡也生活得像個觀光客，自然是屬優渥的一群。[56]

本身是觀光客來看觀光客這件事，鍾文音不喜歡自己只是個觀光客，當然也可以揮霍著度假，她卻希望自己在此生活得像本地人一樣懂得深厚的文化意涵，那姿態便是和來去匆匆的旅者不同。

就像在大溪地這樣氛圍的土地上，那些尋樂狂歡的觀光者，讓大溪地的海邊、沙灘、餐廳裡都充滿慾望橫流的氣味，鍾文音看到的卻是角落的山、水，以及在繽紛的熱帶南島奔放中所隱匿的抒情景象。她踏上這個高更放棄一切前來築夢的小島，不免發出喟嘆。

用眼睛凝視著這個俘虜了高更靈魂的島域。在《遠逝的芬芳》一書，全書共一百六十九頁，其中有一百〇三頁穿插有鍾文音親手攝影的照片。此為鍾文音在此系列中的第一本書籍，應可為初試啼聲之作，所收照片的數量卻不可謂不多，可見鍾文音在極早就喜歡用照片說故事。

當鍾文音踏上這個太平洋上的小島，目睹百年前高更在這裡過著物質生活極為困頓的生活，精神也十分萎靡，卻讓他的生命和藝術深深烙印在此南太平洋的群島上，這裡滿滿是伊甸園的避世圖像，鍾文音過眼不忘，收攬在心：

---

56 鍾文音：《情人的城市——我和莒哈絲、卡蜜兒、西蒙波娃的巴黎對話》（臺北市：玉山社出版事業公司，2007年），頁50。

> 許多的旅程我從來不曾忘卻，然而當旅程結束，一切事物俱消褪時，所有的色彩均轉成黯淡後，我冥思著揮灑生命餘燼的高更晚年，高更的生命和創作皆太沈重，但整個玻里尼西亞群島卻以無比的輕盈來對比畫家的荒謬存在。
>
> 行前我一再提醒自己，就把自己的眼睛當攝影機吧！拍向他方他人他事，就是不要把鏡頭對著自己。可我過往旅程常不小心就讓鏡頭兜轉個彎，對著自己的心事沈墜。[57]

當啟動眼睛為攝影機的同時，就鎖定了那些要收進心底的影像。大溪地的人情和風情，大溪地關於高更的一切人事物，都是蒐羅對象。

除了在繽紛的大溪地裡用色彩作為文字佐料，充滿時尚與復古的上海也跳躍出另類的影像。在現代的氣氛裡尋找往日情懷，是鍾文音獨鍾的方式。就像她在上海的行旅腳步裡，也提供了上海當地許多的影像，供讀者觀賞之際，也讓讀者藉著圖片來思索鍾文音內心的激盪與事實的交會，是否合宜。

在此系列的第二本《奢華的時光》一書中，黑白的照片佔大多數，用黑白來表現上海市很微妙的方式，就像她給人的兩極觀感，用現代的眼睛去凝視舊時代的氛圍，這樣表現剛剛好。

書的一開始鍾文音就用「南京東路人山人海」來交代上海的熱鬧，她說：「南京東路人山人海片刻裡我常無法呼吸，想要逃離人滿為患之地，在流動裡想要靜止。他們潑辣的生命力如野草長滿大街上。」[58]這是她拍下上海南京東路熱鬧的街景時附加的說明語。

鍾文音藉自己的眼站在這有著魔力卻矛盾、融合西方與東方、既時髦又頹廢的上海城，總是一再地問自己，到底這真的是上海嗎？只有在疑問中找到答案，行旅才有辦法繼續下去。上海女人說話迷音幻聲，皮膚白晰又充滿

---

57 鍾文音：《遠逝的芬芳——我的玻西尼亞群島高更旅程紀行》（臺北市：玉山社出版事業公司，2001年），頁23。

58 鍾文音：《奢華的時光——我的上海華麗與蒼涼紀行》（臺北市：玉山社出版事業公司，2002年），頁18。

魅力，在這裡鍾文音更認識自己的本性，一直以為自己的前魂一定在此某一角流浪過，但當她與這曾經被殖民母國改變了原始風貌的傳奇城市，光鮮的物質特質與異國氣息讓鍾文音驚愕不已，剎時曾駐足的前靈被掏了空，快速沈淪。

> 這是上海灘的迷離夜色。一切白日裡暗巷的傖俗和弄堂裡的營生味全都抿了去，就剩一個個遊蕩於物質世界裡的無數旅人在東張西望著，外灘上的百年西風建築像上海小姐般地在暗夜裡魅魅生態著。[59]

利用雙眼觀看這城的百態，映照出鍾文音內在與眾不同的個性，於是她這樣說著自己：

> 也許我天生就長得一副不是上海女人的模樣，我的皮膚不夠白，我說話不夠嗲，我的臉龐有太多滄桑稜角，我的眼睛過於睿澈，我對乞討者有過於濫情式的憐憫，我的背包裡放了相機和一本筆記本、一支口紅……我是個台北女人，女人裡的作家。
>
> 我和他們不同，我留意著許多細節，許多瑣碎，許多過往雲煙。[60]

鍾文音就是如此的行走於上海城，用她的眼睛、她的相機留下印記，看得到的立刻上心，上心的又立即放在相機底片中，她也因為這樣的自己而驕傲著。

在上海談文藝就一定要提到張愛玲，鍾文音對張愛玲也是有了一番追尋。隨便一個牆面，就想起傾城之戀的淒美，一個來自異地的文人藝者，總是要實地感染此文風洶湧的澎湃。

揮別了上海，鍾文音另一個高潮建構在巴黎城。巴黎，顯然是有備而來，在《情人的城市》中，大量書寫著自己在巴黎城的移動腳步，這個表面

---

59 鍾文音：《奢華的時光——我的上海華麗與蒼涼紀行》（臺北市：玉山社出版事業公司，2002年），頁21。

60 鍾文音：《奢華的時光——我的上海華麗與蒼涼紀行》（臺北市：玉山社出版事業公司，2002年），頁21。

卻內在堂皇的城市，成就了經典女人的文學夢想，也填補了鍾文音缺空的部分。

巴黎有著許多不同面向的風貌，在巴黎生活，你可以很優雅、可以很時尚、可以很文藝、當然也可以很頹廢。在這多款融合的城市裡，鍾文音屢屢在極端的相反裡找尋自己。她說：

> 迷濛水氣充溢，巴黎的異鄉生活，真切又忽忽遙遠。巴黎天氣變化多端，不可捉摸，一如女人，有很多細節瑣碎的那種神經敏感的女人。[61]

對於巴黎的人文氣息，鍾文音是打從心裡的崇敬與羨慕，這是她在巴黎的街頭拍下的雨果的照片。

她這樣說道：

> 我看您的城市，書攤書店如此繁多，書店櫥窗裡總是有幾個文學經典人物被高掛在那兒，發著亮的靈魂藍光。像是普魯斯特、莒哈絲、沙特和您都是常見的人物。尤其是二〇〇二年的今年被定為雨果 Hugo 年，到處可見他的肖像旗幟，掛在公車站牌附近或是建築物等地。以文學作家為年份，讓我感動。[62]

這是一個文學極度發光的城市，在任何一個角落裡，都可以感覺經典的存在。鍾文音在這裡感嘆著作家在法國的文學生命價值比台灣好多了，台灣是個向錢看齊的國度，那些暢銷書、羅曼史，都在在讓鍾文音不以為然，這也是她對經典執著的原因與動力。

之於巴黎的風情，紐約就顯得腳步快速與摩登了。這個現代新移民的城市，組成份子複雜，這裡有著多種文化交合而出的多面貌景象。一九九六年前來習畫的鍾文音帶著這記憶來當襯底，試著在十年後的此時找尋遺落的初衷。

---

61 鍾文音：《情人的城市——我和莒哈絲、卡蜜兒、西蒙波娃的巴黎對話》（臺北市：玉山社出版事業公司，2007年），頁47。

62 鍾文音：《情人的城市——我和莒哈絲、卡蜜兒、西蒙波娃的巴黎對話》（臺北市：玉山社出版事業公司，2007年），頁91。

對於紐約的愛，鍾文音是說不完的，破碎的心在這裡縫合之後，帶著能量回到台灣繼續奮戰著，這是藝術人格的拼合，她說：

> 我在破碎的記憶裡試圖呼喚於今想要告訴你的完整，以我曾經悲傷黑暗的出走，來激勵後來的旅行者關於出走的光亮歡愉想像。[63]

唯有曾經擁有破碎才知道完整的可貴，於紐約，鍾文音快感與痛感並置著，這裡有著無法明說的光與暗的結合，她想起自己身為作家的身分，總是巍巍戰戰的站立在邊界，一腳在光圈裡，一腳在黑暗的囹圄裡，詭譎異常。這個奇特的城市足以供給鍾文音養分：「我曾經這樣一路走來，跌跌撞撞，每不成形，最終總在最沈淪的底層才把自己打撈起來。紐約心靈歷劫，上岸後，總能有收穫。」這是遊走紐約之後為自己開出的一帖良藥。鍾文音說：

> 紐約其實很不美國，因為這裡的價值依賴的是生活叢林法則，生活叢林裡的動物來自世界各地，來自各式各樣的邊陲，與核心。在都市叢林裡生活，端賴才華與才情結構，還有彼此的相濡以沫。在紐約沒有相濡以沫的情人或友伴關係時，最好得去好好上個課，學習事物總能讓我們進入另一個專注的核心，不至於感到空空然。[64]

在異鄉學習藝術的過程，切莫要灰心喪志，在讓人著迷的魔幻城市裡，鍾文音在迷失之間找尋著迷，要打開都市叢林的鑰匙之前必先通過自我的孤獨試煉，紐約，可以成就歡愉，也可以讓孤獨成為最高境界。

紐約的時尚往往令紅男綠女眷戀，相反的，慾望所帶來的陰暗面卻也吞噬著這個城市。在這裡需要相當的勇氣面對每一天，鍾文音早些年來此地學畫時就已參透此點，再次造訪，多的是惦記著艾蜜莉的詩情畫意情懷。

紐約，成就了鍾文音年輕的藝術幻想，也成全了此刻充滿詩意的她。

---

63 鍾文音：《孤獨的房間——我和詩人艾蜜莉、藝術家安娜的美東紀行》（臺北市：玉山社出版事業公司，2006年），頁184。

64 鍾文音：《孤獨的房間——我和詩人艾蜜莉、藝術家安娜的美東紀行》（臺北市：玉山社出版事業公司，2006年），頁185。

（二）沈浸咖啡之氤氳

作家通常有自己思考的空間與模式，關於鍾文音，咖啡便是她的精神糧食，而咖啡店就是她隱匿於城市的秘密角落。鍾文音常在座落於八里的自宅裡喝著咖啡望著河水發呆一下午，然後關在自己的孤獨裡書寫，這樣的味道相陪，成就了一篇篇動人的文章。

鍾文音在《美麗的苦痛》中的一篇散文〈以咖啡黑水畫成寫作聖水〉來書寫咖啡與自己的關係：

> 心情很普魯斯特的幽閉時，需要高壓蒸氣機器所煮出來的濃縮咖啡，咖啡因滲透侵蝕我的骨本，但卻滋養打開我那塵封的心門。……若心境處在情人莒哈絲式的慾望雲端，那將好整以暇地打打奶泡，做一杯卡布其諾，撒上醒鼻吻舌的肉桂粉。……咖啡注入不同大小的杯子，喝咖啡心情和方位有關。……我寫作都在咖啡香中完成，紙頁浸滿氣味的記憶，……沒有書香令人俗，沒有咖啡香令我悶。[65]

每個人都有自己迷戀的部分，擁有作家與藝術家雙重靈魂的鍾文音，生命中除了沈甸甸的書籍之外，另一個讓她如嗜嗎啡般上癮的便是咖啡因了。每一天的開始就是咖啡香，在這香氳裡她思考、創作，做自己完全的主人。

即便行旅在外，到了像上海這樣古味盎然的城市，鍾文音還是喜歡到懷舊酒吧或咖啡廳，以及畫郎和書店。在咖啡廳一隅，鍾文音思考著自己身為作家的立命問題，以及單身一人旅行的孤獨，全在啜飲之中有了溫暖回應。

> 一枝筆，一頁白紙，一杯咖啡，城市裡的荒涼感便隱了去[66]

她說：

---

65 鍾文音：《美麗的苦痛》（臺北市：大田出版社，2004年），頁78-79。

66 鍾文音：《奢華的時光——我的上海華麗與蒼涼紀行》（臺北市：玉山社出版事業公司，2002年），頁30。

> 在1931 Café喝杯威士忌酒，在漢原書店點杯招牌咖啡看店內的書，一個下午就足以浪蕩整個寂寥的心情；我想著自己身為作家，至此竟然履歷是空白一片，我只是個喜歡在這個驛站久留的旅人，這裡自有它的運作方式。
>
> 一個人旅行，自得其樂很重要，每天帶著潮汐般忽高忽低的發現心情，體會所見所思。寂寞是每個城市的特產，問題是我的夢想在哪？這充滿活力的城市讓我竟想到自身如何安身立命的「老化」問題。[67]

鍾文音拍下了上海城裡己身藏匿之所，在一方小空間裡一枝筆、一頁紙、一杯咖啡，不覺此地城市荒涼，反在市聲鼎沸之中覓得休息之處，書寫此地況味增添了旅遊的樂趣。

在上海，鍾文音的腳步除了尋訪經典人物之外，停留最多的就是咖啡廳了。除了因為自己對咖啡的偏執之外，在城市裡休息思考也是她行旅中很重要的一環。而熱愛連鎖式的咖啡館更是她個人的嗜好。在《奢華的時光》書中有多張關於咖啡館的照片：

> 上海究竟是熱鬧的，而午後一隅咖啡館，窗台邊卻兀自寂滅著安逸的生命情懷。[68]

在這樣的咖啡香氣裡，鍾文音寫下了這樣的思維情懷：

> 我常常一個人。不是因為沒有愛情才一個人，而是配合不來別人的節奏。相思有何用，相思只徒然，相思洩漏自己禁不起孤寂，相思說明了人在某個時刻多麼需要個人擁抱和對話。我當如何繼續人生的孤旅，在我脆弱時？

---

67 鍾文音：《奢華的時光——我的上海華麗與蒼涼紀行》（臺北市：玉山社出版事業公司，2002年），頁31。

68 鍾文音：《奢華的時光——我的上海華麗與蒼涼紀行》（臺北市：玉山社出版事業公司，2002年），頁100。

> 我好想停車暫借問，問問最後獨居經年累月以終的張愛玲。祈求她入夢來。[69]

在連鎖咖啡城裡思考著自己旅途孤獨的問題，不免懷想起張愛玲，在現代中與古典對話，這是弔詭的情緒張力，在這樣的異端世界裡，斷裂又連結、分離且相交、大膽新穎卻戀戀舊文化，上海城的風情洗滌著鍾文音的步履，卻仍揮不去己身熟悉孤獨的宿命，因為寫作，所以必嚮往張愛玲，因為孤寂，所以想望張愛玲，這是在異鄉為異客的鍾文音無法躲藏的心思。

尋找咖啡館是鍾文音在文明的城市裡的另一個步伐，在城市裡，鍾文音尋種兩種咖啡館，其一是連鎖的咖啡館，例如星巴客之類。其二是古典有特色者，如巴黎的花神咖啡館。

在連鎖的咖啡館裡，喧囂吵鬧的空氣反而襯托出自己的靜默，這樣的反差剛剛好讓鍾文音進行都市觀察與摹寫，這樣人來人去的摩肩擦踵裡，對於身邊的人事才能不留痕跡與感情，不若那些有特色小館，去久了總是相熟，熟了就會有某種程度上情感暴露，這也是鍾文音選擇連鎖咖啡館書寫的原因。

至若那些充滿人文氣息的個性咖啡館，鍾文音在巴黎見到了。

> 聖日耳曼大道上的花神咖啡館和雙偶咖啡館，存在主義論戰之所，標記著許多文人哲人和藝術家的美好年代。西蒙波娃和沙特在此的身影已幾乎成為歷史的光環。街道上立著一個標誌，寫著他們曾經在此的歷史。[70]

這裡有著西蒙波娃的往日足跡，來此喝上一杯彷彿可以與昔日哲人隔空交會，在波娃的年代，文人們在這裡高談闊論那個輝煌的時期，而現代的鍾文音利用咖啡的香氣，走入歷史時空，再現文藝時代的風華。

---

69 鍾文音：《奢華的時光——我的上海華麗與蒼涼紀行》（臺北市：玉山社出版事業公司，2002年），頁103。

70 鍾文音：《情人的城市——我和莒哈絲、卡蜜兒、西蒙波娃的巴黎對話》（臺北市：玉山社出版事業公司，2007年），頁164。

當她在巴黎的蒙帕那斯大道上的咖啡館前逡巡時，總是不由得想起以前集結在此的大文豪，這裡是西蒙波娃和沙特以前常出沒的地方，除此之外，也是許多名作家穿梭的藝術殿堂。

> 著名的菁英咖啡館（Le Select）和圓頂咖啡館，在蒙帕那斯大道隔街對望。美國作家海明威和寫《大亨小傳》的費茲傑羅，在他們的巴黎歲月時期常出沒在此間，象徵一個文學年代的曾經美好，在此活絡過的痕跡，是他們的歷練與最後的文學結晶。他們和我一樣是這座城市的異鄉人，終歸是要離開的。不若西蒙波娃，無論她旅行何方，她是最終要回到她的城市巴黎的。她的一切都在巴黎，她和沙特的結合高過於一切。[71]

在這樣的地方懷想西蒙波娃最理性最清醒，旅行之中總是充滿驚喜，雖然是為了波娃而來，卻又意外感染了海明威和費茲傑羅的往日氣息，與名人作家在不同時空裡激盪著，這是鍾文音旅行中的收穫。

喜愛在咖啡館裡寫作與觀察人生百態，這樣的習慣即使到了紐約尋找安娜和艾蜜莉時也持續進行著。鍾文音分析著法式咖啡館與美式咖啡風情的不同，她寫道：

> 週日咖啡館，出現平常少有的小孩，小孩奔跑尖叫，大人繼續大聲聊天，也有躺在推車上的小孩以及肥胖歐巴桑。
> 這又是美式文化。在巴黎根本不可能見到的。巴黎大街小巷咖啡館（觀光區除外）總是極其個人與小巧，來者不是在看書就是輕聲細語，縱有稍微大聲者也總是在談些文化議題。咖啡館燈色昏黃，古老的思索者還嵌天花板上凝視著眾生來去。[72]

---

71 鍾文音：《情人的城市——我和莒哈絲、卡蜜兒、西蒙波娃的巴黎對話》（臺北市：玉山社出版事業公司，2007年），頁158。

72 鍾文音：《孤獨的房間——我和詩人艾蜜莉、藝術家安娜的美東紀行》（臺北市：玉山社出版事業公司，2006年），頁79。

不同的文化帶來不同的生活步調，兩種不一樣的咖啡館帶給鍾文音不同的感受，但是都是她點綴人生的小精品。

相較於有歷史有溫暖、有情調的歐洲咖啡館，紐約的咖啡館始終是朝氣蓬勃的地方。紐約人對星巴客是沒有招架能力的，在假日城裡的每一家分店幾乎都會座無虛席。鍾文音尋找咖啡館的勤奮不亞於她移動在景點中的速度。對於星巴客，她有自己的想法與見解：

> 星巴客便以黏菌般的速度在紐約（或在世界）擴張，光是這一條百老匯大道，經過多少家星巴客我已無法細數，十幾家以上。……我這趟百老匯曼哈頓旅程簡直是星巴客咖啡館業務員調查的姿態般。因為幾乎每一家我都去過了，有時只是推開門看幾眼就離開，有時是覓到好位子便坐了下來看點書。[73]

在腳步快速疊沓的城市裡尋找一方可以思考的空間，對於不斷移動的旅人來說是個重要的喘息空間。至於溫馨小巧的個性咖啡館或是連鎖少特色的咖啡館，在鍾文音的旅程裡都扮演著重要的角色，她必須有一方天地隱遁，才足以讓自己心靈放肆片刻，可以將悠遊此城市的觸發與感動在適時的時間裡咀嚼收納，味道，是通往記憶的一道關卡，也是心上忘不掉的符碼。

鍾文音對於咖啡館的莫名情節跟著她在世界旅行四處流轉，每到一個地方，總是得尋訪一番。就像她寫下的：

> 就這樣，我又在紐約了。
>
> 此刻的我，來到星巴客的老位子，寫著一樣的紀行。
>
> 切記一件事：我像吳爾芙一樣，喜歡大城市。
>
> 我只能生活在大城市，有咖啡館有電源有聲音有建築物的地方才能寫作。
>
> 我當然喜歡自然，但那只能去拜訪，只能去走走。寫作，我得回到有

---

73 鍾文音：《孤獨的房間——我和詩人艾蜜莉、藝術家安娜的美東紀行》（臺北市：玉山社出版事業公司，2006年），頁64。

人生有咖啡館的地方。[74]

就是這樣，鍾文音在城市裡穿梭，從這家咖啡聽到另一家咖啡廳，無非是在人群中尋找一方安身立命的角落，在這裡可以盡情的寫作，觀察人們的百態，都是她人生的課題。

不論是深處何地的咖啡館，鍾文音都是一個投入者，在寒冷的街道上，推門而入之後，暖意直上心頭。是她在紐約的咖啡館、以及哈佛大學美術館內的咖啡館所拍下的照片。在詩鄉咖啡館的照片旁她寫下：「我穿過寒冽的街道，如虛空的風，君臨光影炫目的咖啡館，我讀詩，我攢眉，在惡寒的詩鄉咖啡館，聞到詩的獨特香氣。」因為寫詩的艾蜜莉，所以這裡就成了鍾文音眼中的詩鄉，她讀詩，一舉手一投足都是詩的味道，詩的氣息。

至於哈佛大學美術館內的咖啡館：鍾文音給照片寫下的語言：「哈佛大學美術館內的咖啡館，吸納著我在異鄉的孤寂與喜悅，這是我喜歡的落腳處，在此閱讀，如靈魂在耳旁喃喃自語。」喜愛閱讀是鍾文音一輩子無法改變的好習慣，即便是出國也都一定帶著書同行，哈佛大學的美術館是一定要去巡禮的地方，這裡可以滿足鍾文音血液裡的藝術分子，在咖啡館小坐是此行的附加價值，閱讀、思考、寫作，在這裡三者缺一不可。

（三）邂逅逝去之英魂

照片為我們留下逝去的光陰，我們也藉由照片去緬懷往日的點滴。著有《台灣當代攝影新潮流》一書的姚瑞中先生曾經在書中說道：

> 並非我們生下來然後死去，而是我們一直都在死去。當我們透過照片見證每一個當下的片刻時，也預言了每一個片刻都是歷史的開始；然而歷史（通常是由集體記憶所尋回的片段回憶）是公平客觀地記錄這

---

74 鍾文音：《孤獨的房間——我和詩人艾蜜莉、藝術家安娜的美東紀行》（臺北市：玉山社出版事業公司，2006年），頁147。

> 些過去的事件？還是閱讀者主觀的曲解？而藝術家透過照片所詮釋的歷史，是否開啟了另一個被人忽略的記憶？[75]

透過攝影，我們可以走進往日的時光裡，生命的河是不斷的往前流，即便最後我們都會死去。當影像留下蛛絲馬跡的時候，我們才能詮釋舊事，也才能挖掘出那些曾經被忽略的記憶。

鍾文音曾經在《美麗的苦痛》一書中說道：「當文字不足以承載思緒的巨大幽微時，影像總是飄忽在前飄忽在後。攪拌得我心癢癢，難忘影中人，難忘影像夢。我對攝影的敏感近乎是天生的。」[76]因此她不只寫作，還用眼睛感覺存在的熱度，然後留下了影像，在她心裡，在讀者眼裡。

鏡頭的方向是牽引著內心世界，凡事眼見為憑，若能記著的便是幸運，否則就得利用科技來複製記憶，在旅程中見到形形色色的人事物，留在鍾文音眼中的是凡人無法體會的另類風景，哪怕只是一棵樹、一方墳塋。

一般觀光客很少到墓地去的，鍾文音卻是常到經典人物的墓地參訪。她老是帶著筆記本、照相機，為的是記下當下的感動與所見所感，在《遠逝的芬芳》一書裡，鍾文音就拍下了高更墓地的照片，並留下了這些文字：

> 緬梔子花開著黃色的花朵襯著紅赭墓地與伴著死亡女神，從塔霍古（Tahauku）港口的柔風吹向墓地，我在憑弔和做了例行拍照記錄的工作後，也有想要安憩之想。坐在草地上，可以目及海岸，稍遠的幾戶人家和前方的村莊層次地落在山頭小丘林內。
>
> 我想，高更終於長眠安息於他一生所熱切渴盼的原始純淨世界了。
>
> 原始純淨和熱帶氣息雖說是高更後半生所力爭及追求的，但臨終的高更是不是真的就甘心魂埋於此，他難道沒有眷戀過自身的北國原鄉？[77]

---

75 姚瑞中：《台灣當代攝影新潮流》（臺北市：遠流出版事業公司，2003年），頁75。

76 鍾文音：《美麗的苦痛》（臺北市：大田出版社，2004年），序文。

77 鍾文音：《遠逝的芬芳——我的玻西尼亞群島高更旅程紀行》（臺北市：玉山社出版事業公司，2001年），頁107。

關於高更放下一切來到大溪地之謎，一直是鍾文音內心的疑惑，坐在高更的墳前讀著關於他的資料與訊息，想著關於人們說的高更臨終前畫下的圖像竟是下雪之景，鍾文音說：「願你安息，願你證悟過的旅程和藝術能賜予我力量，一種傳承。」[78]

前往高更墳地的心思，全透過了照片留存在心裡的檔案夾裡，高更的靈透過南島的風與陽光，在空氣中微微散發著藝術的彩暈，鍾文音的腳步在這裡找到可以停歇的理由。

至於《情人的城市》尋訪巴黎經典女人之旅程，是鍾文音心上極為重視的一段旅程。在全書三百四十二頁中，就有一百三十頁放入了鍾文音親手拍攝的照片，其中還不包括被作為浮水印的部分。鍾文音從此書開使用了大量的照片在說故事，照片和文字之間彼此關聯性很大，讓人在讀文字之外可以藉由欣賞照片彷彿親訪巴黎一般，透過鍾文音的眼掃瞄經典女人的生活氛圍。

在巴黎的浪漫氣氛之下，鍾文音獨鍾於哲人墓園之清幽。蒙帕那斯墓園，那裡是莒哈絲與西蒙波娃的長眠之地。巴黎的墓園與台灣的墓園有著不同的氣氛，那裡可以像公園一樣靜謐，微風穿過樹林讓人以為這是一個供人休憩的好旅地。鍾文音的腳步勢必到達這裡才能施展自我告解的儀式，她坐在莒哈絲的墓前懷想：

> 我在妳的墳上這樣想，胡思亂想，支離破碎地想，喃喃自語地想，這樣我才能靠近你一些，一些些。我願意沒有保留的傾訴給妳聽，可蒙帕那斯墓園魂埋著幾個世代的文學巨擘與哲人大師，在此衷曲也只能靜靜輕彈，靜靜地如落葉在風中飄。[79]

在巴黎的旅程裡，鍾文音來了好幾趟，每每總是坐了許久，然後思索著莒哈絲以及自己的寫作之心路歷程。

---

78 鍾文音：《遠逝的芬芳——我的玻西尼亞群島高更旅程紀行》（臺北市：玉山社出版事業公司，2001年），頁109。

79 鍾文音：《情人的城市——我和莒哈絲、卡蜜兒、西蒙波娃的巴黎對話》（臺北市：玉山社出版事業公司，2007年），頁42。

> 幾度，坐在妳的墳墓前方長條式鐵椅上翻閱《情人》，妳寫過的電影劇本《廣島之戀》和編導的《印度之歌》，不喚而至。樹影下我的心靈和視覺感官處在奇特狀態，好像你那強而有力的魅影處處跳出來和我說話。我看見我的生命，妳的死亡。我體會到擁有妳的心、妳的語言，在傳承中這才是扎實的幸福。無以言說的非俗世幸福，不是幻象。迷戀就像感覺就像空氣，無以陳述，無以捕捉。[80]

鍾文音說出自己對莒哈絲的迷戀，這樣赤裸裸，尤其是在莒哈絲的墳墓之前才能相信莒哈絲的死亡必定帶給自己力量，她想起一九九六年莒哈絲走的那一年，鍾文音正在紐約寫給自己的情人，那讓人發痛的情人，纏繞心思。用莒哈絲的《情人》遙祭自己已逝的情人，這樣的墓園懷想最適合不過了。

鍾文音是一定要到墓園瞻仰莒哈絲的，在鍾文音的書寫版圖中，莒哈絲不僅是個偶像，更是個引領她前進的燈塔，鍾文音不只一次的在公開場合提到自己對莒哈絲的孺慕之情，例如她在出席台灣文學館舉辦的第三季週末文學對談座談會中提到：

> 我先談一下我的偶像——莒哈絲，她像是一張經典的地圖，是我在文學裡尋找的一張地圖，不會在生命裡迷路、覺得孤獨。倒不是說我要模仿她，而是學習她不讓自己在這個城市裡終致幻滅而亡，她是一個能量非常強大的女人。……莒哈絲歷經非常長時間的孤獨和實驗，也拍電影，拍過《印度之歌》、《廣島之戀》。我在巴黎尋找她，想探訪什麼樣的城市能夠醞釀出這麼一個強韌性格的女作家。[81]

在巴黎的安靜墓園裡，鍾文音的思緒可以理得清晰，坐在這裡感受莒哈絲，即使上一個世代的熱情已經漸行漸遠，但是心有靈犀的迴響是讓人雀躍的。

---

80 鍾文音：《情人的城市——我和莒哈絲、卡蜜兒、西蒙波娃的巴黎對話》（臺北市：玉山社出版事業公司，2007年），頁43。

81 台灣文學館：《徬徨的戰鬥——十場台灣當代小說的心靈饗宴》（臺南市：台灣文學館，2007年），頁61-62。

帶著想念崇拜的心，鍾文音才能翻拍出莒哈絲如此迷人的身影，即使風霜滿面，但是歲月只留下更強韌的堅持與理想而已。

在蒙帕那斯墓園裡安息的還有西蒙波娃和她的愛人沙特。

鍾文音拍下了西蒙波娃與沙特比肩而眠的墓園照片。在這裡看著這對親密愛人的軀體化為風中的一縷輕煙，精神卻永垂不朽，鍾文音曾經在巴黎的市街上問一些年輕人，他們都知道西蒙波娃，這座有文學具體存在的城市，鍾文音有感經典並沒有被快速遺忘，心裡得到些許安慰。她拍下波娃與沙特的墳墓照片，對波娃說：

> 蒙帕那斯墓園少見的夏日蕭索，沙特和波娃比肩長眠，是自由和信任讓這份愛情有了死生契闊的力量，是兩個個體的高度完整，使得愛情成為一種人世實踐的可能企盼，自由情侶是可能的，因為兩個高度成熟的心靈結合，能排除外在的紛擾與變化。[82]

對於鍾文音而言，愛是很疼痛的事，所以她書寫愛情與死亡總是在不知不覺之間布置了魔幻的的場面，西蒙波娃和沙特的經典情人場面給了鍾文音另類的思考空間，相愛了不一定會分離，還是可以死生契闊的相守。映照出鍾文音的愛情觀，她說：

> 對我而言愛是很疼痛的事，書裡的男主角愛誰，誰就死去，愛是個魔咒，到底是不是真的死亡，也許是某種形式的消失，背叛也是種消失，拒絕也是種消失，不一定死亡才是消失，我在《情人的城市》也提到愛情是憂傷的，它是刀上的蜂蜜，和憂傷力道同等強烈。[83]

西蒙波娃給了鍾文音的不僅僅是《第二性》的書寫所提到的女性意識，還有她一生堅貞的愛情。即便自己往往在愛情海中泅泳，但典型總是足以樹立風

---

82 鍾文音：《情人的城市——我和莒哈絲、卡蜜兒、西蒙波娃的巴黎對話》（臺北市：玉山社出版事業公司，2007年），頁90。

83 台灣文學館：《徬徨的戰鬥——十場台灣當代小說的心靈饗宴》（臺南市：台灣文學館，2007年），頁71-72。

範，讓自己往愛情的國度飛去，永不遲疑。

在巴黎的日子，鍾文音來墓園數次，就連管理員都困惑於此，這裡都是文學上的親戚呢！鍾文音總是這樣想著。她請管理員為她和西蒙波娃的墳墓拍了合照，此情此景真是在一般的文本書籍中少見，哪位作家會為了墓園花費此多心思？更是笑意盈盈的在其中穿梭著，只為心靈上的對話？

這就是鍾文音與眾不同之處，用她特殊的眼光做特殊的事，一切以自適為主，休管他人目光。

攝影不僅僅是在旅行中記錄了影像，更是攝住了當時作者的心情，鍾文音長期的旅遊生涯總是帶回了許多的照片，即便是隻身旅行，也會留下自己的影像融入當地的蛛絲馬跡，她曾在書中說：

> 我拍攝很多的自己疊映在這座城市的空間和物件上。
> 這座城市讓我融入也讓我格格不入，我又興奮又疲憊。我常常覺得自己像個難民，高傲的難民。[84]

這是鍾文音在巴黎時所發出的喟嘆，在這一座花一樣的城市裡，所映照出來的是自己蒼白的模樣，就像堅持著創作的背後也必須有個驕傲的靈魂支撐著，否則一切都是那麼脆弱。

> 我的一切與決定也受創作支配。像我這樣的寫作者眼睛之背後，已經沒有單純的凝視，寫作者的行旅也已經沒有單純的行走，有一隻筆在圈點意識的流動。這個理性體系是感性結構的鷹架，感性為表，理性為底，互為作用，前提是心情不起潮浪亂流的話，一切即有了節奏。[85]

因為有著一雙寫作者的眼睛，所以銳利無比。當西蒙波娃的理性與莒哈絲的拚命寫作精神不斷的呼喊她的同時，卡蜜兒因愛情而斷送藝術與愛情的斑斑

84 鍾文音：《情人的城市——我和莒哈絲、卡蜜兒、西蒙波娃的巴黎對話》（臺北市：玉山社出版事業公司，2007年），頁165。

85 鍾文音：《情人的城市——我和莒哈絲、卡蜜兒、西蒙波娃的巴黎對話》（臺北市：玉山社出版事業公司，2007年），頁166。

血跡又無時無刻的叮嚀著，她告訴自己創作支配一切，用眼睛記錄下來這些撼動人心的影像，細細品味。

擁有一雙巧手，以及彷彿能透視靈魂的眼睛，鍾文音在此一系列的書中放入了不少旅行當地的照片，不同於一般旅遊照片，此間是充滿生命的對話。鍾文音曾經在台灣文學館所舉辦的座談會中說到她的攝影：

> 因為我早年的電影幻滅沒有完成，所以我攝影。人的理想會在午夜夢迴到魂魄當中，我早年想拍電影，但我的孤獨感沒有辦法跟一群人工作，後來我認為一支筆、一台相機就可以幫我完成我的生命，所以我選擇了攝影。……攝影對我是本能式的思索，不像文字需要訓練，……[86]

鍾文音口中的「本能式的思索」，有時反而更撼動人心。相對於一般作家放入書中的插圖往往是精挑細選，鍾文音卻喜歡那些在人們眼中「壞掉了」的照片。這樣的照片有生命力，訴說著不一樣的故事，這才符合鍾文音與眾不同的個性，也才能讓讀者讀到心坎裡去。

從大溪地到上海，一路到巴黎、紐約，鍾文音帶著自己的眼睛摸索世界，在異地她做什麼？她想什麼？總是不吝惜的透露出來，甚至讓我們知道照片中所要傳達的悲觀與陰暗面，這與坊間一般旅遊書著實不同。著迷於鍾式文學的讀者，會為這點不一樣而深深低迴，然而，這一切也只有知音能懂。

至於在旅地旅遊的見聞，鍾文音也用美文鋪敘成一篇篇文情並茂的小短文，讓人在其文字中如臨其地、身歷其境，即使是陰森的墓地，鍾文音也處理得宜，讓死亡與魂魄堂而皇之地在檯面上討論，一片葉子、一朵雲彩，都寫盡旅人的感動與內心呼喊。

---

86 台灣文學館：《徬徨的戰鬥——十場台灣當代小說的心靈饗宴》（臺南市：台灣文學館，2007年），頁75。

五　結語

鍾文音，作為一位高度才華的，獨立性及思想性頗強的現代女作家，即使是旅遊，她事前做足功課，隨後認真嚴肅地完成一樁樁飽涵深度的旅行。她的文筆陶然浪漫、洗鍊靈活，其旅遊所探討和書寫的人物素材，率皆以女性為主，文中對於傑出的前輩，或寄予對照、反思，或抒情起興，而作者本身亦屬卓然特出的當代女性之一。

鍾文音以她獨特「紀行體」書寫方式，融合了日記、書信、以及札記於一爐，將在旅地的見聞與自我的心情合一書寫，散文式的內容可看見半自傳的個人心路歷程。

古來書信體本來就抒情又言志，在異鄉總是懷念千里之外的情人與友人，鍾文音在此種體例的表現上，展現信手拈來的書寫技巧。其文字美學與她給予作者的視覺饗宴，讓讀著悠遊於她的創作空間。她記載異地風光，總有深層探索與獨特的思考，絕非一般世俗導覽之作可同日而語。至其多方追求經典的行旅，讓讀者品味豐盛的文學大餐，不啻文藝鼎盛世代的重現。造訪偉人故蹟、墳塋，探尋文物，帶領讀者一起邂逅了名人逝去的英魂。

影像，一直是鍾文音擅長的區塊。除了繪畫之外，攝影更是她的最愛。鏡頭的方向牽引著內心世界，凡事眼見為憑，若能記著的便是幸運，否則就得利用科技來複製記憶。在旅程中見到形形色色的人事物，留在鍾文音眼中的，是凡人無法體會的另類風景，那怕只是一棵樹、一方墳塋。攝影不僅僅是在旅行中記錄了影像，更是攝住了當時作者的心情。在 My journal 系列裡，書中夾有大量的攝影作品，除了文字給予作者想像空間之外，更將旅途中所看見的影像利用快門記錄下來，增加文影合一的說服力，此類美學一直是鍾文音擅長的區塊。文字如能招人魂魄，影像便能收納記憶。

爾後，若文壇上討論台灣的優秀旅遊作家，建議必將鍾文音納入，不論在質或量的表現上，鍾文音都以其細膩的書寫以及特殊的才華表現豎立自己的風格，此為不容忽視的事實。

參考資料

一　專書

孟樊編　《旅行文學讀本》　臺北市　揚智文化事業公司　2004年

東海大學國文系編　《旅遊文學論文集》　臺北市　文津出版社　2000年

胡錦媛　《台灣當代旅行文選》　臺北市　二魚文化事業公司　2004年

張曉風主編　《中華現代文學大系貳散文卷6》　臺北市　九歌出版社　2003年

梅新林、俞樟華主編　《中國游記文學史》　上海市　上海世紀出版集團　2004年

陳　柱　《中國散文史》　臺北市　台灣商務印書館　1991年

鹿憶鹿　《走看台灣九〇年代的散文》　臺北市　台灣學生書局　1998年

鄭明娳　《現代散文現象論》　臺北市　大安出版社　1992年

鄭明娳　《當代散文縱橫論》　臺北市　大安出版社　2001年

鄭明俐　《現代散文類型論》　臺北市　大安出版社　2001年

蕭蕭編　《九十五年散文選》　臺北市　九歌出版社　2007年

鍾文音　《三城三戀》　臺北市　大田出版公司　2007年

鍾文音　《山城的微笑——尼泊爾的不浪漫旅程》　臺北市　地球書房事業公司　2004年

鍾文音　《台灣美術山川行旅圖》　臺北市　新新聞　1999年

鍾文音　《台灣美術山川行旅圖》　臺北市　新新聞　1999年

鍾文音　《永遠的橄欖樹》　臺北市　大田出版公司　2002年

鍾文音　《孤獨的房間——我和詩人愛蜜莉、藝術家安娜的美東紀行》　臺北市　玉山社出版事業公司　2006年

鍾文音　《美麗的苦痛》　臺北市　大田出版公司　2004年

鍾文音　《奢華的時光——我的上海華麗與蒼涼紀行》　臺北市　玉山社出版事業公司　2002年

鍾文音　《情人的城市——我和莒哈絲、卡蜜兒、西蒙波娃的巴黎對話》　臺北市　玉山社出版事業公司　2003年

鍾文音　《最美的旅程》　臺北市　閱讀地球文化事業公司　2004年

鍾文音　《遠逝的芳香——我的玻里尼西亞群島高更旅程紀行》　臺北市　玉山社出版事業公司　2001年

鍾文音　《寫給你的日記》　臺北市　大田出版公司　1999年

鍾文音　《廢墟的靈光——重返印度的佛陀時代》　臺北市　地球書房事業公司　2004年

二　期刊論文

林秀蘭　〈創作者的孤獨之旅——論鍾文音的旅行書寫（以 My Journal 系列為探討主軸）〉　《中國現代文學》第8期（2005年12月）

陳新瑜　〈華麗的出走與獨語——鍾文音 My journal 系列書寫〉　《國文新天地》第20期（2009年10月）

黃文儀　〈我的旅行——鍾文音〉　《幼獅文藝》總號612（2004年12月）

鍾文音　〈一種述說無盡的氣味——侯孝賢作品對我的影響〉　《文訊》總號211（2003年5月）

鍾文音　〈回家的路〉　《聯合文學》第19卷第3期（總號219）（2003年1月）

鍾文音　〈我旅遊〉　《講義》第33卷第5期（總號197）（2003年8月）

三　學位論文

何蓓茹　《九○年代女作家的旅行書寫九○年代女作家的旅行書寫——以鍾文音、師瓊瑜、郝譽翔、張惠菁為核心》　嘉義縣　中正大學台灣文學所　2010年

李婷君　《空間與移動——論鍾文音作品中的原鄉意識與女性主體》　台中縣　靜宜大學中國文學研究所　2009年

郭伊貞　《影像繪畫書寫的幾種化身——鍾文音及其作品》　高雄市　中山大學中國語文學系研究所　2005年

黃恩慈　《女子有行——論施叔青、鍾文音女遊書寫中的旅行結構》　臺南市　成功大學台灣文學所　2007年

廖瑋琳　《漂泊與釘根——論鍾文音的旅行與家族書寫》　嘉義縣　中正大學中國文學所　2005年

履彊鄉土小說中的社會關懷

陳憲仁

明道大學中國文學系講座教授

摘要

在台灣社會由農業轉型為工商業社會的時候，台灣的農村發生了巨大變化，衍生了許多社會問題，也產生了許多人事糾葛。而在文學上，這時候則出現了許多呈現時代背景、記錄社會現象、書寫人民生活、表達人性光輝的作家和作品。履彊即是那個年代活躍文壇的作家，而他寫的鄉土作品，不僅受到大家矚目，也成為那個時代的代表作。究其原因，除了優美的文筆、技巧外，最特別的是文章中流露了豐富的深層社會關懷，讓大家能看到問題的癥結，啟發深邃的同情，一起來面對，一起來關心。而這樣的表現，卻常常是隱而不露的。本文即試圖將履彊作品中的關懷角度和寫作特色加以探索，讓他的鄉土小說優點更為清晰、更能受到讀者的重視！

關鍵詞：社會關懷、鄉土小說、履彊

一　前言

台灣自一九七〇年代「十大建設」開始，社會發生了「未有的大變局」：新興都市興起，農村人口外移；工商業入侵農村，農地變成建地；工廠林立，環境受到污染……。加上一九八〇年代鄉土文學興起，不少文學創作者開始記錄台灣社會的變化，書寫社會轉型期的人民生活。於是王拓、楊青矗、宋澤萊、吳錦發、吳念真、林雙不、洪醒夫……等深入書寫台灣中下層社會、關懷農村命運的作家一一出現。履彊也就在這個時候像彗星一樣，為人矚目。

履彊，本名蘇進強，一九五三年生，雲林縣褒忠鄉人。自幼在家鄉讀國小、初中，雖是鄉下孩子，卻因喜愛國文，小學時開始投稿，作品常在《國語日報》、《雲林青年》等發表。初中畢業後，投身軍伍，就讀陸軍士校、保送陸軍官校，畢業於三軍大學戰略研究所。曾任陸軍部隊班、排、連、營長、指揮官，服務軍中二十餘年。退役後，先後擔任過「張榮發基金會國家政策資料中心」政策研究員、「中華文化復興運動總會」秘書長、「台灣團結聯盟」（簡稱「台聯」）主席及《台灣時報》社長、「台灣文化會館基金會」執行長。

他是台灣作家中，生活體驗較特殊的人，由於曾是職業軍人，故寫了不少軍中生活的作品，有助於社會對軍人的瞭解；又因為出身於農村，對鄉土有深厚的情感，舉凡鄉土人物的悲歡、農業社會的變遷以及農村青年外移後，老年人對土地、家鄉的情感，常在他的作品中獲得關懷。

他的文學創作涵蓋小說、散文、詩，出版作品有《楊桃樹》、《江山有待》、《天機》、《反攻大陸去》、《鄉關何處》、《讓愛自由》、《少年軍人的戀情》等二十餘冊。曾獲國軍文藝金像獎多次及聯合報文學獎、時報文學獎、吳濁流文學獎等。

提起履彊，大家都會認為他同時具備「軍中作家」與「鄉土作家」的雙重身分，評論家也稱讚他的寫作具有「軍人魂與鄉土情懷」。這乃因他曾是個職業軍人，在軍中很早就執筆創作，寫了不少與軍隊有關的作品，對於軍人心理、生活、領導統御、甚或水鬼心聲、戰略情報、戰爭過程等題材都有；退伍後，同樣也有〈無常〉、〈荷花與劍〉、〈情節〉等重新審視軍中閱歷的小說。這些作品讓他獲得了不少的軍中文藝大獎，如國軍文藝金像獎的短篇小說獎、中篇小說獎、長篇小說獎以及陸軍文藝金獅獎等，所以他「軍中作家」的身分讓人印象深刻。不過他也因為出身農村，且也寫了很多鄉土題材的作品，這些作品屢獲聯合報小說獎、中國時報文學獎，甚至於〈楊桃樹〉還被選入國立編譯館國中課本，及被選入各類選集多次，同時也被改編為電視劇在公視頻道播出，故「鄉土作家」的身分也十分明顯。

雖然履彊強調不要把他當「鄉土文學作家」，他說：「我以為，文學本來就離不開鄉土」。[1]不過，本文所以鎖定「履彊鄉土小說中的社會關懷」，一來要縮小範圍，與他以軍人為題材的作品區隔；二來要凸顯履彊作品中這類「鄉土題材」的特色。

二　履彊鄉土小說中的社會關懷

履彊作品之所以引人注意，的確是因為他緊緊抓住了「鄉土」，且在文字中流露了豐富的「社會關懷」。即使以軍人為主角的篇章，像〈兩個爸爸〉、〈蟲〉、〈無愛〉、〈髮〉、〈老楊和他的女人〉等，以老兵為題材，寫的也是外省老兵對台灣鄉土的愛、對台灣人情的珍惜、重視；再如〈早晨的公園〉、〈遺棄〉、〈天機〉等寫都市男女、「大家樂」等，也充分表現出作者對社會問題的關懷。

尤其鄉土小說這一部份，履彊的「社會關懷」層面廣闊，深度、廣度均扣住了時代的脈動和鄉土的意義。

茲就以下幾個方面，來探索履彊作品中的社會關懷：

1　履彊：〈再生的楊桃樹——增訂版自序〉，《楊桃樹》（台北市：業強出版社，1992年4月）。

（一）關懷雲林家鄉的變化

履彊在雲林出生、長大，所寫鄉土作品應是他所熟悉的現象、故事。唯文學寫作，作者雖然或有所本，但其所關懷、或所要表達的意義，大部份都有其社會的普遍性和人性的共通性，故其小說故事裡的地名大都沒有明確標示，唯有一篇〈群英譜〉，卻多了一個副題——「關於六輕的某些事件」。讀者看到這個副題標示著「六輕」，當然馬上會聯想到內容一定是和台化公司在雲林建廠有關。綜觀履彊的小說，也只有這篇明顯針對雲林地區而寫，則可知作者要表示的就是他對家鄉雲林的關懷了。

當六輕落腳雲林，作者的關懷從此篇所寫的四個小故事可以知道，他關懷的是：（1）農家賣地問題（2）農村剩下老人的問題（3）土地開發、新建設能否帶來希望？（4）老人堅持與土地相守到死的精神。

這篇〈群英譜〉，顧名思義，當即在表揚英雄人物，加上副題來看的話，則作者要彰顯的是雲林地區在農業時代尾聲、在地方轉型前堅持留在家鄉、堅守土地的孤苦農人，這些人物，雖然形單影孤，但在作者眼中，卻是英雄人物，足以看出履彊心中對他們關懷之深！也足以見證他對家鄉變化的關切！

（二）關懷農地消失的問題

自從工商業興起之後，台灣農村面臨的最大問題是農地消失、農人失去生活依靠的焦慮。

履彊的小說有好幾篇都觸及了這個問題，如〈群英譜〉第一個故事「倒栽蔥」和第四個故事「陳水雷」，都提到雲林地區因為有六輕的關係、有新社區開發的關係，地價高漲，下一代面對此契機，有的因在外創業需要更多資金；有的是事業有成，沒有興趣回鄉種田，因而要求老一輩趁機賣掉田地。可是留在家鄉的父母，卻因為生活習慣的關係，或因為對土地情感的關係，無不堅決抗拒，甚至以死明志。

另如〈畸地〉這篇，同樣是寫孩子在外事業經營不錯，想把家裡的地賣掉，加上土地開發公司已將道路、房屋蓋到了他的田地邊緣，他在內外交逼下，仍然寸土必守，不時拿著尺去量產業道路有沒有侵佔了他家田地。而最後他死在田壠上，化作鬼魂飄進田邊的房子。

這篇文章，有兩個地方發人深思，一是這位父親被時勢所逼，難以對抗外力的壓迫，踢狗洩憤時，說了一句：「誰叫你要做狗」；一是提到這個現象可以讓學術界寫一篇「工業文明對農鄉人物的撞擊」的論文。前者道出了命運的悲哀；後者提出了這個現象值得大家共同重視、共同探討。

而這些令人心痛的故事，作者一寫再寫，正顯出了「土地情感」這樣的議題在他心中是何等重量！

（三）關懷老人照護的問題

農村人口外流，年輕一代紛紛往都市謀生發展之後，老一輩的人留守家園，立即出現的問題即是「老人照護」。

履彊小說裡，先有一篇〈鴿〉，輕描淡寫的點出獨居母親久病無人照顧的悲涼；後有一篇〈曬穀埕春秋誌〉，則藉由一對老夫妻同時生病住院的事件，帶出現代社會裡許多家庭都有的問題，如：

1. 工商社會，父母子女分地居住，即使子孫很多，平時仍是只有兩老在鄉下寂寞生活。
2. 老人家的經濟狀況，是否足以養生送死？
3. 當上一代病重時，「老年照護問題」、「土地變賣問題」、「遺產分配問題」都馬上會浮上枱面，難免因此滋生無限事端。

還有另外一篇〈牽狗去散步〉，呈現的「照顧生病老人」的問題更多、更複雜，依故事情節所述，衍生的問題約略有：

1. 要不要讓父母知道醫療費用多少？
2. 住院時選擇哪種病房？頭等病房或二等病房？
3. 兄弟妯娌之間彼此的計較、意見的不同多如牛毛，如：

(1) 照顧方法、細節，看法不同。

(2) 時間分配難以公平

(3) 醫療費用如何分攤？

(4) 飲食、吃藥可能意見不同。

(5) 看中醫或西醫？

(6) 吃補或吃藥重要？

(7) 住院照護或在家照顧較妥？較方便？

4. 不僅兄弟妯娌間會有意見爭執，兄弟與嫁出去的姊妹間也會有衝突。

5. 女兒照顧或媳婦照顧？

諸如此類、林林總總、層出不窮的「老人照護」問題，如何能不令人憂心？履彊小說赤裸裸提出來，雖然殘酷，卻正是他要大家共同來重視、共同來關懷的！

（四）關懷城鄉差距下的可貴親情

隨著工商業的發達，台灣社會結構產生了重大變化，農村子弟大量遷移到都市後，因為工作、結婚的關係，離家越來越遠，兩代之間、三代之間的生活感受和價值觀難免產生差異。則生活在都市的下一代和留在鄉下的上一代，是否從此成為陌路、出現鴻溝？履彊的小說，告訴我們一線希望——親情的臍帶。

大家熟悉的〈楊桃樹〉即是明證。

這個故事，寫著在城市發展的孩子，帶著妻小回家鄉，一方面呈現了農村與都市價值觀的差異，一方面則寫年輕一代回老家時，子孫三代的心情。其中兩個畫面十分重要：

一是祖孫三代一起打球的快樂場景；一是為了讓第二天一早就要回台北的孫子，能吃到最好吃的楊桃（還沒沾到露水的比較好吃），晚上兩位老人摸黑到樹上採摘楊桃。

這兩幅自然、愉悅的親情的畫面，作者畫出來了，也讓讀者感受到了。

（五）關懷失婚失伴者的情感問題

夫妻相伴，固然期望天長地久，但難免兩人之中有人半途先走，則不論守寡或失伴，其情感問題、生理需求，總是避也避不了的。一般鄉土文學作品較少觸及此問題，履彊則將關懷觸鬚延伸至此，如：

〈髮〉寫孤寂的守寡婦人，在情感上稍有追尋，就引來外人的閒言閒語，甚至連她的孩子也未能瞭解，終讓「維持兄妹情誼」的機會也不可得。

還有一篇〈冷月〉，寫鄉下小店守寡的女老闆，與外地來此的中年男老師短暫交會、似有還無的情思，剛剛萌芽即無疾而終。

這些都點出了喪偶後的微妙情感問題。

而〈牽狗去散步〉，則寫一個老爸失蹤的故事，最後警察找到時，竟揭出了一般人難以啟齒的一個問題——老年人的生理需求。原來老爸失蹤，竟然是難耐寂寞，於是攜款投宿賓館，召妓度春宵。

履彊小說裡對男女情感的觀照，不在於書寫甜蜜的男歡女愛，而是進一層在作人道方面的探討，這部份的關懷，不僅少有，尤有深義。

三　履彊關懷作品的寫作特色

履彊鄉土小說充滿了鄉土關懷、人道關懷，不論是對於社會的演變、人際的關係、人生困境的探討，都展現了他開闊的胸懷和深邃的觀察，也因此使他的作品更具深厚意義。

不過，履彊小說可貴的地方還有兩項不可忽視：

（一）書寫社會關懷時，並不訴諸於悲情；對社會現象有所抗議時，也不發出怨言

如〈群芳譜〉裡寫默默的四位英雄，不見臧否，也不明白觸及六輕對雲林的影響，然而文中卻自然流露著關懷之情。

如〈曬穀埕春秋誌〉、〈牽狗去散步〉，不論是痛苦的題材或高度的嘲諷，卻都不形諸筆墨。[2]

這樣的寫作特色：不渲染、不譴責；默默關注、付出同情。

手法看似容易，其實呈現的是作者沈澱情感、化為關懷的深沈情操。

關於這一點，履彊自己也說：

> 我以為文學工作者執意渲染昔時農村的貧窮、哀傷、慘澹，對農村是侮辱、污衊、沒有良心、不公平的，無益於世道，有害於文學。
>
> 我以為愛心和真實的體驗，要比信手拈來譃之諷之嘲之，博取讀者好奇，贏得外人對中國農村社會的誤解，要高貴得多。[3]

這是他在第六屆聯合報短篇小說得獎時的感言。偉哉斯言！

（二）表現農人的尊嚴、自在

在那個社會轉型的年代裡，青年一代因讀書、就業、結婚，而放棄了農村；年老的一代，則不願「被抓去關在籠子裡」待在都市公寓裡受兒女奉養。於是農人得面對農村凋敝、農地消失的苦悶；也必須忍受下一代放棄家園、孤寂後半生的命運。

當時留在家園的這些老人，心中應是無限的痛。

然而，履彊筆下，老年的一代，他們選擇留在家鄉，過自在自主的生活，心中卻是充滿著自信、充滿著樂天知命的喜感。[4]

如〈楊桃樹〉兩位老人活得自由自在。

如〈曬穀埕春秋誌〉老夫妻養鴨養鵝養雞養狗，快樂自足。

---

2 見姚一葦第四屆時報文學獎〈曬穀埕春秋誌〉評審意見。

3 見聯合報第六屆得獎作品集《小說潮》，頁22。

4 齊邦媛：〈漂泊與回家的文學——觀察人生作家履彊〉，《履彊集》（臺北市：前衛出版社，1992年），頁257。原文為：「因此也能夠看到老人因依附土地而產生的樂天知命的喜感吧。」

如〈兒女們〉獨居老父與家禽家畜為伍，不覺孤單。

如〈麻〉中離婚的女子，雖然牽掛著孩子、牽掛著丈夫，但是她還是有信心可以過得好好的。

這是履彊看到了他們的尊嚴和自在，也是履彊對他們的瞭解與尊重。

四　結語

雲林出身的作家履彊，在他開始寫作的時候，正好是台灣農村面臨轉變時候，所以他的小說很多都是以家鄉農村題材為主，不僅觸及了六輕在雲林建廠時的農村背景，也提到了很多農村難以克服的問題，如：人口外移，文明入侵，農地消失、農人生活形態改變、土地消失的焦慮、親子關係的疏離以及兩代間價值觀的改變和老人孤單寂寞的心理、老年人的照顧問題等。

我們讀他這些鄉土小說，可以瞭解雲林縣的社會變遷，更能知道雲林縣民的生活，體會雲林人的精神。

唯作者寫的雖是家鄉雲林所見所聞，但他關懷的問題卻是普遍存在的，且不僅在農村，也在都市。

故而履彊的這幾篇小說，可以說是記載了台灣社會發展的歷史，也留下了過去農村的樣貌與農人的精神，透過他的關懷，讓大家可以回顧上一代走過的道路，認識台灣農村曾有的變遷，記住他們曾有的苦痛，傳承那些珍貴的堅毅精神，並因此在作者的關懷下，能夠喚起大家共同的關切！

參考資料

履彊　《回家的方式》　臺北市　希代書版公司　1986年

施淑編　《履彊集》　臺北市　前衛出版社　1992年

履彊　《楊桃樹》　臺北市　業強出版社　1992年

履彊　《兒女們》　臺北市　聯合文學出版社　1994年

履彊　《少年軍人紀事》　臺北市　聯合文學出版社　1999年

廢墟裡的煉金術
——論黃崇凱小說中的虛無與書寫

黃文成

靜宜大學臺灣文學系副教授

摘要

當形式也是創作的一部份時，創作的可能性與想像力就變得更無邊界。於是，思考生命的核心及議題，文學形式，也將成為創作的一部份。而臺灣新世代小說家黃崇凱，絕對是其中表現秀異者之一。目前共有四部小說的黃崇凱，除了在小說形式技巧炫技之外，創作手法亦見新穎手法，不斷解構與重組小說本有的脈絡軌跡，進一步地深刻訴說生命內蘊底層裡的人文思考。

黃崇凱來自寂靜的雲林，在繁華都會落腳生存，他熟識歷史人文所傳遞的真實與可變性，又在成長歷程看見生命的苦悶，生命竟有這麼多的糾纏與矛盾及問號；於是對人性的探究與生命的實相，此等種種，皆轉化成創作元素，成為黃崇凱小說軸心，進而他亦為臺灣當代小說注入一股新血，這股熱寫，溫暖而有深度。本文即針對黃崇凱小說共構出來關於創作的手法、及主要內容，提出一個深度的文本詮釋觀點。

關鍵詞：黃崇凱、虛無主義、煉金術、偷窺、情欲書寫

一　前言：在裂縫中的逝去

生命中的各種沉重議題的產生與內容，必然是當代創作者於創作中過程中所一再觸及且處理的面向，而筆名為黃蟲的黃崇凱（1981年生，臺灣雲林人），在其小說書寫過程中，亦不例外，且願意以書寫形式來深刻討論、解構，或裂解人生中這些必然存在的議題及面向。我們在其創作小說集裡，是可以找到彼此的關係與作者思考的脈絡與價值觀。

屬新世代作家的黃崇凱創作書寫自二〇〇九年出版第一本創作集，他的創作量是大的，就其發表數量與創作時間來論，是如此。其創作作品，目前有五部，分別為：《靴子腿》、《比冥王星更遠的地方》、《壞掉的人》、《黃色小說》及《文藝春秋》。除《文藝春秋》此本小說，多以臺灣作家生平故事為基底而再發展。關於文學與歷史虛實之間的敘事之外，其寫作軌跡多數沿著個人生命成長軌道而發展，故滲有深深的個人生命史的影子與味道。但也因為黃崇凱實在善於解構小說元素基本介面，多重實驗性的創作手法，讓他的小說在舊有成長小說元素裡，有了全新的面貌，甚而顛覆他自己生命成長中，某些記憶與情感的鏈結。

他的第一本小說創作《靴子腿》，書寫背景已大量穿縮在青春記憶與城市空間。他嘗試在自己青春記憶夾裡封閉空間，透過都會現實生活中隨處可見的 KTV 的封閉空間，進行對話，試圖在其間找尋生命中的定錨與意義。

這樣的書寫成果，對黃崇凱而言，是必然。具有歷史人文研究背景的黃崇凱，有絕對的能力思考人我與他者及宇宙之間彼此的從屬關係，他的小說，擅於深化思考，並托予人我／天人之間，進行大敘事與解構，且將這種人我／天人之間的關係，化於書寫敘事形式間，進行推論與想像，在誇飾與諷喻間，生命一切頓成宇宙間的星際，彼此遙望，且也彼此相依。不論是在小說中的主角不斷哀悼母親的過世、或是女友間感情分合，或是在情欲裡找尋自我與理想存在感，看似小說形式的解構，背後真正的動機，則是在思考生命的本質與價值核心是何物。

黃崇凱自言：所以我們身上攜帶一些時空牽在背後，星座盤旋在我們頭頂的小宇宙。我們在虛空裡交談。把各自的時空身世壓縮在短短的幾行字，交換座位般交換身世，在對方的時空結界裡走了一段，那將形成獨立的時空，不屬於我，也不屬於你，只屬於短暫一瞬共有的我們。那個小小的時空宇宙並非平行，而是凝結在那個時那地，封閉地一再往返重複。[1]確實，創作意義，即在找尋自己的意義。大江健三郎認為，文學要理解並表達人是什麼、我們的時代是什麼？你可以認為是一種模式化表達，文學創作的過程中，理解和表達構成了一個整體。對於表達的結構性部分進行方法論的思考，對文學作者來說就是認識他自己，就是不斷地理解和表達人是什麼，他所屬的時代是什麼過程。由此，作者的目標是獲得綜合性與整體性。為了理解、表達綜合性與整體性，作者必須首先把自己從封閉的個體中解放出來。

駱以軍也非常贊同黃崇凱小說創作的技藝，是極其有自覺與主導性，他說：「我們可以確定黃崇凱是非常清楚對小說語言的介質、節奏、句式之限制，充滿一種不信任的剝離和分裂意識。」[2]書寫之於黃崇凱，可見內容與其人其事，有絕對的關係。只是黃崇凱的創作技藝，是遊走在虛幻與虛構世界裡，盡情表演。讓他的小說看似充滿自己身影，但事實上，又真非如此。閱讀過程中窺探他的隱私樂趣，充滿其間。

二　穿越——現實的真實與荒謬

在黃崇凱的小說，往往在真實與虛構之間，不斷迴游，辯證彼此的存在或荒謬感。《比冥王星更遠的地方》即是他思考生命面向炫技的佳作。科學的基本價值在於精準與真實性，然冥王星的存與廢，反而瓦解了科學的真實性。主角在母親生命即將消亡之時，遁入了母親錯誤的記憶，以及瘋了的哥哥和自己的虛妄裡，來回游走、驗證，科學、母親以及哥哥和自己間，彼此

---

1 黃崇凱：《比冥王星更遠的地方．一月有事》（桃園市：逗點文創結社，2012年），頁242。

2 駱以軍：〈哭笑不得的臺灣心靈史〉，《文藝春秋》（臺北市：衛城出版社，2017年），頁322。

何者為真何者為假。確實，黃崇凱很認真且有意思地在思索著真實人生裡的情境中，記憶不再真實，現實卻又完全虛構的人生，要如何爬梳出一條理路出來。

是故，穿越空間與時間進行思考與書寫，則是非常吸引黃崇凱，並一再演示其書寫的高度與技藝。如《靴子腿》是其最早創作作品，即充滿這樣的氛圍。本書前半部，以 KTV 為空間場域，訴說城市裡發生的光怪陸離之事，小說的後半部，則以成長以來所聽過的歌曲為時間軸線，不斷回想思考生命以來所發生的人事物。自此之後，在空間與時間之間不斷來回思考與叩問，在個人專屬而封閉的生命空間裡來來去去，成為黃崇凱書寫的特殊場域。

也確實，時間穿越與空間的重構，顯然是黃崇凱小說中的擅長技藝。他往往將兩者不可能的人事物並置，造成閱讀上的荒謬性，引誘小說主角與閱讀者，進入深沉的對話與思辨中。黃崇凱《壞掉的人》的創作，則通篇引用電影〈駭客任務〉裡主要人物與橋段入小說情節中，現實人生／虛構電影情節，兩者間進行極為緊密的互文對話，黃崇凱以文字進行現實與虛構間的穿越，一再逼視生命中的各種荒謬情節，透過現實／電影角色的轉換，同時思考臺灣新一世代所面臨的荒謬性及虛無感。如在《壞掉的人》談到現今博士生出入悲慘的處境：

> 像我們這種土博士出身，簡直是以前科舉時代捐出來的貢生，頂多當個九品芝麻官。……欸，這是什麼世界，我拼命念書，出門走書店可是一落一落提回去，包準那些理工科研究生嚇死。結果我們投資報酬率低得要命，又接二連三有人讀到中途就垮掉。[3]

詹偉雄評述黃崇凱《文藝春秋》時，這樣地敘述著：當今的歷史學主流，早已揚棄定於一尊的真理詮釋，學者明瞭要進入歷史，只能憑著各種新出土的史料多次來回，歷史是穿縮在現在與過去的一種永恆的意義建構，重點不在得出蓋棺論定的結論，而在於一次次織縷密布的細部逆溯，獲得那飄逝迷離的歷史情懷，滋潤出直面惶然現實的創造力。歷史學家懷特（Hayden White）

---

3 黃崇凱：《壞掉的人》（臺北市：聯合文學出版社，2012年），頁100。

鼓吹歷史學與文學的結合，他曾這麼說：當一般歷史學家提及文學時，率皆認為文學是虛構的，但我不建議把文學寫作看作是全然想像的東西，因為它處理的都是無比真實的事物。[4]顯然，他閱讀黃崇凱的小說時，亦深深感受到作者對於歷史存在的虛無感的同時，亦重新地書寫了歷史與自己的意義。

於是，黃崇凱亦向人文向度裡的「古典」典範，進行除魅／去神的工作。他小說裡大量運用學術專業術語的同時，又對這些歷史典範進行重構。前後來回破除學院裡的精神巨擘所畫下的人文思潮，轉而以現實的人生情境回應生命裡的困境。來自學院，又嘲諷學院，但又不淪於「網路酸民」之流等級，黃崇凱其實是有他自己觀看世界的想法與態度。不斷深化與思考，尤其對於人文歷史／事實與現實，做深度的互文對話、省思，如在《壞掉的人》敘述到擁有歷史學門博士訓練的女主角：

> 她的記憶患有肢痛。她甚至告訴自己，一切都和上個月沒有什麼不同。她在這城市生活，在老舊的史料文獻和二手研究論文裡攀岩，戴著全身裝備，一勾一勾把自己吊上去，奮力捕捉使力點。……一個人的死亡是悲劇，一百萬人的死亡只是統計數據。所以悲劇發生了。她看過那麼多記載悲劇的文獻，她不怕。就怕那沒有在文獻材料裡的死。[5]

只是，看似學院裡的女神，她的真實面貌為何？黃崇凱非常殘忍地賦予女主角一個不願被人窺探的秘密：

> 她就是個妓女，而且是念博士班的妓女。……她看上去就跟其他站在各個水泥平房門口的賺食女人沒兩樣，不是坐在門口邊的長板凳抽菸，要不就坐在那裡頭用電腦或看書。好像也不怎麼跟其他女人熱絡說話。[6]

---

4 詹偉雄：〈歷史、虛構與疼痛〉，《文藝春秋》（臺北市：衛城出版社，2017年），頁312。

5 黃崇凱：《壞掉的人》（臺北市：聯合文學出版社，2012年），頁25。

6 黃崇凱：《壞掉的人》（臺北市：聯合文學出版社，2012年），頁61。

黃崇凱有意識地瓦解對學院的既定印象，說明某些事物的實相是有多麼地荒謬。又如在《靴子腿》裡亦如這般，其中寫到一位鬍鬚大哥常至 KTV 唱歌，甚至只點碗牛肉麵，吃完就走人。原來，這一有極大排場鬍鬚大哥是來看女兒：

> 那個傳播妹其實是鬍鬚大哥的女兒，但因為家裡沒有溫暖，跑來自力更生當傳播妹賺錢。鬍鬚大哥知道後又不想逼女兒回家，只好常來 KTV 看女兒，以客人的身分變相給女兒零用錢。[7]

人生的荒謬性，有時比戲劇還虛構與虛幻，只是我們要當閱聽者，還是演員？亦或者，我們能有所選擇命運能力與權力否？黃崇凱的小說，總在如此的情節中撞擊讀者的思考。

三　偷窺與隱藏——秘密的存在與哀傷的情欲

> 就說學姊吧。她根本不像是我們生活在同一個維度空間。她自己就是一個三度空間。她只是讓自己的空間刻意模糊曖昧有浮動空間的伸縮彈性，但她不是那樣容易被突破侵入生活空間的人。[8]

是的，每人都有秘密，每人都在築自己內心裡的高牆，深怕外露了什麼秘密給外界。所以在隱藏秘密與不斷築內在邊界高牆同時，人即失去了生命純粹的向度。自二〇〇九年出版第一本小說以來，目前共有四部小說創作的黃崇凱，小說情結的鋪陳，除穿越時間與空間外，小說主角們還有一共性，即在於偷窺與隱藏。當然，偷窺他人秘密、隱藏自己欲望事，彼此的秘密與欲望共通點，黃崇凱的標的物落在情欲裡。

7　黃崇凱：《靴子腿》（臺北市：寶瓶文化事業公司，2009年），頁52。

8　黃崇凱：《壞掉的人》（臺北市：聯合文學出版社，2012年），頁100。

（一）情欲之真實

在談黃崇凱前衛的小說前，我們先看叔本華（Arthur Schopenhauer, 1788-1860）如何理解欲望。叔本華對於欲望的存在與意義，有深刻的哲學思辨，他說：

> 現在，如果我們注視混雜的人生，就會發現人們盡是為窮困和不幸所煩，再不就是充滿無窮盡的欲求。……然而，在這紛亂無意義的人生中，我們仍看見情侶們彼此思慕的眼光。[9]

> 愛情在這樣的人生中，似乎給了一個出口。只是，在進入生命的出口時，又變了形。叔本華說，人在戀愛的時候，往往呈現滑稽的、或悲劇的現象，那是因為當事者已被種族之靈所佔領、所支配，已不復是他原來的面目了，所以他的行動和一般個體完全不相配合。戀情進了更深層，人的思想不但非常詩化和帶著崇高的色彩，而且也具有超覺的、超自然的傾向。[10]

叔本華認知的欲求的出現，絕對是現實無法滿足下所產生的，但也因為如此，他認為欲求如愛情／戀情本質，是可以被詩化及擁有超越性。但這是在一個形上學的討論層次，落到形而下的時候，人類的欲望裡的獸性神經，則會佈滿思想與行動裡。激情所產生的超越自我的作用，與人類日常的正常表現並無衝突，反而會產生互補作用。因為激情的特質就在它的時間限制，激情過後，一切回歸正常，因為我們剛從陌生人變回「我」，因為之前我們與自己保持一段距離，所以才有可能歷險、感受到全新的體驗。[11]

或許是東方儒家禮教或許是臺灣社會教育？對於情欲是不談或避談。

---

9 Arthur Schopenhauer著，陳曉南譯：《叔本華論文集》（臺北市：志文出版社，1994年），頁114。

10 《叔本華論文集》（臺北市：志文出版社，1994年），頁106。

11 Micheel Mary著，黃欣儀譯：《情與欲》（臺北市：匡邦文化事業公司，2003年），頁127。

但，情欲的存在與發展，在個人成長歷程中，皆是重要的時光與內容。喬治・巴代伊（Georges Bataile, 1887-1962）對於情色的定義與意義，有很深的理論建構及論述：

> 情色是人類有意義地去質疑自己生命的失衡。在某層意義上，客觀而言，生命會消逝，但主體卻認同這消逝的客體。如果必要，在情色中我可以這麼說：我失去了自我。這也許不是個體值得羨慕的情況。但是，情色所隱含的故意迷失自我卻是再明顯不過的。[12]

> 面對存在的孤獨困境，死亡和性具有超越人與人之間的隔閡鴻溝，和異己他者融合成一體的交流、「溝通」的能力。[13]

> 情色是對禁忌規範的破壞，是人類特有的活動。雖然人類脫離野獸之後才有情色，但獸性還是情色的基礎。[14]

我們還是得承認，黃崇凱小說所呈現的主角情境，是當代青年生命情境一切的映現，成長過程中，情欲宣洩是最好療癒心靈的方式；至少在他的小說裡，我們嗅出了這樣的一脈絡與情境。

《黃色小說》一書中，充斥著對情色欲望低級的敘述，只是這些低級的情節，又是人類的必要。黃崇凱又再一次地展現他刺穿人類偽善的一面。他對於掌握文化話語權或盤據文化頂端的這一社會層級的虛假面具，顯得非常荒謬。於是他以男性雜誌主編的經驗正視情欲被扭曲地存在於社會裡被故意隱匿的角落。

黃氏的小說精彩處，確實表現在這種知識系譜的拆解與嘲諷，造成情境的落差／對比，他所帶來的閱讀效果，是大的，但同時會帶來隱憂。黃錦樹

---

12 Georges Bataille著，賴守正譯：《情色論》（臺北市：聯經出版事業公司，2012年），頁85。

13 Georges Bataille著，賴守正譯：《情色論》（臺北市：聯經出版事業公司，2012年），頁16。

14 Georges Bataille著，賴守正譯：《情色論》（臺北市：聯經出版事業公司，2012年），頁150。

也直接地陳述了黃崇凱創作時的某些偏斜或有再進化的空間。他說：

> 這些隱喻排比的操作，是散文也容許的——散文無法容忍後設，後設會虛化敘事，讓它的意義快速流失。但拆掉一層虛構裝置之後，它的篇幅很可能就不會是「長篇」了。反過來說，如果只有那樣（加掛虛構裝置）方能成為長篇，代價也未免太大了些。那些裝置讓作品看起來似乎更新更前衛，但其實過猶不足，反而掏空了自身。[15]

不過，也因為這種善於顛覆古典知識系譜所開創的莊嚴性的創作技藝，可以讓我們可更明白黃崇凱對於人文價值的省思是強烈的，在他的世界裡，沒有那一種精神向度是較高級或低等。原來，只要是欲求，就是人性，既是人性，就單一平等。

（二）偷窺之快感

此外，黃崇凱似乎還在乎人性裡的另一項劣根性：好窺探他人隱私。也因為隱私與探人隱私兩件事，皆具小說情節，黃崇凱對於窺視這一劣根性，有很多方多重的書寫與敘說。只是，自我的這些隱私若受到他人不同程度的侵害、騷擾、干涉、支配、佔有，就會產生自我的危機與自我的應變方式。[16]最常見的禁忌有性禁忌與死亡禁忌。這兩者構成一神聖領域，並從屬宗教。當涉及死亡情境的禁忌被罩上肅穆的光環，而涉及出生情境——所有生殖活動——的性禁忌卻被視為輕佻時，……悲劇性地思考情色，代表著徹底的顛覆。[17]

只是情欲的探索與外顯，在東方社會是隱諱而避談之。黃崇凱透過小說主角，將情欲的潘朵拉盒打開，並從中偷窺找到了感官或精神上的快感。從

---

15 黃錦樹：〈小說深處的散文界面〉，《聯合報》D3版（聯合副刊），2016年7月2日。

16 甯應斌：《性工作與現代性》（桃園縣：中央大學性別研究室，2004年），頁38。

17 巴代伊：《愛德華妲夫人》前言，314。轉引Georges Bataille著，賴守正譯：《情色論》（臺北市：聯經出版事業公司，2012年），頁7。

偷窺的角度，看待他人的一切，可能看得更清晰事物本來真相是什麼。《靴子腿》及《壞掉的人》即以偷窺窺探到了藏在青春裡無可告人的秘密。如《壞掉的人》女主角崔妮蒂突然發現男友竟收藏一具女性充氣娃娃，窺視到自己男友深藏的秘密：

> 想想每個人還真都有著不為人知的一面哪。尼歐看起來那麼正常，一起坐的時候都是正常體位，正常到讓人有點想打哈欠的男人，居然收藏了一具充氣娃娃，而且就擺在床上，顯然是同床共枕的性玩伴了。[18]

崔妮蒂後來隨手將尼歐的秘密給毀了：

> 離開前，我把安妮的氣閥拔開，讓氣體慢慢流洩而出，被攤平的安妮像是卡通誇張化地被車子輾過般躺著。我隨手找了垃圾袋將安妮包起來，又想到不知垃圾車的巡迴時間，很難帶出門扔。最後找來剪刀和美工刀，慢慢把安妮割裂分屍。[19]

而在讀博士班的崔妮蒂有無秘密呢？她的秘密才是讓人深覺驚訝，崔妮蒂在寒暑假時間，去當性工作者，為避人耳目，到鄉下小鎮去當性工作者。而發現她不可告人秘密者，則是暗戀她的研究所學弟。每人內心，都有一個極為沉重的秘密。而這些秘密對應的就是生命中的虛無感。面對虛無的未來，等同處在一場廢墟中，生命如何在其中找到出口。黃崇凱逼視生命成長裡的裂縫後，透由情欲來療癒壓力與生命中的無明。故不論《壞掉的人》、《比冥王星更遠的地方》或是《黃色小說》，我們皆看到黃崇凱試著書寫情欲，以對抗或宣洩生命中無可承擔的輕與重。

顯然，情欲書寫與發洩，對作者而言，必有其意義。但意義為何？作者一直透露生命的苦悶，在於無出口與宣洩。只是，在他的文裡的苦悶青春，全是一攤百般無聊的時間：

---

18 黃崇凱：《壞掉的人》（臺北市：聯合文學出版社，2012年），頁136。

19 黃崇凱：《壞掉的人》（臺北市：聯合文學出版社，2012年），頁138。

> 因為我的青春總是沒有什麼自己一個人的時間和房間。[20]
>
> 不過快樂總是很快結束，漫長的等待只能換來十分鐘。[21]

黃崇凱繼而論述到：「性是如此古老又如此新奇，同時擁有兩種相反的力，彼此拉扯，造出種種景觀。性總是帶著百分之五十一的快樂，伴隨百分之四十九的痛苦，讓人們無奈地理解事物的面向時，相反相生又相輔相成。我總覺得現實世界纏夾在色情宇宙之中。黃色書刊、B 級和 A 片的荒謬情節無所不在，逼使我們必須日日從大量的情色冒險中歷劫歸來，重新在現實世界建設自己、錨定自己，讓虛擬的性轉化為扎實的觸感，也讓真實的性得以補充抽象的思索。」[22]那麼偷窺秘密與隱藏自己情欲，這兩種力量被黃崇凱再度地驗證深植在我們內心深處。

四 虛無的年代與世代

在虛無的年代裡，童偉格認為黃崇凱不願就此消亡身影，他試著在小說形式上突破與驗證自己存在的價值與能量。他說：

> 我以為，超越虛構之目的論提出，對於小說者，這部小說提出的問題，或躬身自問的毋寧是：是否「我」，得以由一「比冥王星更遠」的域外，感知那將被「我」的書寫結構成星系，在某種意義對「我」而言，也就將靜態終結了，或將在觀察終止時，即如黑洞般向內塌陷了的虛構畛域？而更重要的是或許是：關於書寫，這部小說表明，伴隨著這畛域一併向內塌陷的，恆常是一直以來，「我」虛構與空想的方式。[23]

20 《黃色小說》，頁49。

21 《黃色小說》，頁51。

22 《黃色小說‧後記》，頁266。

23 童偉格：〈虛數「i」的離境演習：讀《比冥王星更遠的地方》〉，《比冥王星更遠的地方》（桃園市：逗點文創結社，2012年），頁14。

高翊峰則這樣閱讀黃崇凱的小說：

> 我，即將關掉你們現在所經驗的世界，你們和他們她們，都將自真實的母體醒來。接下來的日子，就看自己是否要活成一個，還有些許美麗的廢者。因為在真實的世界裡，遺留在珍妮佛肉穴裡尚未清洗的精液，還能在隔夜之後漫出少許美麗的腥臊。除此之外，廢了的世紀末，不會再有更多值得留戀的了。[24]

是的，這廢了的世界如何值得留戀？如果沒有如叔本華說的精神內在力量的美麗。我們如何在這敗壞的人間，繼續存活。我們，似也都如此走過來這樣的煩躁，不僅黃崇凱如此。黃崇凱確實寫下了在青春與在成人裡的心底真實的秘密事。《壞掉的人》寫到主角在日常生活中的那樣虛無地過著日子：

> 像這樣的下午，他過了好一大串，還要過上多麼長久的一摞呢？他想，明明昨天已經發生那麼一大件事，他卻還跟著爛哥兒們來到咖啡館揮霍金錢和精神，明明想睡得要命，卻餵自己喝下咖啡，讓咖啡因不斷驅趕睡眠。他真的差一點就脫出口了，可是直到傍晚離開，他都忍著不說。……一切都是暫時而已，彷彿他是受控制的傀儡，從房間拖曳出來的絲線終會再將他拉回，復歸原位，一天再次去過，明天又要降臨。[25]

但我們回到對虛無主義進行大論述的沙特說法裡，重新檢視虛無的定義與意義為何。沙特說：虛無不存在，虛無被存在；虛無不自我虛無化，虛無被虛無化。因此無論如何應該有一種存在，它具有一種性質，就是虛無虛無化，能以其存在承擔虛無，並且以它的生存不斷地支撐著虛無，通過這種存在，虛無來到事物中。何謂虛無？「虛無」（nothingness）是人的意識作為「對己存有」（For-Itself）之根本特質，人在朝向未來，投射出理想的自我之

24 高翊峰：〈廢置身分等待愛〉，《壞掉的人》（臺北市：聯合文學出版社，2012年），頁200。

25 黃崇凱：《壞掉的人》（臺北市：聯合文學出版社，2012年），頁4。

時，他便不再只是當下的自己，這時，他從理想的狀態回頭看自己，而否定眼前的自己。[26]否定自己，就是將眼前的自己虛無化。但是，人們藉以否定當下狀態的理想既然尚未實現，所以也是一種虛無。如此一來，人生徹頭徹尾都被虛無所貫穿。然而，虛無不表示否定生命的意義。就以人存的直接否定，也即是死亡來說，便無法脫離時間來討論。如果說人的存在和虛無便是人的生與死，則人由死的存在到不存在，是注定要在時間中進行。由於時間的插入，死亡並不如表現上那麼意味人不再存在或人存在的終結，因為它是作為帶有時間性的此在的人其存在的到終，它有著特別的意義。[27]陳柏青其實也側寫了黃崇凱在創作時的生命情境時，即是虛無狀態，雖他謂之「好慘」：

> 那時候，小說家剛有了人生第一份穩定的職業。在某家文學雜誌當編輯。他告訴我，每晚，他總利用下班到整具身體累攤了頭腦變成螢幕光點終於消逝的那一點零碎時間，窩在貸居處附近的咖啡館，於昏黃的燈光下一個字一個字敲打著。在他述說這段過程的同時，交雜著兩種論述，其一是，「好慘」。已經累得根本不知道在寫什麼了，但還是要拼命要做一些什麼。[28]

同樣的，伊格言閱讀黃崇凱小說時亦同感生命中的孤寂感是那麼深、那麼冷，他說：「小說帶領我在一個奇異的空間中漫步。大多數時候那只是一些日常生活中的場景：便利商店、街道、臥房、醫院，淡藍色的光度，面向城市中另一棟無表情樓面的小窗。但我確定，在閱讀的過程中，零下兩百度的孤寂浸蝕著我，以致於我總是覺得身處太陽系遙遠邊緣的冥王星——儘管我從未到過那裡。」[29]

---

26 （https://zh.wikipedia.org/zh-tw/%E8%99%9A%E6%97%A0%E4%B8%BB%E4%B9%89）。

27 岑朗天：《後虛無年代——影子、流浪與村上春樹》（臺北市：書林出版社，2001年），頁144。

28 陳柏青：〈此致另一位〉，《比冥王星更遠的地方》（桃園市：逗點文創結社，2012年），頁238。

29 伊格言推薦文，見《比冥王星更遠的地方》（桃園市：逗點文創結社，2012年），頁7。

除作者黃崇凱外，陳柏青與伊格言都有同樣強烈的虛無感？的確，這是一個虛無陷落的世代。而虛無主義也轉換成了創作的一部分。黃錦樹也觀察到了這一點，他說：

> 這些虛構裝置，是八〇年代末臺灣文學場域解放後的遺產，彼時把它發揮到最極致以致內核虛化的，正是大說謊家張大春本人。這套技能，在技藝層面上，駱以軍、袁哲生、賴香吟等當然是嫻熟的；但成長於八〇年代末、九〇年代初的這世代，很快的就對這套乾巴巴的技藝產生戒心，而寧願朝向內在，汲引抒情詩或抒情散文的——書信、日記、夢、自白——藉由它們的濕度、溫度、柔軟度，以重建自己的小說核心。在這一道路上，日本大正以來的抒情小說當然也幫了大忙。而在黃崇凱那裡，所謂的「比冥王星更遠的地方」，也許就如「冥王星」這名字暗示的，那是個幽冷的死亡空間，不能不死的母親的最終歸宿。也許為了避開那冥王般的冷，而藉由虛構的技藝把死去的母親置諸另一層書寫空間，藉由不斷的重寫，好像那就可以逆轉時間之矢量。[30]

只是站在這一世代的廢墟裡，縱有如中古世紀巫師般的煉金術，黃崇凱的文字書寫如披上巫的外衣，在天地一隅召喚煉金術般，一樣充滿孤寂感。不論他多麼專業、情色或穿越。因為巫的世界，本就在神靈與人間，孤獨遊走。即使後來的《文藝春秋》借用了台灣各年代文人的文學與其史料，進行另一種台灣史的建構與敘事角度，卻也都不免地看到黃崇凱在文字裡的強大孤寂感。但我們也很清楚地意識到這一種孤寂感，非是黃崇凱獨有，而是他從歷史的橫軸裡看見創作者／文學靈魂裡的孤寂感：華麗，且無所遁逃。

---

30 黃錦樹：〈小說深處的散文界面〉，《聯合報》D3版（聯合副刊），2016年7月2日。

五　結語：現身在虛無間的巫

對於文學敘事語言不斷裂解與變化的黃崇凱而言，顯然，目前五本小說創作質與量，創作最高峰尚未真的來到，但從其小說內容的呈現與企圖而言，可以感受到黃崇凱對於創作的自主性非常強烈，對世代裡恐慌性的議題，有深刻的思考、批判，甚而是解構。只是答案是什麼？我想，黃崇凱應還在推論與整理中，但這些都無礙於他小說的精彩。也因為生命的答案還在幽暗處，或在他方星球的角落，書寫本身，就有被繼續的動機。

這樣的動機其實需要時間與契機點，張誦聖說得很明白：「故事背後的巨大陰影顯然是那些自二十世紀中葉以降，不斷戕害作家生命，強行支配文學史發展路徑的政治暴力。出生一九八一年的黃崇凱之所以能夠與它們拉開距離，自然要拜解嚴後三十年的歷史轉折之賜。塵埃落定，終於可以把這些孽業放置在文學史的知識脈絡裡來觀看。」[31]黃崇凱從個人生命史出發，再進入到臺灣文學發展脈絡裡的幾個重要知識份子的作品及其經歷的歷史來回遊走與其對話後，他的作品所展現出來的，竟全然是臺灣當代社會的社會價值所隱含的精神向度。成長在物質極致的世代裡，映現出的不是繁華盛世，而是精神世界裡的廢墟。

如何在已然成廢墟的精神國度裡，找到生命裡的純粹與重新進行一次自我定義。黃崇凱運用穿越的技藝，不斷在真實與虛構間，找到書寫與存在意義。此外，話語權的掌握與展演，對黃崇凱這一世代的創作者，是重要的。而他也透過支配所有在小說主角身分的尷尬性，突顯這一世代臺灣青年人面對生活中的真實困境，也因為黃崇凱早就認知到了人類是善於編造故事的物種，長久以來的理性訓練使我們忍不住要為許多難以解釋的事物塗抹許多色彩和猜測。[32]黃氏的小說書寫，絕對會繼續，且繼續航向臺灣小史裡更重要的位置。

---

31 張誦聖：〈迂迴的文化傳遞〉，《文藝春秋》（臺北市：衛城出版社，2017年），頁299。

32 黃崇凱：《靴子腿》（臺北市：寶瓶文化事業公司，2009年），頁47。

參考資料

黃崇凱　《靴子腿》　臺北市　寶瓶文化事業公司　2009年

黃崇凱　《比冥王星更遠的地方》　桃園市　逗點文創結社　2012年

黃崇凱　《壞掉的人》　臺北市　聯合文學出版社　2012年

黃崇凱　《文藝春秋》　新北市　衛城出版社　2017年

岑朗天　《後虛無年代——影子、流浪與村上春樹》　臺北市　書林出版社　2001年

甯應斌　《性工作與現代性》　桃園縣　中央大學性別研究室　2004年

黃錦樹　〈小說深處的散文界面〉　《聯合報》D3版（聯合副刊）　2016年7月2日

Arthur Schopenhauer 著，陳曉南譯　《叔本華論文集》　臺北市　志文出版社　1994年

Georges Bataille 著，賴守正譯　《情色論》　臺北市　聯經出版事業公司　2012年

Micheel Mary 著，黃欣儀譯　《情與欲》　臺北市　匡邦文化事業公司　2003年

雲林作家的二二八小說書寫：
重探林雙不〈黃素小編年〉與宋澤萊〈抗暴的打貓市〉

張俐璇

台灣大學台灣文學研究所助理教授

摘要

二〇一六年雲林縣政府出版《雲林縣青少年台灣文學讀本》五卷，對在地文學書寫做了一次大規模的整理；二〇一七年是二二八事件的七十週年，有許多的反思活動與紀念。站在這樣的時間點上，在轉型正義的追求中，重新回到形塑台灣族群問題的關鍵時刻，從雲林文學的角度重新思索二二八，可以看見什麼？本文重探林雙不〈黃素小編年〉（1983）和宋澤萊〈抗暴的打貓市〉（1987）兩篇發表於解嚴前夕的小說，析論其寫作位置，跳脫國共鬥爭的討論，並分由農村視角以及台語文書寫，勾勒「庶民受害者」以及「半山加害者」形象，表現從「省籍對立」到「身分認同」、從外部威權批判，到內部殖民清理的可能。本文藉此指出二二八小說的複雜性，以及雲林小說家的轉型正義實踐。

關鍵字：林雙不、宋澤萊、二二八、雲林學、轉型正義

一　話說雲林

> 那象徵著飢餓苦痛哀傷流離恥辱的家園是屬於母親的雲林，血色的雲林。……雲林愈來愈遠，遠到她的孩子也都忘了自己是雲林人。雲林最後只成了籍貫，成了出生地，成了弔唁地，成了夢中的荒澀小村。[1]

雲林，就字面上來看，白雲森林，「雲下林中」[2]，詩意浪漫；但就行政區劃來看，則是一個以農漁業為主要產業、青壯人口不斷外移的縣市。二〇一七年，《聯合報》聯合副刊，策劃「文學台灣」系列專題，針對各縣市，分找作家，書寫成長斯土記憶。在「雲林篇」部分，有季季（1945-）〈閱讀永定與永定閱讀〉懷想西螺大橋旁的二崙鄉永定村、履彊（1954-）〈雲林故鄉的氣味嘸通嫌〉寫雲林褒忠、出身二崙鄉詹厝崙村的鍾文音（1966-）從蘇府王爺廟記憶父親母親，以及張輝誠（1973-）〈雲林回眸〉寫元長鄉蔥仔寮。四位作家的年齡，分屬三、四、五、六年級生[3]，四篇散文的共通點，可以說都是遊子「離鄉」後的回眸。

文學書寫對於特定城鄉的標注，大抵可以溯源自九〇年代台灣的文化氛圍。一九九三年，台南縣政府開辦「南瀛文學獎」，首開地方政府辦理地方性文學獎之先河；一九九四年，行政院文建會提出「社區總體營造」政策，在本土化與民主化浪潮下，凝聚地方意識，促進公民參與。一九九五年桃園縣文藝獎、府城文學獎；一九九七年苗栗夢花文學獎、中市大墩文學獎、高

1　鍾文音：〈家神的黃昏〉，《聯合報》（聯合副刊），2017年11月23日。「雲林最後只成了籍貫……成了弔唁地」，對於父輩就已「移民」至台南的我來說，著實心有戚戚。許多年前，我以散文寫過我爺〈栽仔〉（《中國時報》〔人間副刊〕，2011年2月23日），當時雲林對我來說，並還不是弔唁地。後來，望仔阿嬤和栽仔阿公在二〇一四與二〇一五年相繼離世。感謝明道大學中國文學系謝瑞隆老師在二〇一六年的邀稿，讓我有機會在「後栽仔時代」重探雲林的那些事。

2　援用自康原：〈雲下林中的散文花園〉，康原主編：《雲林縣青少年台灣文學讀本（二）：散文卷》（斗六市：雲林縣政府，2016年），頁vii。

3　以「民國」紀年，如季季出生於一九四五年，為民國三十四年，是「三年級生」，亦謂之「三年四班」。

雄縣鳳邑文學獎、澎湖菊島文學獎；一九九八年彰化磺溪文學獎、南投文學獎；一九九九年中縣文學獎、花蓮文學獎、屏東縣大武山文學獎等地方性文學獎項。二〇〇五年開始的林榮三文學獎，雖然是全國性的徵稿獎項，但因《自由時報》副刊的本土性，對於新鄉土小說的生產，亦有相當的刺激，楊照職是認為這項特點「是這個文學獎的最大成就」。[4]文學獎在台灣，一直是「篩選新人的好管道，寫過短篇的本土作家幾乎走過這條路」[5]因為地方文學獎的接連開辦與徵稿資格設定，范銘如在二〇〇四年旋即指出「輕鄉土小說」類型蔚然成風。[6]

在這波地方文學書寫的風潮中，雲林文學獎的辦理，顯得稍晚，二〇〇三年先有雲林文化獎，二〇〇五年改為雲林文化藝術獎，開始文學類的穩定徵件，一年徵稿短篇小說與報導文學，一年徵稿散文和新詩，依此輪替。二〇一五年，在鄰近的台中縣與彰化縣陸續推出「國民中小學台灣文學讀本」之後，雲林縣政府也擬定了《雲林縣青少年台灣文學讀本》出版計畫；二〇一六年出版小說、散文、兒童文學、新詩、民間文學，共五卷。在讀本的「小說卷」和「散文卷」中，所收錄的最年輕作家都是黃崇凱（1981-）。「作家小傳」關於黃崇凱是這樣介紹的：「他出身雲林縣口湖鄉，濱海的生長環境造就他廣納吸收、兼容並蓄的文學性格。[7]」同時被收入讀本「小說卷」和「散文卷」的，還有林雙不（1950-）與宋澤萊（1952-）。小說卷收林

---

4 孫梓評記錄：〈摸索新的可能：短篇小說獎決審會議紀錄〉，《第七屆林榮三文學獎》（台北市：林榮三基金會，2012年），頁347。

5 甘耀明：〈永遠璀璨的短篇小說元年──《九歌一〇一年小說選》編序〉，甘耀明主編：《九歌101年小說選》（台北市：九歌出版社，2013年），頁11。

6 范銘如為避免新舊之間「進化論的誤導」，二〇〇七年進一步修正為「後（post）鄉土小說」，將其定義為「新一代的小說品種」，強調其後繼、超越以及「後學」的特質，並指出該品種係「綜合台灣內部政治社會文化生態結構性調整、外受全球化思潮滲透衝擊的台灣鄉土再想像產物」。范銘如：〈後鄉土小說初探〉，《台灣文學學報》第11期（2007年12月），頁21。

7 陳憲仁主編：《雲林縣青少年台灣文學讀本（一）：小說卷》（斗六市：雲林縣政府，2016年），頁267。

雙不〈筍農林金樹〉與〈老村長的最後決戰〉，以及宋澤萊〈大頭崁村的布袋戲〉與〈舞鶴村的賽會〉，都特別強調雲林作家在小說中對於農村的呈現。從林雙不、宋澤萊到黃崇凱，從作家位置到作品內容，皆凸顯了雲林本色。

二〇一七年，解嚴三十週年，二二八事件七十週年，也是香港主權被中國接管的二十週年。這一年，有二二八事件紀念基金會舉辦「二二八與香港主題特展」，對台灣與香港兩地的過去和未來，進行回顧與前瞻；也有台灣歷史博物館推出「挑戰者們：解嚴三十週年特展」，思索在戒嚴法制下被視為挑戰與試圖發動挑戰的人，及其在「後戒嚴」情境下，開展「內在解嚴」的歷程。[8]論及二二八事件，研究對象大抵包含高層的決策、精英的互動，以及一般鄉下民眾的經歷。[9]爰此，出身雲林縣林內鄉的政治學者陳儀深，曾經針對故鄉雲林的二二八，進行口述歷史訪談調查。二二八事件的導火線始於一九四七年二月二十七日發生於台北大稻埕天馬茶房的緝菸血案，歷經台中「二七部隊」在三月十六日的「烏牛欄之役」，乃至雲林眼科醫生陳篡地（1906-1986）[10]率領的民軍，在四月六日「樟湖之戰」後被驅散。雲林古坑的「樟湖之戰」，是為二二八反抗行動的最後一戰。[11]陳儀深曾經在二〇〇八至二〇〇九年，根據口述訪談，嘗試接近「樟湖之戰」的實況與真相；二〇一七年，陳儀深根據「轉型正義」的觀點，指出「天猶未光」，關於二二八事件，從研究發掘「真相」，從「紀念」推廣喚起，然而「究責」還有待努力[12]。

---

8 臺灣歷史博物館，「挑戰者們：解嚴30週年特展」（展期：2017年11月28日至2018年6月24日），（https://www.nmth.gov.tw/exhibition_236_372.html）。

9 陳儀深：〈以口述歷史探查雲林二二八〉，陳儀深計畫主持：《濁水溪畔二二八：口述歷史訪談錄》（台北市：二二八基金會，2009年），頁5。

10 陳篡地出身彰化二水，是斗六眼科名醫，日治時期曾被派往越南擔任軍醫。鍾逸人；《此心不沉：陳篡地與二戰末期台灣人醫生》（台北市：玉山社出版事業公司，2014年）。

11 陳儀深：〈以口述歷史探查雲林二二八〉，陳儀深計畫主持：《濁水溪畔二二八：口述歷史訪談錄》（台北市：二二八基金會，2009年），頁9。

12 陳儀深：〈自序〉，《天猶未光：二二八事件的真相、紀念與究責》（台北市：前衛出版社，2017年），頁22。

在這樣雲林文學與歷史的脈絡上，本文嘗試在二〇一八年這個時間點上，由雲林作家的書寫位置，重新探問雲林作家小說的轉型正義實踐。本文所選擇重探的小說文本是林雙不〈黃素小編年〉(1983)，以及宋澤萊〈抗暴的打貓市〉(1987)。

之所以選擇林雙不與宋澤萊兩位作家，作為考察對象的理由，在於他們具有許多相似的基點，例如，兩人都在一九五〇年代初期出生於雲林鄉鎮，甚至曾經是「虎尾中學高中部」的同班同學[13]；又如，兩人皆有農民小說、政治小說的書寫與關懷，並且在政治上或國族認同的位置上，也是相近的。不過誠如謝世宗站在詹明信（Fredric Jameson）理論基礎上所揭示的：即使是同一位作者，不同作品也可能蘊含不同的「形式的意識形態」(ideology of form)[14]；相似的立場，經由不同的小說敘事形式表現，呈現的是描述社會、理解世界的不同路徑。此外，兩篇小說皆曾被收錄在《二二八台灣小說選》(1987)，但也同時未被收入在《雲林縣青少年台灣文學讀本（一）小說卷》(2017）中。職是之故，本文嘗試由「雲林學」的角度切入，析論雲林作家的二二八小說書寫面向。

二　庶民受害者：林雙不〈黃素小編年〉

一九八三年發表於《自立晚報》副刊的〈黃素小編年〉，是「林雙不」寫作的第三年。出生於雲林縣東勢鄉的林雙不，本名黃燕德，在一九八〇年以前被文壇熟知的名字是「碧竹」。從「碧竹」來到「林雙不」的關鍵時刻，是一九七九年的美麗島事件，以及其後一九八〇年的林義雄家宅血案。特別是林宅血案，這樁台灣史上的第二個二二八事件，讓當時三十歲的「碧

13 林雙不：〈在暗夜裡追尋光——一九八七台灣小說選編選序〉，林雙不主編：《一九八七台灣小說選》(台北市：前衛出版社，1988年)，頁28。

14 謝世宗：〈寫實敘事的意識形態與市場機制的再現：論宋澤萊、林雙不的農民小說及其政治轉向〉，《臺灣文學研究集刊》第14期（2013年8月)，頁49。

竹」反思「自私、冷漠、軟弱」是促成如是暴行罪惡的幫兇[15]，因而更改筆名為「林雙不」，取意陶淵明詩句「縱浪大化中，不喜亦不懼」[16]，開始強烈控訴的政治批判，一改過去碧竹時期的抒情與溫柔。[17]

林雙不的短篇小說〈黃素小編年〉，講述的是待嫁少女黃素的故事。黃素是個素樸得普通而且普遍的少女，一個待嫁的十九歲農村女孩，住在西台灣的沿海小村莊。黃素會捲入二二八事件，是因為母親帶她到二十公里外的城鎮辦嫁妝，在雜貨店裡，母親為黃素挑選了一把菜刀，並說道「愛惜著用，這把菜刀可以用十幾年」。黃素將菜刀收進她的帆布袋，那裡「裝滿她對即將來到的婚姻生活的憧憬」，她甚至「想到十幾年後自己大概兒女成群了」。菜刀作為嫁妝，既是母親對女兒的傳承，也是待嫁女兒對於未來的想像。但是情節至此急轉直下，菜刀並沒有帶著黃素到兒女成群的未來，而是斬斷了她原所預期的幸福人生。在城鎮街頭，黃素母女因為兩波追打的人潮，被沖散開來，在一片「阿山仔」、「芋仔」和「猪仔」的聲浪中，黃素跌倒在一具屍體上，洋裝與帆布袋裡的菜刀都沾上了血。一個三角臉的男人，操持的「臺灣話怪腔怪調」，憑藉著這樣的「物證」，將黃素送入牢房。槍決前夕，黃素幸運獲釋回家，但「迎接她的，是一個變形了的家」[18]，而黃素也從少女變成瘋女了。

日治時期，對日本殖民者不滿的台灣人，稱日本人為「狗」；戰後初期，特別是經歷二二八事變，台灣人以「豬」稱呼外省人。動物化、「非人」的稱呼背後，反映的是族群接觸時的緊張與不平衡的關係。[19]提及二二

15 林雙不：〈見證與鼓舞——編選序〉，林雙不編選：《二二八台灣小說選》（台北市：自立晚報文化出版部，1989年）。

16 林雙不自言也可以是「不怨天不尤人」抑或「不要臉不要命」等多義。林雙不：〈筆名二題〉，《一盞明燈》（台北市：九歌出版社，1985年），頁207。

17 杜家慧：〈第二章　80年代以前的林雙不〉，國立編譯館主編：《林雙不小說研究：以八〇年代為中心》（台北市：稻鄉出版社，2005年），頁41。

18 林雙不：〈黃素小編年〉，林雙不編選：《二二八台灣小說選》（台北市：自立晚報文化出版部，1989），頁61、62、65。

19 胡台麗：〈芋仔與番薯——臺灣「榮民」的族羣關係與認同〉，張茂桂等著：《族群關係與國家認同》（台北市：業強出版社，1993年），頁282。

八事變，我們因為史料的記錄，可能會記得的是林茂生（1887-1947），是陳澄波（1895-1947），是台籍知識菁英的苦難，但〈黃素小編年〉提醒了我們：關於二二八的受難者，還有來自更無辜的底層小人物。不過在一九八三年寫作之際，書寫的動機更有可能是對於兩個二二八的敘述與勾勒：

> 影響我最大的不是「美麗島事件」而是林家命案。因為「美麗島事件」是一群對政治有興趣的人……但對林義雄家的命案，一個非常單純的家庭所遭遇的不幸……特別是遭到殺害的……他們都是與政治沒有關係的人，只是安安分分的小百姓……[20]

正因為是小百姓，沒有出現正史的可能，因此林雙不為之「小編年」，以年為綱，做史事的記錄。編年史，是史書，是大事記；加上「小」字，說的既是「小人物」之「渺小」，同時也是「時間」的「短小」。小說明確的時間點只有四處：一九四七年，少女黃素入城，被捲入二二八事件入獄；一九四八年歷經被判死刑又臨刑釋放的大起大落，變成瘋女回家；一九五九年，黃素的母親辭世；一九六七年，瘋女黃素從小村游離，再次走向城鎮，最後站在鐵道上，看著「火車頭逼面而來」。「城鎮」代表的是統治力行使的公共場域，「小村」生活的「小百姓」一旦踏入，就不再自外於政治，躲無可躲；而「母親」是最了解來龍去脈，並向他人解釋的角色，「母親」的辭世，也代表著歷經浩劫的一代人的逝去，更年輕的一代如「村子裏的小孩」，看見的黃素，就只是一個又髒又臭的瘋女人，甚至會「丟著石頭罵她」。[21]這背後凸顯的是：因為二二八事件曾是討論的禁忌，對於過去歷史的不明，也使得「當代」的現象難解。

林雙不〈黃素小編年〉還可以放在兩個脈絡下來看，一是作家自身，從「碧竹」到「林雙不」，由於創作風格、書寫題材的改變，「雙不」從中常委所辦的大報副刊那裡，收到的「回饋」，賦予他的筆名嶄新的意涵：「不受歡

20 黃瓊瑩等：〈訪林雙不〉，《台灣新文學》第2期（1995年10月），頁20。

21 林雙不：〈黃素小編年〉，林雙不編選：《二二八台灣小說選》（台北市：自立晚報文化出版部，1989年），頁67。

迎、不予刊登」。所謂中常委所辦的大報副刊，指稱的是戒嚴時期的兩大報《中國時報》與《聯合報》[22]；諷刺的是，在《聯合報》的統計資料裡，「碧竹」曾經是在副刊上刊登最多作品的人。對此，林雙不以「不氣餒、不妥協」回應之。[23]第二個脈絡是一九八三年的台灣文學場域[24]，這一年有李昂《殺夫》獲得《聯合報》中篇小說首獎、陳映真〈山路〉獲得時報文學獎小說推薦獎，也有白先勇《孽子》的出版、宋澤萊發表〈人權文學泛觀〉；再加上〈黃素小編年〉同年的出現，就性別與政治議題地開展來說，可謂在政治解嚴前，小說的先行解嚴。也因此〈黃素小編年〉在一九八三年呈現的意義，可以這樣來看：既是敘述與勾勒四〇年代的二二八事件，也是表達他「對當權者政權的厭惡與不滿」[25]；同時也是鄉土文學論戰之後，在以陳映真為代表的「從民族主義角度，對新殖民主義的批判」聲中，揭示與提醒台灣社會內部群族衝突與矛盾的存在。

三　半山加害者：宋澤萊〈抗暴的打貓市〉

從碧竹到林雙不，從抒情美文到抗議小說，作為小說家的林雙不，是急躁的，急躁於揭露現象、表達異議，因此在林雙不的小說中，二元對立是常見的書寫模式，例如〈黃素小編年〉和〈小喇叭手〉中平板的「外省加害者」與「本省受害者」，以及《筍農林金樹》裡的「農民好人」與「商販壞人」；而小說最後的結局，也不乏「正不勝邪」的模式，好人受害，欲訴無

22 關於兩大報與副刊文學的分析，可見張俐璇：《兩大報文學獎與台灣文學生態之形構》（台南市：台南市立圖書館，2010年）。

23 林雨澄：〈側寫林雙不——並序《大學女生莊南安》〉、康原整理：〈台灣文學與教育的路——訪校長林雙不先生〉，康原編：《歷史與現實的啄木鳥：林雙不作品評論》（台中市：晨星出版社，2008年），頁27、頁176。

24 詳情可見張俐璇：〈雙面一九八三——試論陳映真與郭松棻小說的文學史意義〉，《台灣文學研究學報》第25期（2017年10月），頁219-249。

25 石弘毅：〈林雙不的農民小說研究〉，康原編：《歷史與現實的啄木鳥：林雙不作品評論》（台中市：晨星出版社，2008年），頁96。

門，瘋癲與死亡，成為最終的「出口」。誠如李明駿與謝世宗先後指出的，這樣的書寫策略，「限制了作者進一步探索結構性問題的可能」[26]，例如「社會與政權間、政權內部的層級間，複雜的互動關係」。[27]如果說林雙不的〈黃素小編年〉是藉由底層女性的遭遇，敘述二二八；那麼在宋澤萊〈抗暴的打貓市〉，則回到「本省男性」剖析其間政治與欲望的結構性問題。

〈抗暴的打貓市〉副標題為「一個台灣半山政治家族的故事」。作為中篇小說，〈抗暴的打貓市〉特色至少在三方面：首先是語言，小說最初是以台語漢字寫成的。宋澤萊，本名廖偉竣，是出生於雲林縣二崙鄉大義村的詔安客家人。不過，雲林向來為「福佬人大本營，九成以上的縣民口操台語」，並且也曾經是布袋戲、歌仔戲等「台語文化產業鏈」的重鎮[28]；在此環境下，作為「福佬客」的宋澤萊，植基於台語文的思考脈絡，從《康熙字典》尋求提供台語文字化的詞彙[29]，書寫二二八小說。這種小說語言的試驗，止息了「用台文不能書寫現代小說」的流言[30]；同時也揭示「書寫系統與文學創作的好壞基本上是不相關的，但和語言的記寫直接相關」[31]的現象。其後，又基於「傳播的暫時方便」[32]，全文再翻譯為北京語，分別發表在《台灣新文化》月刊以及《自立晚報》副刊。

---

26 謝世宗：〈寫實敘事的意識形態與市場機制的再現：論宋澤萊、林雙不的農民小說及其政治轉向〉，《臺灣文學研究集刊》第14期（2013年8月），頁53。

27 李明駿：〈農村與教育的顯微省視——評林雙不的三本小說集〉，施淑、高天生主編：《林雙不集》（台北市：前衛出版社，1992年），頁318。

28 路寒袖：〈農業首都的文化綠意〉，陳憲仁主編：《雲林縣青少年台灣文學讀本（一）：小說卷》（斗六市：雲林縣政府，2016年），頁v。

29 不過小說註腳也因此多達三百一十一個。宋澤萊：〈抗暴个打貓市〉，《弱小民族》（台北市：前衛出版社，1987年），頁173-263。

30 宋澤萊：〈論台語小說中驚人的前衛性與民族性——《台語小說精選卷》導讀〉，宋澤萊主編：《台語小說精選卷》（台北市：前衛出版社，1998年），頁33。

31 林央敏：〈第四章　台語小說的復育成長期〉，《台語小說史及作品總評》（台北市：印刻文學出版社，2012年），頁113。

32 林雙不主編的《一九八七台灣小說選》以及《二二八台灣小說選》收錄者皆為北京語版；同樣基於傳播與討論的方便性，本文以下分析也以北京語版為依歸。

小說的第二個特色是，以「半山」為主角，以「半山」作為加害者的角度，來勾勒二二八。依據林雙不的定義，「半山」指的是「依附中國人阿山仔、欺壓臺灣人而起家的假臺灣人」，有時又稱之為「台奸」。[33]這也形成了〈抗暴的打貓市〉與其他二二八小說的最大殊異：「對結合外力以壓迫台人的『騎牆派』者的批判」[34]，換句話說，如果在〈黃素小編年〉看見的是本省／外省人的對立；那麼〈抗暴的打貓市〉告訴我們的是，所謂的「本省人」也絕非鐵板一塊單純都是受害的一方。這一點之所以重要在於，論及二二八事件的性質定位，往往不脫族群衝突、官逼民反與報復屠殺[35]，而台灣自二〇〇六年以來大量轉型正義的討論裡，多半出現的是「只有受害者，沒有加害者」[36]這樣的畸形模式。不過，在更早的台灣小說轉型正義實踐裡，一九八七年〈抗暴的打貓市〉已勾勒了半山作為加害者角色，作為清理殖民陰影的可能。

小說的第三個特出之處，在於內容的情節佈局，從現實主義出發，吸納了現代主義派生的意識流、魔幻寫實技法，以主人翁李國一的「一條靈魂」，穿梭書寫三代台奸家族政治史：

> 他的靈魂在市民趕著上班時來到了市中心的火車站。
>
> 廣闊的火車站廣場開始熱鬧起來，廣場的中央，有一座他們哥倆黨、政、軍總攬的乾祖父的銅像……
>
> ……李家在日據時期略有文化水平，從深掘坑搬到打貓市落腳的祖父

33 林雙不：〈在暗夜裡追尋光：一九八七台灣小說選編選序〉，林雙不主編：《一九八七台灣小說選》（台北市：前衛出版社，1988年），頁29。

34 陳建忠：〈第四章　給我一個巨大的時代：宋澤萊與八〇年代政治文學風潮〉，《走向激進之愛：宋澤萊小說研究》（台中市：晨星出版社，2007年），頁170。

35 陳儀深：〈族群衝突、官逼民反與報復屠殺──論二二八事件的性質定位〉，楊振隆編：《二二八事件60週年國際學術研討會：人權與轉型正義學術論文集》（台北市：財團法人二二八事件紀念基金會，2007年），頁313-342。

36 吳乃德：〈轉型正義和歷史記憶：台灣民主化的未竟之業〉，《思想》第2期（2006年7月），頁1-34。

> 李善民是舊時代的漢學私塾老師，對漢文化的天命思想有深的研究……
>
> 老人亡故了，他們兄弟的叔父果然受了影響，四處奔走，和日本人應酬，做皇民，學日本人的禮節、生活，一心一意要當日本人。他們的父親李順天卻離開了臺灣，遠走大陸，不論哪一個，都是「順天者昌」的信徒，光復時，他的父親回來，當著家人的面將李善民的家訓唸一遍時，全家的人立刻頓悟了全盤的道理。第一次，當陳儀和他的土匪官員來到了打貓市，他們全家的人都跪在火車站前，頂禮膜拜，呼喊著說：
>
> 「萬歲！萬歲！萬萬歲！」[37]

小說概分三章，由「一個病人」談起，李國一身體的病痛腐臭，實際上來自「一條靈魂」的扭曲：二二八事變時候作為抗暴軍的奸細，在同年「三一〇打貓港的大屠殺」中，成為「陳儀的劊子手」，「將打貓港變成活地獄」。[38]因為「順天」信仰，李國一、李國忠兄弟也是「潮流的追隨者」，「用著台灣腔說著北京話，在公開場合上穿長袍馬褂」，甚至「改籍貫，告訴別人說他們是福建人、留學上海的大少爺」。[39]誠如法農（Frantz Omar Fanon）在論述被殖民者時，所指出的：「黑人心靈，經常是白人的建構」[40]，李氏兄弟與外來執政者／再殖民者合謀，在打貓市民身上施加「白色恐怖」。[41]其後李家果然「順天者昌」，仕途扶搖直上，從深掘坑到打貓市，暗殺簡家政敵兼情敵，再行官商勾結中飽私囊之事，「偉哉領袖忠實的犬馬」是李家人的

---

37 宋澤萊：〈抗暴的打貓市〉，《弱小民族》（台北市：前衛出版社，1987年），頁293。

38 宋澤萊：〈抗暴的打貓市〉，林雙不編選：《二二八台灣小說選》（台北市：自立晚報文化出版部，1989年），頁192、頁193。

39 宋澤萊：〈抗暴的打貓市〉，林雙不編選：《二二八台灣小說選》（台北市：自立晚報文化出版部，1989年），頁167。

40 Fanon：〈導論〉，陳瑞樺譯：《黑皮膚，白面具》（台北市：心靈工坊文化事業公司，2005年），頁71。

41 王珮穎：〈第四章　八〇年代文學政治禁忌的突破〉，《戰後台灣小說的轉型正義實踐》（台南市：成功大學台灣文學系碩士論文，2016年），頁144。

定位、世襲的祖訓。三十多年後，終於導致官逼民反，有了青年攤販劉錦木的反擊，因此小說的最終章結束於「一副白骨」。可以說，李國一從「病人」到「白骨」的歷程，特別是「靈魂」一章，是小說家對於台灣政治現象的「臨床講義」：今天的諸種「病徵」，是其來有自的，是長期以來，歷史的與思想的問題；而配角劉錦木的設計，也有著期待底層人民站起來的寓意。

「紅蝙蝠船」是〈抗暴的打貓市〉時常出現的神秘符號，它是「一隻滿身都流著血的船」，是「打貓港事件的死靈」對李國一兄弟的懲罰。[42]這個邪靈與魔界的意象，在宋澤萊其後的長篇小說《血色蝙蝠降臨的城市》與《熱帶魔界》中，獲得更進一步的演繹。〈抗暴的打貓市〉甚至可以視為是《血色蝙蝠》的縮寫本[43]，從中篇小說到長篇小說，小說家之所以孜孜矻矻勤勉筆耕的理由，不外意圖說明：那些「『外來的』殖民暴力、災難與罪惡之所以能夠在過去數百年的台灣歷史中反覆延續，根本的原因在於它疊合了『本土化的』、內在性的腐敗政治勢力與文化心靈」。[44]一如李國一的死亡，外有身體因為意外事故的重創，內有自身心、肝、脾、肺、腎的腐化。

如果說〈黃素小編年〉描述的是底層女性遭逢二二八事件的「現象」；那麼〈抗暴的打貓市〉則由男性角色勾勒台灣社會與外來政權間的往來形構。小說中的女性角色，除了政敵簡大海的兒媳婦，穿「本地衫」的許秋菊之外，幾乎沒有名字（而名字攸關存在），也沒有太多戲分。〈抗暴的打貓市〉的主要角色在李家男性：從祖父的漢學教養，到父親「順天者昌」的觀念，李國一、李國忠兄弟之所以成為「台奸」，與其家族三代一脈相傳的「順民」生存哲學息息相關。宋澤萊曾自言「並不看輕這種人的精明性，但

42 宋澤萊：〈抗暴的打貓市〉，《弱小民族》（台北市：前衛出版社，1987年），頁326。

43 黃錦樹：〈從戀屍癖大法官到救世主——論附魔者宋澤萊的自我救贖〉，《台灣文學學報》第3期（2002年12月），頁61。

44 黃涵榆：〈有關災難、邪惡與救贖的一些唯物神學的思考：讀《血色蝙蝠降臨的城市》與《熱帶魔界》〉，《中外文學》第41卷第3期（2012年9月），頁29。

更把重點放在他們的病態人格與殖民地無奈的現實上」。[45]因為台灣長期作為殖民地的歷史現實，長期在「外來政權統治底下所產生的文化性格之扭曲」[46]，加上漢學儒教的「善民」、「順天」思想，於是從清領、日治時期，直到戰後的民國時期，李氏一族都只不過是「識時務」之「俊傑」；甚至，李國一父子認為「歷史是沒有什麼臺灣人的」，所以「也沒有所謂的臺灣人」，也因此「沒有什麼人叫臺奸」。[47]在稍早的〈黃素小編年〉，呈現的是省籍的對立，而到了解嚴前夕，〈抗暴的打貓市〉突出的已是「身分認同」的問題。宋澤萊藉李順天、李國一父子之口，揭示了台灣無國之主體的悲哀，而不同於日治時期「漢奸」的「台奸」勾勒，「將其反『中國殖民』的獨派立場藉此表露無遺」。[48]多年後，宋澤萊甚至因而有了「中部本土派的意識型態教父」[49]之稱。

宋澤萊曾自言「其實任何事情都有關政治，雖然都是談政治，但要看內涵是什麼。」[50]宋澤萊的小說創作，來到了〈抗暴的打貓市〉是一個分界點，與此前《打牛湳村》對於農村經濟的強調，已有所不同。書寫〈抗暴的打貓市〉的前一年，宋澤萊剛與友人創辦《台灣新文化》雜誌，提出「去中

---

45 宋澤萊：〈從《福爾摩莎頌歌》到《血色蝙蝠降臨的城市》：追憶那段紅塵吟唱與追尋超越的時光（1980-1996）〉，《血色蝙蝠降臨的城市》（台北市：草根出版公司，1996年），頁15。

46 楊翠：〈魔戒與鬼國交鋒之域：論宋澤萊《血色蝙蝠降臨的城市》與李昂《看得見的鬼》中的政治與性別〉，施懿琳等著：《彰化文學大論述》（台北市：五南圖書出版公司，2007年），頁453。

47 宋澤萊：〈抗暴的打貓市〉，《弱小民族》（台北市：前衛出版社，1987年），頁312、頁311。

48 陳建忠：〈第五章靈視者的預言：《血色蝙蝠降臨的城市》與《熱帶魔界》中的美學實驗與文化論述〉，《走向激進之愛：宋澤萊小說研究》（台中市：晨星出版社，2007年），頁202。

49 黃錦樹：〈從戀屍癖大法官到救世主——論附魔者宋澤萊的自我救贖〉，《台灣文學學報》第3期（2002年12月），頁76。

50 洪英雪訪問記錄：〈宋澤萊訪問錄〉，宋澤萊：《宋澤萊談文學》（台北市：前衛出版社，2004年），頁173。

國化」運動，而這裡的「中國」指稱的，是國民黨流亡到台灣後所詮釋的中國[51]，因此批判的並非外省人，而是外省人帶來的醜陋中國文化，例如〈抗暴的打貓市〉中由本省人所承襲的順天思想。

由於「戒嚴體制本身，就是一種變相的殖民體制。」[52]因此，戰前殖民地台灣有「成為『日本人』」[53]的現象；戰後也有「成為『民國人』」[54]的渴望。因此解嚴前夕，有宋澤萊在〈抗暴的打貓市〉，從「半山加害者」形象的塑造，從族群內部清理殖民陰影；時至九〇年代，李喬《埋冤一九四七埋冤》也旨在將「冤枉、心裏的陰影」，「埋葬在一九四七」，然後「重新出發」、「重建新意識」。[55]

四　雲林視角的二二八

二〇〇三年，張炎憲在〈二二八事件研究詮釋的總檢討〉裡，指出關於二二八事件的討論，往往陷在國共鬥爭的框架裡：中國國民黨政權把二二八事件視為中國共產黨顛覆工作的一部分；中國共產黨則認為二二八事件是台灣人民對抗蔣家政權的努力。[56]兩者其實都是中國立場的觀點，毫無台灣人

---

51 洪英雪訪問記錄：〈宋澤萊訪問錄〉，宋澤萊：《宋澤萊談文學》（台北市：前衛出版社，2004年），頁159。

52 陳芳明：〈自序：我的後殖民立場〉，《後殖民台灣：文學史論及其周邊》（台北市：麥田出版社，2002年），頁12。

53 荊子馨，鄭力軒譯：《成為「日本人」：殖民地台灣與認同政治》（台北市：麥田出版社，2006年）。

54 當然，當時的語彙大多是「我們『中國人』」；然我認為近十年來「民國機制」的提出，可以讓論述更加清晰，至少與當今的中國有一顯著區隔。相關論述可見張俐璇：〈「民國」對臺灣意味著什麼？——以戰後初期「民國文學」與「臺灣文學」的交鋒為例〉，《民國文學與文化研究》第2輯（2016年6月）。

55 李喬：〈自序之（一）〉，《埋冤一九四七埋冤》（基隆市：海洋台灣出版社，1995年），頁17。

56 張炎憲：〈二二八事件研究詮釋的總檢討〉，《國史館館刊》復刊第35期（2003年12月）。

的主體性可言。[57]

> 二〇〇六年，《臺灣政治小說選》的時候，主編邱貴芬認為「二二八如何敘述，該如何對待，仍是最難解的政治問題，無法以一篇作品『代表』」，甚至「並非全然可以透過文字來救贖與勾勒」[58]，因此沒有收錄任何一篇關於二二八書寫的小說。

以上分別是歷史與文學研究視角下，對於二二八事件的觀察。本文認為，倘若回到「地方」，從「雲林文學」的角度出發，林雙不〈黃素小編年〉和宋澤萊〈抗暴的打貓市〉可以說是對前揭兩種文史論述，最好的回應。林雙不〈黃素小編年〉所勾勒的「庶民受害者」，是農村裡的「本省女性」，凸顯省籍對立的問題；宋澤萊〈抗暴的打貓市〉則從台語文的書寫實踐，經由「台灣男性身體／中國心靈」的書寫，進一步釐清「台灣人」如何內化「民國人」的價值體系，從而成為加害者的共謀。兩篇小說皆已跳脫從國共鬥爭看待二二八事件的框架，呈現台灣人立場的探問。此外，如果從「地方學」的角度，後續關於二二八小說的書寫，在一九八九年，還有台南作家陳燁（1959-2012），以府城運河作為重要的象徵，書寫台灣歷史的長篇小說《泥河》，在河的兩岸，想像過去與現在，現在與未來。

〈黃素小編年〉和〈抗暴的打貓市〉兩篇小說，同時也回應了二二八小說的複雜性，表現從「省籍對立」到「身分認同」、從外部威權批判，到內部殖民清理的可能。藉由兩篇書寫殖民外部社會現象及殖民內部心理徵狀的小說重探，雲林小說家的轉型正義實踐，也提醒我們，權力與心態的複製，在族群日益多元繁複的台灣社會，仍是未遠與未竟的課題。

57 施正鋒：〈以轉型正義的探討：由分配到認同〉，施正鋒主編；《轉型正義》（台北市：台灣國際研究學會出版，2013年），頁20。

58 邱貴芬：〈政治小說：勾勒願景與希望〉，邱貴芬主編：《臺灣政治小說選》（台北市：二魚文化事業公司，2006年），頁19、頁20。

參考資料

一　專書

Fanon 著、陳瑞樺譯　《黑皮膚，白面具》　台北市　心靈工坊文化事業公司　2005年

呂正惠　《小說與社會》　台北市　聯經出版事業公司　1988年

宋澤萊　《宋澤萊談文學》　台北市　前衛出版社　2004年

宋澤萊　《弱小民族》　台北市　前衛出版社　1987年

宋澤萊主編　《台語小說精選卷》　台北市　前衛出版社　1998年

李　喬　《埋冤一九四七埋冤》　基隆市　海洋台灣出版社　1995年

杜家慧　《林雙不小說研究：以八〇年代為中心》　台北市　稻鄉出版社　2005年

邱貴芬主編　《臺灣政治小說選》　台北市　二魚文化事業公司　2006年

周英雄、劉紀蕙編　《書寫台灣：文學史、後殖民與後現代》　台北市　麥田出版社　2000年

季季編　《七十六年短篇小說選》　台北市　爾雅出版社　1988年

林央敏　《台語小說史及作品總評》　台北市　印刻文學出版社　2012年

林雙不主編　《一九八七台灣小說選》　台北市　前衛出版社　1988年

林雙不編選　《二二八台灣小說選》　台北市　自立晚報文化出版部　1989年

思想編輯委員會　《思想2：歷史與現實》　台北市　聯經出版事業公司　2006年

康原主編　《雲林縣青少年台灣文學讀本　二）：散文卷》　斗六市　雲林縣政府　2016年

施正鋒主編　《轉型正義》　台北市　台灣國際研究學會出版　2013年

施淑、高天生主編　《宋澤萊集》　台北市　前衛出版社　1992年

施淑、高天生主編　《林雙不集》　台北市　前衛出版社　1992年

施懿琳等著，《彰化文學大論述》　台北市　五南出版社　2007年
康原編　《歷史與現實的啄木鳥——林雙不作品評論》　台中市　晨星出版社　2008年
陳芳明　《後殖民台灣：文學史論及其周邊》　台北市　麥田出版社　2002年
陳建忠　《走向激進之愛：宋澤萊小說研究》　台中市　晨星出版社　2007年
陳憲仁主編　《雲林縣青少年台灣文學讀本　一)：小說卷》　斗六市　雲林縣政府　2016年
陳儀深計畫主持　《濁水溪畔二二八：口述歷史訪談錄》　台北市　二二八基金會　2009年
陳儀深　《天猶未光：二二八事件的真相、紀念與究責》　台北市　前衛出版社　2017年
張茂桂等著　《族群關係與國家認同》　台北市　業強出版社　1993年
楊振隆編　《二二八事件60週年國際學術研討會：人權與轉型正義學術論文集》　台北市　財團法人二二八事件紀念基金會　2007年

二　期刊論文

洪英雪　〈一個歷史，各自解讀：二二八小說及其相關作品選集的多元論述〉　《台灣文學研究學報》第3期（2006年10月）　頁287-323
黃涵榆　〈有關災難、邪惡與救贖的一些唯物神學的思考：讀《血色蝙蝠降臨的城市》與《熱帶魔界》〉　《中外文學》第41卷第3期（2012年9月）　頁13-49
黃錦樹　〈從戀屍癖大法官到救世主——論附魔者宋澤萊的自我救贖〉　《台灣文學學報》第3期（2002年12月）　頁53-79
張炎憲　〈二二八事件研究詮釋的總檢討〉　《國史館館刊》復刊第35期（2003年12月）

張俐璇　〈雙面一九八三——試論陳映真與郭松棻小說的文學史意義〉　《台灣文學研究學報》25期（2017年10月）　頁219-249

謝世宗　〈寫實敘事的意識形態與市場機制的再現：論宋澤萊、林雙不的農民小說及其政治轉向〉　《臺灣文學研究集刊》第14期（2013年8月）　頁43-70

簡素琤　〈二二八小說中的女性、省籍與歷史〉　《中外文學》第27卷第10期（1999年3月）　頁30-43

三　學位論文

王珮穎　《戰後台灣小說的轉型正義實踐》　台南市　成功大學台灣文學系碩士論文　2016年

帝國秩序與鄉土空間的縫隙：

論蔡秋桐的保正與警察形象書寫[*]

卓佳賢

彰化師範大學國文學系博士候選人

摘要

本文首先梳理知識分子與地方精英的相互關係，以探討蔡秋桐的書寫位置相較於其他作家有何不同，以及是否影響他的創作內容。接著，蔡秋桐身為保正，長久在基層作為農民與警察的中介者，因此對於鄉村的大小事情相當熟悉，因而化作自己的創作來源。不過，身為維持帝國秩序的保正，又是地方上具有學識的臺灣人，兩邊應是互斥的存在，蔡秋桐又如何透過小說之中，透露出兩邊之間的矛盾與衝突。是故，擬以蔡秋桐的小說中，探究其人物書寫，即透過討論基層人物形象的描寫，以窺探蔡秋桐的雙重身份是如何肆應當世。

關鍵詞：蔡秋桐、保正、知識分子、地方精英

---

* 本文已刊錄《雲林文獻》第58期（2017年1月），頁31-48。

一　前言

蔡秋桐（1900-1984），筆名有愁洞、匡人也、秋洞、秋闊、蔡落葉等，雲林縣元長鄉五塊村人。蔡秋桐為日治時期重要作家，其文學成就除了有漢詩創作之外，其流傳下來的文學創作以小說為主，有〈帝君庄的秘史〉、〈保正伯〉、〈放屎百姓〉、〈連座〉、〈有求必應〉、〈新興的悲哀〉、〈癡〉、〈理想鄉〉、〈媒婆〉、〈王爺豬〉、〈四兩仔土〉等等。[1]前衛出版社於一九九一年出版臺灣作家全集，這之中主編張恒豪編選十七位日治時期的代表性作家，而蔡秋桐列為其中，與楊雲萍、張我軍的小說創作等合為一冊。除了小說創作，因蔡秋桐幼年時期進入過私塾，具有漢文能力，也能書寫漢詩，使得日後加入褒忠吟社與元長詩學研究所。[2]

相較於其他日治時期文學作家，蔡秋桐的小說創作共有十一篇，並非多產的作家。而在現行研究之中，自張恒豪評價蔡秋桐的小說特色為「反面寫實」，即以嘲諷的戲劇性手法來反襯出底層百姓的痛苦。[3]因此，相較於其他作家以寫實手法來突顯出被日本政府欺壓的百姓，而蔡秋桐的反諷法書寫則是獨樹一格。

在先行研究之中，對於日治時期的小說必然會提到殖民現代性的議題。因為改隸之後，日本在臺灣推行現代化建設，並導入各種新的知識與器物，讓臺灣人從清領時期的前現代生活方式，轉變為現代化模式。不過，當臺灣接受現代化時，是處在殖民統治的時空環境之中，使得知識分子自覺或不自覺通過日本化來全面現代化，以取得西方知識。一言以蔽之，臺灣是「被」現代化。這種「接收作為抵抗」的方式，雖然可以提昇臺灣整體的水準，啟

1　參見黃武忠：〈北港地帶的代表人物——蔡秋桐〉，《日據時代臺灣新文學作家小傳》（臺北市：時報文化出版企業公司，1980年8月），頁47-49。

2　詳見張恒豪編：《楊雲萍、張我軍、蔡秋桐合集》（臺北市：前衛出版社，2000年8月），頁167。

3　張恒豪：〈放屎百姓的浮世繪——蔡秋桐集序〉，收入張恒豪編：《楊雲萍、張我軍、蔡秋桐合集》（臺北市：前衛出版社，2000年8月），頁170。

蒙臺灣人民成為開化的現代智識市民。但也容易掉入日本的陷阱。

如陳芳明所言，殖民地青年積極要克服自己母體文化的落後性，往往找不到具體的答案。他們最為直接方便的途徑，便是通過日本化而達到現代化。但是，個人縱然獲得了「救贖」，並不意味整個社會也同時得到提昇。[4]接著，朱惠足也指出，臺灣人知識分子掙扎於對「文明」嚮往，以及對「日本」文化的抗拒之間，試圖將前者與後者切離，然後只擷取他們想要的前者。但日本引進的西方現代事物已被注入濃厚的日本意涵，很難進行切割。[5]誠哉斯言，日治時期的知識分子及其作家都無法跳脫出殖民現代性的泥沼，當在小說中以教導者之姿批判臺灣社會封建性的同時，卻又與日本殖民現代性的論調似曾相識，而使知識分子與百姓之間產生疏離。然而，蔡秋桐的小說也觸及到殖民現代性的議題，不過前行研究關於此，蔡秋桐卻沒有此種問題。陳建忠指出：

> 蔡秋桐對農村生活的現代化雖也抱有一定程度的肯定，並且他也以臺灣話文試圖達成他「啟蒙」的目的，但這樣在殖民地下面對鄉土所採取的「啟蒙」、「現代」的思想，庶幾可免於臺灣某些接受現代性（啟蒙）價值的知識分子的「異化」心態——視鄉土為落後、野蠻，其原因都在於蔡秋桐具有洞穿殖民者現代化之真正企圖的「反殖民現代性思想」。[6]

殖民現代性是日治時期臺灣知識分子與寫實作家所無法迴避的課題，但陳建忠的論點是認為蔡秋桐書寫的語言是用臺灣話文，藉此來破除日本人的同化政策，同時又有啟蒙的意義在內。同時，李敏忠認為蔡秋桐將臺語融入小說

4 陳芳明：〈三〇年代臺灣作家對現代性的追求與抗拒〉，《殖民地摩登：現代性與臺灣史觀》（臺北市：麥田出版社，2004年6月），頁61。

5 朱惠足：〈民族國家「間隙」中臺灣的現代性形構〉，《「現代」的移植與翻譯：日治時期臺灣小說的後殖民思考》（臺北市：麥田出版社，2009年8月），頁9。

6 陳建忠：〈新興的悲哀——論蔡秋桐小說中的反殖民現代性思想〉，《臺灣文學學報》第1期（2000年6月），頁259。

敘事之中的現象，是其現代小說的特色，這種臺灣白話文，不僅有其在地性格，更具有啟蒙的意識形態。[7]呂美親認為蔡秋桐的臺灣話文小說，所呈現的社會意義是結合「出自大眾」、「屬於大眾」的語文與現實。由此可見，此三位研究者對於蔡秋桐的研究是圍繞在語言使用及其抵殖民現代性方面，認為蔡秋桐以「臺灣話文」實踐小說創作，能避免使用日文書寫之時而無意識地滲透日人的殖民現代性影響，同時也以臺語進行創作，建立臺灣人自己文學的創作模式。易言之，蔡秋桐所書寫的角色乃為社會底層的百姓與官僚，因此使用許多臺灣話文，藉此達到批判殖民體系之外，也能突破同化政策與殖民現代性的影響。[8]

蔡秋桐之所以使用臺灣話文，是為了真實呈現出農村的樣貌。之所以如此，乃是因為蔡秋桐本身為雲林元長的保正，二十二歲自公學校畢業後即在地方上服務，所接觸的多為地方上的農民以及基層官僚、警察，而書寫的內容也多圍繞在這一部份。因此，張恒豪將蔡秋桐稱為「保正作家」。[9]

在身份上，蔡秋桐是個「保正作家」，然而所關心的對象與書寫的內容是以農民為主軸，葉石濤認為蔡秋桐的書寫最能反映農民的形象和農村的生活。因為，蔡秋桐長年在元長農村生活，工作職務上又時常與農民互動，而能了解到最真實的生活。

---

7 蔡秋桐在《新高日報》發表的三篇小說〈帝君庄的秘史〉、〈連座〉、〈有求必應〉是用臺灣話文所寫，而在《臺灣新民報》投稿才用白話文。詳見李敏忠：〈混雜、嘲諷的文體風格與啟蒙意識型態——論蔡秋桐的現代小說特色〉，《臺灣文學研究學報》第10期（2010年4月），頁281。

8 陳培豐的研究突破此種論點中，他指出臺灣作家使用大量臺灣話文，多用在小說角色的對話，至於小說的敘事文體仍是使用「中國白話文」。也就是說，因為臺灣的現代文體發展中，受到中文與日文雙重同文的干擾和影響，且臺灣話文也缺乏翻譯的歷練，使得臺灣話文始終無法發展成現代文學的載體，這樣的結果導致日治時期臺灣作家所創作的小說，其人物之間的對話是用臺灣語文的口語體，可是敘事語言卻用中國白話文或日文此種「言文分工」與「一篇多語」的情況發生。詳見陳培豐：《想像和界限——臺灣語言文體的混生》（臺北市：群學出版公司，2013年7月），頁184-187。

9 張恒豪：〈放屎百姓的浮世繪——蔡秋桐集序〉，收入張恒豪編：《楊雲萍、張我軍、蔡秋桐合集》（臺北市：前衛出版社，2000年8月），頁169。

> 在日據時代的土地和農民為主題的眾多小說中，以嘲弄、諷刺的筆觸，最透徹地把土地和農民的關係闡釋得最清楚的莫過於終生居住在農村，直接間接地與農民為伍，熟悉他們困境的作家蔡秋桐。[10]

因此，當討論農民文學時，蔡秋桐的小說便是重要的討論對象。像是林慧禎的研究指出，農民小說的人物類型是屬於扁型人物，將警察、保正、地主與資本家的貪婪暴虐呈現出來，這種固定不變的人格特質，不僅放大農民的悲苦，也能突顯出農民無力反抗的形象。[11]周馥儀則是從臺灣的糖業切入，從小說中分析關於蔗農形象，是如何批判日本的糖業帝國。周馥儀從蔡秋桐〈四兩仔土〉討論女性蔗農在勞動市場受到階級宰制與性別權力雙重箝制的勞動身體。在文學公共領域中被呈現出來的蔗農身體都指向日本帝國的壓迫，也對糖業政策產生了批判。[12]陳南宏從蔡秋桐的敘事手法切入，認為嘲諷敘事對菁英主義等級所造成的作用，並不是一種抵抗，而是一種消解、擾動的作用。原因在於嘲諷敘事是一個對話空間，讓小說人物與不同主體進行對話，讓閱讀者自身可以依其脈絡，在蔡秋桐所設定的嘲弄、戲謔的場景中，來認知小說中的農民。[13]

蔡秋桐身為保正，長久在基層作為農民與警察、官僚的中介者、溝通者，因此對於鄉村的大小事情相當熟悉，因而化作自己的創作來源。而綜觀前行研究，可以看出，多以蔡秋桐的語言特色、人物形象切入，進而探討透過小說來抵制殖民現代性，抗拒日本官方的壓迫，尤其是蔡秋桐又身兼製糖會社原料委員，在面對糖業會社長期壓榨蔗農，作為中介者的他，站在第一

---

10 葉石濤：〈文學來自土地〉，《臺灣文學的困境》（高雄市：派色文化出版社，1992年7月），頁9。

11 林慧禎：〈日據時期農民小說人物與敘事分析——以蔡秋桐、楊守愚、張慶堂為討論中心〉（臺南市：臺南大學國語文學系碩士論文，2011年7月）。

12 周馥儀：〈開展公共領域・擊向糖業帝國主義——論臺灣知識份子的糖業書寫（1920-1930年代〉（臺南市：成功大學臺灣文學系碩士論文，2007年6月）。

13 陳南宏：〈日治時期農民小說中的菁英主義與農民形象(1926-1937)〉（臺南市：成功大學臺灣文學系碩士論文，2007年6月）。

線更能明白蔗農的苦境。然而，身為維持帝國秩序的保正，又在地方上與農民互動密切，公務與私情往往難以平衡，可是蔡秋桐透過小說之中，刻劃出自己所見到的種種荒誕事情。是故，擬以蔡秋桐的小說中，探究其人物書寫，即透過討論保正與警察形象的描寫，以探究蔡秋桐的保正身份是如何肆應當世。

二　知識分子、地方精英：蔡秋桐書寫位置辯證

首先，討論蔡秋桐小說的保正與警察形象之前，先討論蔡秋桐的書寫位置是如何影響保正與警察的形象書寫。原因在於，蔡秋桐長久在雲林地方上深耕，而其教育程度僅為公學校畢業，但若與同時代的其他作家對照，可以看出蔡秋桐的「反面寫實」筆法，其實是與他自身的特殊經歷及其書寫位置相關。蔡秋桐為地方保正，長久在雲林元長服務，然而若綜觀當時的時空環境，是否能與日本東京的留學生一樣，劃歸為知識分子群體之中？倘若，蔡秋桐被歸納為當時的臺灣知識分子，那麼他長久在雲林元長的鄉村，其書寫位置是否有何不同，以及是如何的不同。

蔡秋桐的學識養成，童蒙時期進入私塾學習漢文，接著十六歲進入元長公學校，但畢業之後就沒有繼續升學。原因在於公學校畢業之後若要升上高等科，則必須前往北港就學，距離遙遠因而未繼續升學。[14]因此，就正規教育體系而言，其本身學歷僅為公學校畢業，這在日治時期的知識分子與文學家之中，是相當奇特。然而「知識分子」的界定，究竟是以學歷區分，或者以是否具有新思想而論，又或者是否以實際行動帶領臺灣人民爭取自由與平等？畢竟，蔡秋桐雖僅受過初等教育，但又為新文學作家，倘若從知識分子議題切入，則有助於瞭解蔡秋桐的書寫位置。

討論日治時期的小說，多半圍繞在基於知識分子為了啟蒙而書寫關於抵

---

14 黃武忠：〈北港地帶的代表人物——蔡秋桐〉，《日據時代臺灣新文學作家小傳》（臺北市：時報文化出版企業公司，1980年8月），頁48。

殖民、反封建的題材。不過，前行研究對於知識分子的定義並非以學歷認定，而是以是否有新思想來論及。知識分子就是相對於一般平民大眾，是站在平民大眾的高處，以先行者或先覺者的角色來啟迪、教導平民們。也就是說，知識分子本身是個泛論的概念，是指向受過西式教育而擁有新思想與新知識的讀書人。如陳建忠在論及啟蒙小說的反傳統與解放現代性時，便採通用的說法：

> 即把受新式教育成長起來的知識分子，也就是俗稱為具有「新思想」的知識分子，因他們具有以西方啟蒙時代以及日本明治、大正時代以來的「啟蒙主義」（Enlightenment）概念：諸如自由、平等、理性、科學、民主等，而將之稱為啟蒙主義者。[15]

另外，在蘇世昌的研究中，也提到什麼是「知識分子」：

> 因此「知識分子」大致指一群受過教育，具有高道德標準與進步思想的人，他們大公無私，以理性和真理之名凌駕於黨派或特定利益之上，對公共利益的問題深切關懷，認為國事與個人有關，敢於批判社會、以國家大事為己任，深信社會現況不合理，就應當加以改變。[16]

是故，所謂的知識分子，並不是以學歷來劃分，而是以是否有新思想並且寄啟蒙於大眾來定論。不過，蔡秋桐是一九二二年畢業於公學校，若對照當時臺灣的大事件，也就是一九二一年成立的文化協會，就可以看出蔡秋桐並非歸類為所謂的知識分子之中。在林柏維研究就指出參與文化協會的領導成員有三種階層，分別為：地主、醫師與文化相關事業，這三種人士就佔了百分之七十五。另，這些成員多為高知識分子，受高等教育佔了百分之四十三點

15 陳建忠：〈差異的文學現代性經驗——日治時期臺灣小說史論（1895-1945）〉，收入陳建忠等合著：《臺灣小說史論》（臺北市：麥田出版社，2007年3月），頁29。

16 蘇世昌：《1920-1937臺灣新知識分子思想風貌研究》（新竹市：清華大學中國文學研究所博士論文，2009年7月），頁50。

四六，主要為臺灣總督府醫學校與海外留學生。[17]換言之，文化協會如連溫卿所言，是個臺灣資產階級之少數進步分子為代表，智識階級之進步分子為中心。[18]再者，在臺灣文化協會成立之前，就有文化相關運動，如《臺灣青年》。向陽的研究中指出，自《臺灣青年》以降，便為知識青年（提供論述）與本土資本家（提供資金）結合的辦報方式，形成了控制權由資本家所掌握，論述方向也以這些精英（資本家及其支持的知識分子）的共同利益（政治的、經濟的）為依歸的運作模式。[19]而其中所提到的知識青年是包含了在日本的留學生與在臺灣的知識分子。接著，陳明柔的碩士論文提到關於臺灣知識分子：

> 一九二〇年代時，出現了敢與日本殖民者相抗的訴求，如六三法撤廢問題的提出、以及林獻堂、蔡惠如於東京成立「新民會」、並籌設臺灣議會，同時在東京的留學生亦組成東京臺灣青年雜誌社發行《臺灣青年》等具體行動。這種種在政治文化上的行動與訴求，標示著臺灣在歸屬日本二十五年後，受新式教育的青年已漸成熟，且進一步成為臺灣社會中敢於與殖民者相抗的精英砥柱，而這一群受新教育的青年即是臺灣殖民社會中具現代精神的知識分子。[20]

雖然陳明柔對於知識分子的定義並沒有直截了當說出得具有何種學歷或學識背景，但就當時的時空背景來論，其實是指向參與自六三法撤廢運動以降的各種政治、文化運動的旅日臺灣留學生，也就是赴日攻讀高職或大學以上的學校。再者，時間若推移到三〇年代，可以看出公學校畢業生已經不會被認

---

17 林柏維：《臺灣文化協會的滄桑》（臺北市：臺原出版社，1993年3月），頁74。

18 連溫卿：〈臺灣文化的特質〉，《臺北文物》第3卷第3期（1954年8月），頁127。轉引自林柏維：《臺灣文化協會的滄桑》（臺北市：臺原出版社，1993年3月），頁93。

19 林淇瀁：〈日治時期臺灣啟蒙論述的反挫——《臺灣新民報》系的「同化主義」表意〉，《書寫與拼圖——臺灣文學傳播現象研究》（臺北市：麥田出版社，2001年10月），頁108。

20 陳明柔：〈日據時代臺灣知識分子的思想風格及其文學表現之研究（1920-1937）緒論〉，《臺灣文學觀察雜誌》第8期（1993年9月），頁99。

為是知識分子的範疇，在賴和的小說〈歸家〉便書寫到公學校畢業生連「字目算」都不會，高不成低不就，淪為待業中的漫遊者。是故，若以此論之，就二〇年代的時空背景而言，至少在文化運動之上，蔡秋桐並非劃歸於知識分子的範疇，而僅為地方上意見領袖的人物角色。也因為是地方上的意見領袖，使得蔡秋桐並不像文化協會那些成員一樣，在都市面對著帝國的中高層官僚與警察，而是在地方與日人的基層官吏和警察打交道，務實地生活在現實社會中，這種也影響到蔡秋桐的筆觸是如何描繪基層的保正與警察。

然而，二〇年代前後的臺灣整體環境，蔡秋桐雖非受高等教育的知識分子，但至少在地方上是個具有學養的精英，無論就漢學或西學而言。之所以如此，得回歸到臺灣總督府的教育體系論之。日本領臺之後，著重於初等教育，推動國語教育以同化臺灣人，以近代文明同化於日本民族之中。因此，日本總督府設置國語傳習所，以及之後轉型的公學校，就是灌輸國語教育的據點。雖然一開始臺灣人對於日本的教育體系抱有疑慮，但之後卻紛紛安排子弟前往就讀，因為這是可以提昇社會地位的管道，同時又能保障畢業後的工作機會。陳培豐指出：

> 國語教育如果對於臺灣中下階層還有其他非教育誘因的話，可能就是國語傳習所學生畢業後幾乎全數都被臺灣總督府錄用，作為經營新領土的中堅。換言之，對於下層階級的子弟們而言，國語傳習所是其提昇社會地位的一種機會。……日本占領臺灣後，科舉制度被廢止，隨之原本知識階層或上層階級出人頭地的途徑也被封鎖。在這種情況下，對於那些原本與科舉淵源比較稀薄、占了國語傳習所成員之大部分的臺灣中下階層子弟而言，接受國語教育成為其提昇社會地位的途徑。[21]

從陳培豐的研究對照蔡秋桐的生平。可以推測蔡秋桐並非資產階級。畢竟，因路途遙遠而無法至北港就讀高等科。或者甚至無法上臺北就讀醫學校或師

21 陳培豐：《「同化」の同床異夢：日治時期臺灣的語言政策、近代化與認同》（臺北市：麥田出版社，2006年11月），頁175。

範學校，便能推敲出蔡秋桐不是地主階級出身。再者，就蔡秋桐自公學校畢業的前後，也是臺灣人至日本留學的人數逐漸增加的時候。明治四十年（1907）至大正二年（1913）的五年中，臺灣留學生增加了五倍，這些留學生大部分都是資產階級的子弟。也因為留學生太多，臺灣總督府才會在東京設立「高砂寮」，並強制臺灣留學生住宿。[22]而這些至日本留學的臺灣學生，也是日後帶動文化與政治運動的知識精英。此外，雖然蔡秋桐並非受高等教育的智識精英，但在雲林地方上至少是個知識分子。原因在於日本總督府考察西方殖民地教育後，考量擴充太多公學校，給予過多知識，容易產生反日的思想和人才，因此緩慢地設置公學校。

> 在日本總督府教育政策下，公學校擴充甚緩，入學率長期均低，直至一九一五年度仍不及百分之十（只占百分之九點六），加以在學中異動慎大，中途退學者，一九一一年度以前平均高達三分之一，其後雖逐年下降，至一九一八年度仍占八分之一。若累計一八九九至一九一八年度的公學校畢業生，計有五萬三千四百〇一人，只占一九一九年臺人總數三百五十三萬三萬八千六百八十一人的百分之一點五。無怪乎持地六三郎稱臺灣的初等教育為精英教育。[23]

蔡秋桐是十六歲進入公學校，二十二歲畢業，正值一九一六至一九二二年間，這段期間也正好是公學校數目較少的時候，使得公學校學歷的臺灣人能夠出人頭地，謀個好差事。因此，就當時如火如荼所推動的政治與文化運動來論以，蔡秋桐並不是所認知的知識分子，畢竟蔡秋桐並不是在臺灣受高等教育，如醫學校或師範學校，也非至日本攻讀學位的留學生。但整體臺灣的知識程度而言，公學校學歷的蔡秋桐，在地方上已經是個具有學識、學養，少見有讀過書的人。這也是為什麼公學校畢業之後的蔡秋桐，旋即被任命為

22 陳培豐：《「同化」の同床異夢：日治時期臺灣的語言政策、近代化與認同》（臺北市：麥田出版社，2006年11月），頁222-223。

23 吳文星：《日治時期臺灣的社會領導階層》（臺北市：五南圖書出版公司，2008年5月），頁86。

保正的原因。除了因為是元長地區少見的知識分子，同時也符合總督府當初的教育方針——也就是培養為位於基層且順從政府的官吏。[24]蔡秋桐的保正身份，既不能明顯反抗政府的政令與指示，可是又無法配合殖民者的壓迫，這種站在第一線的書寫位置，是與其他日治時期作家的迥異之處。

畢竟，自二〇年代的文化協會以降到三〇年代的文藝大眾化論爭，作為先行者的知識分子站在指導者的高度來教導臺灣大眾去認識什麼是「進步」的文藝或文化，於是造成兩大階層的脫節。知識階層要傳達文明給大眾，可是大眾卻棄如鄙屣，認為是無用的。陳翠蓮指出，以知識分子為主的文化運動者認為娛樂應具有教化作用，對普羅大眾的休閒娛樂活動不敢領教。在美／俗、高尚／粗鄙、教化／娛樂的分野下，菁英與群眾被分疏出來，互不交融；文化運動者高高在上指指點點，俗民大眾成為亟欲引領教導的一群。[25]蘇世昌也曾言，此種目的性俯視群眾的方式，使得民眾成為異於己者的他者，知識分子立在領導者、指導者的地位，視社會大眾為需要被教育、啟蒙者，使得知識分子與社會大眾終有隔閡。[26]於此相較於其他受過高等教育的知識分子或作家，蔡秋桐身份使他更能貼近農民的心聲與土地的脈動。在這方面，筆者贊同黃慧鳳的論點，就是蔡秋桐的小說是本土，是與平民老百姓融為一體。[27]職是之故，蔡秋桐書寫位置與其他作家不同，而是真正站在社

---

24 陳培豐指出，統治者可以一方面標榜著透過國語教育獲得近代文明傳播者的印象，一方面又透過教育栽培一些順從工作的實用勞動者。參見陳培豐：《「同化」の同床異夢：日治時期臺灣的語言政策、近代化與認同》（臺北市：麥田出版社，2006年11月），頁150。

25 陳翠蓮：〈以文化做為抵抗戰場：《臺灣民報》中的臺灣文化論述（1920-1927）〉，《臺灣人的抵抗認同（1920-1950）》（臺北市：遠流出版事業公司、曹永和文教基金會，2009年10月），頁133。

26 蘇世昌：〈1920-1937臺灣新知識分子思想風貌研究〉（新竹市：清華大學中國文學研究所博士論文，2009年7月），頁470。

27 黃慧鳳認為，蔡秋桐的小說是較本土，然而他把自己放在與平民老百姓的生命共同體中，以素樸的觀念來觀看世界，也許世界觀較不開闊，但相對的，他筆下傳統臺灣人民的特質卻是十分典型。詳見黃慧鳳：〈蔡秋桐小說之研究——日殖民下的文本呈現〉，《問學集》第11期（2002年11月），頁247。

會底層，見識到日人的基層官吏、警察與臺灣百姓的互動、糾葛及衝突，身為保正的蔡秋桐從中協商、交涉與斡旋，這些在在都是他習以為常的日常生活方式，也因為這種身份及其書寫位置，使他的小說中並不會出現太多理論先行或者強烈啟蒙色彩，而是真實呈現出現實生活的荒謬與無理，以嘲弄與戲謔的筆法描繪出地方上各個人物的群像。

三　保正、警察：帝國秩序與地方庶民的兩難

如上節所敘述，蔡秋桐為公學校畢業的地方精英，隨即被總督府任命為保正。而保正的職位與功能乃為日本總督府沿用清朝以來的保甲制度，以此用來控制與羈縻臺灣人，透過連坐法而互相牽制，達到穩定社會以及降低反日抗爭的目的。如傅柯提出支配的論點，他說：「紀律的歷史環境是，當時產生了一種支配人體的技術，其目標不是增加人體的技能，也不是強化對人體的征服，而是要建立一種關係，要通過這種機制本身來使人體在變得更有用時也變得更順從，或者因更順從而變得更有用。」[28]當然，日本總督府設置保甲制度有其時空背景的考量，日人初領臺灣，地方制度與警察體系尚未完備，而島內的抗日風潮層出不窮，為了有效嚇阻反日分子以及穩定島內局勢，因而才會採用清領時期的保甲制度。然而，當臺灣局勢穩定之後，總督府依然延續保甲制度，繼續以此控制臺灣人。不過，值得注意的是，保甲制度並非是地方制度的架構內，而且日本國內也無此一制度，完全是針對臺灣而特別制定。因此，當時的臺灣知識分子便疾呼要廢除保甲制度。

> 如斯重大之責任、皆依自己之規約、而束縛自己、此因非自己之意志、皆由官廳之強制命令、故保甲民、若拒絕加入者、難免受其相當之處分也。人民加入規約、而竟不知規約為何、如保甲役員之運用者、亦難理解此複雜之規約、而況於保甲民乎。偶由警察呼保正、示

---

28 Michel Foucault著，劉北城、楊遠嬰譯：《規訓與懲罰》（北京市：生活・讀書・新知三聯書店，2007年4月），頁156。

以某有違反保甲規約、當依第何條、處以過怠金何圓、命其要捺保正甲長全體之印、始印之、唯命是從而已、然後提出於地方長官、得其認可、則強制徵收、不完納者、處以勞役、任警察之使喚、或以甲內連座責任、負擔其納付之義務者、此非奇妙之制度乎。[29]

黃呈聰發表這段言論，時任臺中下見口區長，後因聯名要求廢除「保甲制度」而離職。從中可以看出，整個保甲制度是受警察所掌控。也就是說，保甲制度並非是地方自治制度底下的基層行政組織，而是警察體系之中用來監視和掌控臺灣人的連坐制度，是種維持地方治安與帝國秩序的組織。就算保正為保甲制度之中最高的領袖，但在警察面前也只能俯首恭順聽從。臺灣知識分子因此才會疾呼廢除保甲制度，因為這非法治國家應有的組織。[30]

另外，蔡秋桐的保正身份在先天上就限制他的寫作走向，因為受到警察的規範，而使得他只能在警察的監視底下，完成各種上級所交辦的任務，因身份使然，在現實生活中也無法反抗警察，只能在書寫上嘲諷警察。這一方面，吳文星也提到保甲制度只是警察的輔助機關，保正受其指揮。

一八九八年八月公布「保甲條例」，利用中國傳統的地方自衛組織——保甲制度——作為警察的輔助機關。其制大抵以十戶為甲，十甲為保；甲有甲長，保置保正，由保甲中的戶長推選，經地方官認可後出任，任期二年，係無給的名譽職，未另設事務所而在自宅處理保甲事務。[31]

雖說保正在地方上雖是個領袖型人物，但還是得受警察的指揮與控制，可是

---

29 黃呈聰：〈保甲制度論〉，《臺灣青年》第2卷第3號（1921年3月），頁8。

30 黃呈聰說：大凡此保甲制度、果有裨益於民乎、當依時代而論之、如昔日無警察制度及自治制度之時代、或有必要、亦未可知、如現代有警察制度及自治制度、猶存舊時代之保甲制度者、可謂時代錯誤之制度矣。黃呈聰：〈保甲制度論〉，《臺灣青年》第2卷第3號（1921年3月），頁13。

31 吳文星：《日治時期臺灣的社會領導階層》（臺北市：五南圖書出版公司，2008年5月），頁64。

保正又得處理上層所交辦的各種艱難任務，如勞役、寄附等，甚至徵收、罰金，這些都是在為難地方的鄉民，而保正本身自己也兩面不是人。換言之，蔡秋桐的保正身份使他的創作內容上，不會如其他作家一樣，具有強烈控訴，或者明顯的帶有左翼色彩而鼓動農工階級抵抗資本家。接著從蔡秋桐小說中的人物形象便能看出端倪。

蔡秋桐在雲林元長擔任保正長達二十五年時間，對於保正的工作內容及其生態，還有其他各區的保正動態，都瞭若指掌。因此，保正此一角色也就順理成章地成為他的創作靈感來源，甚至成為小說的主題與主角，從中折射出保正的職務內容，以及也能窺探出蔡秋桐以小說來大吐苦水。

> 全庄的人無一口灶無受著李サン的致蔭，不被官廳所罰，李サン的勢頭也就可知了，庄民也無有一個不愛戴他，所以在選舉保正的時候，庄民一致選他，這名譽職就帶到李サン頭上了。在人民的意思，是因為李サン和官廳有話講，這「卵脬架」正好給他去承當，而且正經的庄裏人，也無有和官廳晉接的才能和時間；又且看見前任的保正大悉伯，一份家財因為做了保正，被官廳喰去一大半，——因為做保正的義務，像款待大人等的事，著要奉行。而保正的權力，像甘蔗委員等有來路的又無才能可去取得——大家都同情他，遂選出了李サン來，這可以講是真得人了。[32]

此篇小說〈保正伯〉的主角李サン時常檢舉與告發鄉民，使得鄉民不勝其擾，常常被罰錢，最後乾脆推舉李サン為保正，既能滿足李サン的虛榮心，也能避免李サン持續騷擾鄉民。雖然蔡秋桐是在諷刺與嘲諷保正並非正派，而是地痞充任，為地方亂源，看似是在批判保正良莠不齊。然而，若仔細推敲文中的敘述，其實可以發現蔡秋桐透過李サン的形象描繪，是在嘲諷自己。因為，文中提到保正時常要跑官廳，無論是接觸警察或者行政官僚，這些都是

32 蔡秋桐：〈保正伯〉，收入張恒豪主編：《楊雲萍、張我軍、蔡秋桐合集》（臺北市：前衛出版社，2000年8月），頁174-175。

鄉民所不願接觸的對象，深怕被威嚇，甚至遭到罰金。可是，保正乃為無給職，所以跑官廳或者傳達事務予鄉民，這些純粹是義務勞動。因此，在文中，蔡秋桐才會寫到「正經的庄裏人，也無有和官廳晉接的才能和時間」，意指保正整天都耗在處理官廳所交辦的事情。除了當保正耗時之外，也相當耗費金錢。蔡秋桐接著以「前任的保正大悾伯」為例，因大悾伯當了保正，家產耗費大半，暗指保正既無收入，可是卻時常有各項支出，使得蔡秋桐透過大悾伯的案例，而暗暗叫苦。於是，在〈保正伯〉的小說中，便會提到保正為了奉承「警察大人」而必須支出金錢。

> 保正娘：你真悾啊！你也敢和人飲到這款！那無毛刣頭，你來我們驚你饑，驚你餓，恐怕不會得你好，一年請你到暗，你請人一次就不甘願。人講交官窮，果然不錯。像你這悾大豬，一年和他禮素暗暗，他們那有一次來和我們禮素過。我們「進財」滿月也無，到四月日也無，週歲又是無。[33]

保甲制度為治安組織，受警察指揮與掌控，雖然保正是地方保甲制度的領袖，但仍聽命於警察。因此，雖然〈保正伯〉中的李サン時時奉承警察，希望能透過警察而能撈點油水以謀取好處。但是，這小說的橋段卻是由李サン的妻子罵李サン，當了保正之後，沒有「進財」，甚至跟官府打交道會讓自己窮困，自己時常要花錢奉承警察，可是警察卻沒有禮尚往來，導致自己金錢一直流失，卻得不到什麼好處。蔡秋桐透過保正娘（李サン妻子）的口吻，其實是在自我調侃當保正是真正的沒有好處，只有錢財一直流失。就日本總督府的設計保甲體系之時，為了節省財政支出，而規劃保正為沒有俸祿的榮譽職，雖有業務費或獎金可以提領，但總督府又規定嚴格，使得當上保正不僅沒有收入，還必須花費各種公關支出以及保甲體系內的連坐而幫忙支出罰金。而且保正真的吃力不討好，盡心盡力燃燒熱情者多，甚少無賴之徒。因

---

33 蔡秋桐：〈保正伯〉，收入張恒豪主編：《楊雲萍、張我軍、蔡秋桐合集》（臺北市：前衛出版社，2000年8月），頁178。

為，在警察嚴密監視下，保正很難上下其手、貪贓枉法，最多僅能奉承警察。[34]簡言之，保正是個沒有油水可撈的職位，所以〈保正伯〉與其在講保正的醜態，倒不如是說蔡秋桐的自我解嘲。

> 真是左右做人難，居在這中間的保正伯，確焦灼到有些程度，不去做業呢？A 大人的謾罵、蹧躂，要教你忍不過氣。硬叫保民出去做業？稅金著納，三餐有沒有得吃還小事，稅金延納卻教你地皮都要起三寸，納稅，難道沒有耕種、收成，還有錢嗎？然而現在又要叫人放下了田事……保正想到處這境遇的保甲民，險些兒把眼淚淌了下來。[35]

相較於〈保正伯〉的保正形象是一副地痞無賴，而蔡秋桐另一篇小說〈奪錦標〉中的保正就是體恤鄉民的父母官形象。這篇小說如實地帶出保正身為夾心餅乾的兩難，正如上述所提到，保正雖為地方精英，為意見領袖，但還是得受警察的指揮與調度，為警察傳達上級所交代的政令。地方鄉民全為窮困的農民，胼手胝足在農田上辛勤地工作。然而，由於臺灣總督府為節省經費，往往動員臺灣平民服勞役，建設基礎設施。這種往往都是沒有薪資，也沒有額外津貼，甚至農民必須放下手邊農事，而去幫忙政府所規定的勞役，導致百姓苦不堪言，往往不想付出勞力。可是保正伯受到上級壓力，必須召集鄉民進行勞動。

> 翌日，虧得保正伯奔走，連勸帶嚇，總算把保民召齊了，幹、幹、幹、刈竹刺、填窟仔……雖然是怨聲載道，這一天的工，該也挨過

34 如王學新研究中指出，保甲長無法代替政府收租，避免中飽私囊，保甲長只有義務，沒有權力，隨時被監視有無獲取私利的情形，可謂已與競租行為絕緣。接著，保正為地方頭人，不可能樣樣親自跑腿，所以會在自家設置保正事務所，並祕密請書記來分擔事物。此外，保正仍會發生枉法亂紀之事，但若人民不服，可以投書報紙或者訴諸巡察，或向地方廳警察課申訴，而且保正不符其職者，亦隨時去職。詳見王學新：《日治時期臺灣保甲制度之研究》（南投市：國史館臺灣文獻館，2009年10月），頁57-59。

35 蔡秋桐：〈奪錦標〉，收入張恒豪主編：《楊雲萍、張我軍、蔡秋桐合集》（臺北市：前衛出版社，2000年8月），頁185-186。

> 了。但目睹保甲民的這一苦境，保正伯的腿又軟了，昨天的設計，又幻成個泡影了。第二天，再也沒有奔走、勸誘、恐嚇的勇氣。[36]

〈奪錦標〉文中的工作目標就是改善環境，以撲滅瘧疾，A 大人新官上任為了建立業績，以讓他能日後順利升官，而不斷動員保正、甲長來完成他理想中乾淨的環境。然則，政府規定的勞役，是由保正去糾集鄉民而執行之，蔡秋桐身為保正，理論上是得忠實完成警察所規定的工作，可是他又是生活在地方上的臺灣人，這些農民都是他熟識的鄉民，不忍心這些鄉民拋下農事而為政府付出沒有報酬的勞動。易言之，保正一方面受警察指示必須召集鄉民去完成勞役工作，另一方面又得半強迫鄉民勞動。透過此小說，忠實呈現蔡秋桐的兩難之處。

> 雖然，痲拉利亞防遏作業，畢竟是上司的命令，保正，幹嗎？就是死也得死去，寧可死掉一百五十雙的放屎百姓，也不願一些違拗上司的命令。違拗，那自己的帽子，到要飛去呢！是，顧自己的飯碗要緊，做官人，誰不作如是想？何況 A 大人還是個初昇格的主任。[37]

王學新指出，起初地方財政困難，政府常須透過地方鄉紳來推動人民出役以修築道路，但保甲制度實施之後，人民只會被動的接受任務，捐獻勞力、甚至土地。日本警察具有無上權威之公信力。亦即由於警察之介入，使保甲組織更能發揮其運作效能，從而減少了協商與執行成本。[38]誠哉斯言，總督府為了以最少的預算達到最高之效率，就是動用保甲制度，即警察指示保正，保正召集百姓的方式，動員大量人力以完成政府的各項工作。因此，保正站在第一線，軟硬兼施動員鄉民服勞役，保正雖目睹鄉民的悲慘情況，但仍必

36 蔡秋桐：〈奪錦標〉，收入張恒豪主編，《楊雲萍、張我軍、蔡秋桐合集》（臺北市：前衛出版社，2000年8月），頁186。

37 蔡秋桐：〈奪錦標〉，收入張恒豪主編，《楊雲萍、張我軍、蔡秋桐合集》（臺北市：前衛出版社，2000年8月），頁186。

38 王學新：《日治時期臺灣保甲制度之研究》（南投市：國史館臺灣文獻館，2009年10月），頁64、頁66。

須使喚鄉民進行勞動。雖然，此文中的保正基本上是不忍心鄉民的悲苦，可是在保甲體系之中，受制於警察的壓力，保正被迫狠心壓迫鄉民。〈奪錦標〉中的保正既有心軟的一面，又有狠心的一面，這能折射出蔡秋桐身為保正的無奈與矛盾，身為中間人的他，承受著上與下兩方的壓力，不僅受到警察的叱喝，又受到鄉民的不諒解與誤會。文中最後完成模範村落，警察 A 大人完成業績，是最終的受益者，而保正勞心勞力，付出許多，可是卻被鄉民誤會有得到好處，因此蔡秋桐在〈奪錦標〉中寫下這句：「幹恁娘，這統抬舉 A 大人升官，保正伯仔喰燒酒……」[39]一言道盡保正為吃力不討好的職務——既被上頭的警察責罵和壓迫，又不被下面的百姓所諒解。

蔡秋桐除了描繪保正的形象之外，對於時常有業務往來的地方基層警察，也是有相當多的篇幅刻劃。相較於其他作家書寫小說情節，會將警察放在與人民對立的位置，同時也呈現出警察的惡形惡狀，欺壓善良的臺灣百姓。換言之，透過將警察塑造為高大的形象，才能映襯出卑微、弱小的人民，呈現出恃強凌弱的畫面，帶出底層百姓的悲情圖像。然則，身為保正的蔡秋桐，可說是天天都會與警察接觸的作家。畢竟，百姓們一聽到警察來，就紛紛鳥獸散，而不想與警察有所接觸或瓜葛；都會的知識分子，因從事社會或政治運動，時常與警察衝突，甚至受到警察逮捕。這兩種身份都會使警察抱持一種單一且負面的看法。蔡秋桐的角色就是處在尷尬的位置，既受到警察指揮與掌控，可是自己又對警察而有所不滿。如此一來，無法直接反抗，只能透過書寫的方式，呈現出警察高大威武的另一面，顛覆警察的權威，消解警察執法的正當性，以達到擾動警察權威與帝國秩序的效果。

> T 鄉是 C 大人建設的，他當然是個功勞者，不，是個興衰的大關係者。如不極力維持，要是店舖倒閉，市況蕭條的時候，於大人的名譽上大有不雅，所以只要是可以使 T 鄉繁榮的，勿論是有沒有犯法，都一例（一律）予以默認。況對賭博的取締放寬，不但市況會鬧熱起

39 蔡秋桐：〈奪錦標〉，收入張恒豪主編：《楊雲萍、張我軍、蔡秋桐合集》（臺北市：前衛出版社，2000年8月），頁191。

來，就是C大人的腰包也會漲破呵！[40]

此篇小說〈新興的悲哀〉是敘述在偏僻的T鄉打造一個商業重鎮，吸引人潮與錢潮，所以大肆建設以及對外招商，希望可以讓T鄉成為蓬勃的新興市鎮，期待能提振當地的經濟成長率和就業率。然而，事與願違，竟然遇上第一次世界大戰之後的經濟大恐慌，如此的經濟嚴重不景氣，使得招商計畫嚴重受阻。C大人建設原先是想要打造T鄉這個新興市鎮，以作為他的功績，日後便能順利升官。C大人建設T鄉，依循日本帝國所律令的方針，如注重衛生、治安等，警察執行這些法令並且監督臺灣人民有無遵循。不過，由於造鎮即將面臨失敗，而C大人為了維護自己的尊嚴與利益，竟然默認賭博、情色產業進駐，只為了提高金錢收入。蔡秋桐如此寫出C大人的妥協且黑暗的另一面。畢竟，警察本為日本帝國統治臺灣的第一線公務員，嚴厲執行總督府的政令並監督臺灣人民是否違規犯法，如此嚴酷使得臺灣人苦不堪言。但是，蔡秋桐筆下的C大人從威風凜然的形象，卻在利益之前妥協，如此形象的崩壞，消解日本警察的權威感。如崔末順所言，從登場時的一個頗顯志氣的青年氣象，沒幾時就變成利用職權地位，一心想要填飽私囊的腐敗官員，其形象之落差，可說極具震撼效果。[41]蔡秋桐並沒有直接批判警察惡霸，欺壓百行，也沒有透過小說號召農民起身反抗，而是透過警察角色的崩壞，帶出警察並非帝國秩序的維護者，而是維護既得利益的自私者。

除了在〈新興的悲哀〉提到警察為了自己的業績，藉此崩解帝國秩序的維護者形象，在另一篇小說〈王爺豬〉則是提到警察雖然是在第一線執行公務的官吏，但也往往公私不分。

有一層（一樁）要特別對你們注意，保正甲長反倒比較人民更不聽嘴，你們要想想看呢？我是官呵！你們是民呵！公私要著分明，公是

40 蔡秋桐：〈新興的悲哀〉，收入張恒豪主編：《楊雲萍、張我軍、蔡秋桐合集》（臺北市：前衛出版社，2000年8月），頁202。

41 崔末順：〈新興殖民都市的真相——以〈新興的悲哀〉與《濁流》為探討對象〉，《臺灣文學學報》第22期（2013年6月），頁74。

> 公，私是私，事事我有尊重你們的人格，那末你們不知自省，反倒亂來，親像A甲長的籬仔，赶千遍萬遍，他也不去修理，K保正姻某（妻），他的雞稠（雞舍）穢祟（污穢）得足（十分）難見，叫他撤起來，她就講三講二，念東念西：「沒有飼雞，大人來那有雞可刣。」[42]

蔡秋桐這段S大人在保甲會議上對著眾保正、甲長的訓斥，隱含著上下交相賊的情況。由於保正、甲長長久與警察接觸，所以知道如何奉承上司——警察大人，因而透過請客、贈送的方式，討警察歡心。警察應該是公正無私，嚴格取締地方上的違規情形，動輒威嚇、謾罵鄉民，進而處以罰金。然而，蔡秋桐用這種表面正經的保甲會議與警察訓示的發言，折射出警察公私不分，利用詮釋而接受底下人民的招待。雖然如Foucault所說，在規訓程序的核心，檢查顯示了被視為客體對象的人的被征服和被征服者的對象化。權力關係和認識關係的強行介入在檢查中異常醒目。[43]警察與保正、甲長是站在主體與客體的兩端，但是蔡秋桐卻翻轉這種權力結構，身為帝國秩序的維護者，卻反而具有私心來中飽私囊。易言之，S大人並非忠實執行總督府的法令，而是藉由這法令來謀取自己的好處。

蔡秋桐更是提到，在三年一科的王爺祭典中，警察藉由權勢來搜刮百姓的豬肉。

> 哼！看見S大人宿舍的簷前，橫著幾竿竹杆，吊了差不多成百串的香腸在曝日著，我想了好久，才記得前次會議的時，有看見S大人買猪腸仔來吹風。唉！原來就是準備著灌香腸！哈哈哈。[44]

---

42 蔡秋桐：〈王爺豬〉，收入張恒豪主編：《楊雲萍、張我軍、蔡秋桐合集》（臺北市：前衛出版社，2000年8月），頁254。

43 Michel Foucault著，劉北城、楊遠嬰譯：《規訓與懲罰》（北京市：生活·讀書·新知三聯書店，2007年4月），頁208。

44 蔡秋桐：〈王爺豬〉，收入張恒豪主編：《楊雲萍、張我軍、蔡秋桐合集》（臺北市：前衛出版社，2000年8月），頁251-252。

王爺為臺灣民間信仰，而三年一科的祭典更是地方上重大的事件，地方百姓無不做好事前準備，希望可以在祭典上能答謝王爺的庇佑。可是當 S 大人瞭解此地方的風土民情，知道鄉民祭祀會用大量的豬肉，認為這次良好機會，利用職權，欲取締地方鄉民有無私宰牲口。當然，最後的突擊檢查，確實捉到好幾位鄉民私宰。但，蔡秋桐卻在小說的開頭以倒敘法的方式，提到 S 大人掛香腸的場景，用來暗示這些豬肉來自於之前三年一科的王爺祭典。也就是說，警察是在維持秩序和維護法令，但 S 大人卻假公濟私，表面是執行總督府所制定的法令，其實是為了自己的私利。紀律的實施必須有一種借助監視而實行強制的機制。在這種機制中，監視的技術能夠誘發出權力的效應；反之，強制手段能使對象歷歷在目。[45]雖說警察監視臺灣人民是為了日本在臺的紀律，達到有效統治之目的。然而，蔡秋桐描繪警察假公濟私的橋段，意圖顛覆此種警察——保正——人民的上下權力關係，雖然蔡秋桐沒有直言批判警察的惡形惡狀，不過透過這種嘲諷式的筆法，來翻轉警察的權力效應，同時也鬆動警察高大無私的正面形象。易言之，與其說蔡秋桐批判警察的假公濟私，倒不如說警察也是「人」，有著私心且小奸小惡的一面，打破總督府長久以來塑造警察為「南無警察大菩薩」一般全知全能的奉公滅思形象。

四　結語

本文梳理知識分子意涵以及保正身份的影響，從中可以看出蔡秋桐不同於受高等教育或者赴日留學的知識精英那般站在時代最尖端，受到新思想與新知識的影響而欲啟蒙大眾向日本帝國爭取自由與平等。接著，蔡秋桐也並非地主或資產階級，使得他沒有任職過參事或區街長，而非社會中堅。[46]是

45 Michel Foucault著，劉北城、楊遠嬰譯：《規訓與懲罰》（北京市：生活·讀書·新知三聯書店，2007年4月），頁194。

46 參事及區街庄長為臺人社會精英所能擔任最高的職位。吳文星：《日治時期臺灣的社會領導階層》（臺北市：五南圖書出版公司，2008年5月），頁67。

故，蔡秋桐僅為公學校出身，只是地方上的保正，更加印證他在那個時代，是個最基層最微小的螺絲釘，本身就不會被政府所重視，也難以向總督府抗爭或爭取權利。不過也因為如此，蔡秋桐乃為地方的保正，又長久在地方服務，使得他與庶民是生活在一塊，因而蔡秋桐並無存在著知識分子與庶民之間的隔閡，沒有教條式的啟蒙宣傳敘述，其書寫更能貼近土地與社會。

蔡秋桐是地方上的保正，這種職位影響到他的書寫位置，因為保甲制度是屬於治安組織，是受到警政機關的指揮與掌控，本身就是警察用來監控臺灣人民的連坐制度。正如傅柯所言，在規訓中，這些對象必須是可見的。他們的可見性確保了權力對他們的統治。正是被規訓的人經常被看見和能夠被隨時看見這一事實，使他們總是處於受支配地位。[47]透過被監視以及被規訓的方式，讓臺灣人民處於被支配地位。可是，保正的地位就很尷尬，雖然設置保正的用意，前期是要協助警察控制人民，並維持當地治安；當臺灣穩定之後，則協助警察推動各項上級所交辦的各項政務。使得保正成為警察與人民中間的夾心餅乾，裡外不是人。

另外，蔡秋桐自述所創作的小說只是紀錄平常發生的事情，並無刻意對抗日人或抵殖民之意。

> 我當時是保正，兼製糖會社原料委員，與製糖會社有來往，與警察也有聯繫，因此小說內容鮮有激烈的反抗意識，只是真實的紀錄一些事情而已。作品的主題，大部分是寫自己心裡的矛盾，全都是本地所發生的事情，只是名字更換一下而已，其人和事皆是真實的，並沒有特意的去反抗。[48]

蔡秋桐自己處在行政體系與治安網絡之中，他的書寫位置本就不是站在旁觀者來觀看臺灣人民的苦痛，而是參與其中。可是也因為身在其中，使得既不

---

47 Michel Foucault著，劉北城、楊遠嬰譯：《規訓與懲罰》（北京市：生活・讀書・新知三聯書店，2007年4月），頁211。

48 黃武忠：〈北港地帶的代表人物──蔡秋桐〉，《日據時代臺灣新文學作家小傳》（臺北市：時報文化出版企業公司，1980年8月），頁48。

能對抗殖民者，也無法帶領農民起身反抗，同時他也無法為虎作倀地替警察欺壓自己的鄉民。所以這種書寫位置，本身就無法帶有強烈的批判和控訴，使得蔡秋桐僅以嘲諷的寫法，來描寫地方上荒謬的樣貌。接著，也因為他是保正，時常與警察打交道，讓蔡秋桐從中認識到警察的權力網絡，以及警察個人在私領域不為人知的一面。雖然蔡秋桐沒有如其他作家一般，寫出警察的惡形惡狀，可是透過描繪警察公私不分以及中飽私囊的行徑，一步一步崩毀警察的權威形象，同時也顛覆日本帝國在臺灣的秩序，裂解政府壓迫人民的權力結構。

總而言之，蔡秋桐站在土地之上，將自己投入地方農民之中，而能身歷其境與感同身受地寫出地方上每天發生的圖像。他這種書寫位置本身就與其他作家不同。若如陳芳明所說，賴和強調知識分子與下層階級之間的相互關係。楊逵更是如此，直接把知識分子作為反抗運動中的思想搬運者。尤其是在反殖民精神的醞釀上，楊逵緊跟在賴和之後。楊逵的格局之所以比賴和還大，主要在於他在社會主義之外，又注入了國際主義的色彩。[49]那麼蔡秋桐既不是站在知識分子／指導者的位階去看底層人民的悲苦，也沒有本著左翼理念要帶領民眾向前衝，以打破階級的藩籬，而是他本身就是底層人民，生活在地方上，所書寫的就是他每天的所見所聞，都是他每天所會遇見，所會發生的事情，雖然他用嘲諷、戲謔的筆法寫出——因為每天都在出現荒誕的事情。

49 陳芳明：〈賴和與臺灣左翼文學系譜〉，《左翼臺灣：殖民地文學運動史論》（臺北市：麥田出版社，1998年10月），頁66。

參考資料

一　專書

Michel Foucault著　劉北城、楊遠嬰譯　《規訓與懲罰》　北京市　生活·讀書·新知三聯書店　2007年4月

王學新　《日治時期臺灣保甲制度之研究》　南投市　國史館臺灣文獻館　2009年10月

朱惠足　《「現代」的移植與翻譯：日治時期臺灣小說的後殖民思考》　臺北市　麥田出版社　2009年8月

吳文星　《日治時期臺灣的社會領導階層》　臺北市　五南圖書出版公司　2008年5月

林柏維　《臺灣文化協會的滄桑》　臺北市　臺原出版社　1993年3月

林淇瀁　《書寫與拼圖——臺灣文學傳播現象研究》　臺北市　麥田出版社　2001年10月

張恒豪編　《楊雲萍、張我軍、蔡秋桐合集》　臺北市　前衛出版社　2000年8月

陳芳明　《左翼臺灣：殖民地文學運動史論》　臺北市　麥田出版社　1998年10月

陳芳明　《殖民地摩登：現代性與臺灣史觀》　臺北市　麥田出版社　2004年6月

陳建忠等合著　《臺灣小說史論》　臺北市　麥田出版社　2007年3月

陳培豐　《「同化」の同床異夢：日治時期臺灣的語言政策、近代化與認同》　臺北市　麥田出版社　2006年11月

陳培豐　《想像和界限——臺灣語言文體的混生》　臺北市　群學出版有限公司　2013年7月

陳翠蓮　《臺灣人的抵抗認同（1920-1950）》　臺北市　遠流出版事業公司、曹永和文教基金會　2009年10月

黃武忠　《日據時代臺灣新文學作家小傳》　臺北市　時報文化出版企業公司　1980年8月

葉石濤　《臺灣文學的困境》　高雄市　派色文化出版社　1992年7月

二　期刊論文

李敏忠　〈混雜、嘲諷的文體風格與啟蒙意識型態——論蔡秋桐的現代小說特色〉，《臺灣文學研究學報》第10期（2010年4月）　頁261-290

崔末順　〈新興殖民都市的真相——以〈新興的悲哀〉與《濁流》為探討對象〉　《臺灣文學學報》第22期（2013年6月）　頁67-88

陳明柔　〈日據時代臺灣知識分子的思想風格及其文學表現之研究（1920-1937）緒論〉　《臺灣文學觀察雜誌》第8期（1993年9月）　頁98-122

陳建忠　〈新興的悲哀——論蔡秋桐小說中的反殖民現代性思想〉　《臺灣文學學報》第1期（2000年6月）　頁239-262

黃呈聰　〈保甲制度論〉　《臺灣青年》第2卷第3號（1921年3月）　頁8-12

黃慧鳳　〈蔡秋桐小說之研究——日殖民下的文本呈現〉，《問學集》第11期（2002年11月）　頁231-250

三　學位論文

周馥儀　〈開展公共領域・擊向糖業帝國主義——論臺灣知識份子的糖業書寫（1920-1930年代〉　臺南市　成功大學臺灣文學系碩士論文　2007年6月

林慧禎　〈日據時期農民小說人物與敘事分析——以蔡秋桐、楊守愚、張慶堂為討論中心〉　臺南市　臺南大學國語文學系碩士論文　2011年7月

陳南宏　〈日治時期農民小說中的菁英主義與農民形象（1926-1937）〉　臺南市　成功大學臺灣文學系碩士論文　2007年6月

蘇世昌　〈1920-1937臺灣新知識分子思想風貌研究〉　新竹市　清華大學中國文學研究所博士論文　2009年7月

四　電子媒體

臺灣大百科全書　http://nrch 年 culture 年 tw/twpedia 年 aspx?id=4566

國立臺灣文學館　臺灣文學網　http://tln.nmtl.gov.tw/ch/m2/nmtl_w1_m2_c_6.aspx?k=%E8%B3%B4%E5%92%8C&Sid=105。

作者簡介

康原

臺灣彰化縣人，現居在彰化市香山里。曾任賴和紀念館館長。曾獲第六屆磺溪文學獎特別貢獻獎，曾獲吳濁流文學獎新詩獎，曾獲行政院叢書「金鼎獎」。彰化師大台文所「作家講座」，南華大學文學系「講座作家」，彰化師大「彰化學」叢書總策劃。

重要著作：《懷念老台灣》《台灣囝仔歌的故事》、《八卦山下的詩人林亨泰》（玉山社出版）《人間典範全興總裁》、《囝仔歌教唱讀本·附 CD》《台灣囝仔歌謠》《追蹤彰化平原》《逗陣來唱囡仔歌·四本》、《港都的心靈律動》、《番薯園的日頭光》、《噴霧氣飛出的春天》、《施並錫的魅力刀與彩筆誌》（晨星出版社出版）、《文學的彰化》、《八卦山》、《二林的美國媽祖》（彰化文化局）等七十餘本。

王文仁

臺灣臺南市人，國立東華大學中國語文學系博士，曾任國立臺東專科通識中心專案助理教授，國立東華大學中國語文學系博士後研究員，現任國立虎尾科技大學通識中心教授。

研究興趣兼及臺灣文學、近現代中國文學、文學史理論、現代詩、閱讀與書寫等。著有論述專著《現代與後現代的游移者——林燿德詩論》、《啟蒙與迷魅——近現代視野下的中國文學進化史觀》、《日治時期臺人畫家與作家的文藝合盟——以《臺灣文藝》（1934-36）為中心的考察》、《想像、凝視與追尋：1960世代臺灣詩人研究集》，編有《島與島飛翔：陳謙詩選（1987-2009）》，合編有《國文新視野》、《現代文學閱讀與寫作：散文篇》等。

創作以新詩為主，兼及散文與小說。《創世紀》詩社同仁，以筆名王厚森從事創作，曾獲東海文學獎、南瀛文學獎，府城文學獎等。著有詩集《搭訕主義》、《隔夜有雨》、《讀後：王厚森「論詩詩」集》，傳記散文《那一刻，我們改變了世界》（與須文蔚等合著）等。

謝瑞隆

臺灣彰化縣人，台灣中正大學文學博士，現為臺灣明道大學媽祖文化學院主任，曾任明道大學中國文學系系主任以及雲林科技大學漢學所、台中科技大學應用中文系、中國科技大學觀光與休閒事業管理學系等校教師，歷任《媽祖信俗研究》、《彰化文獻》、《嘉義縣文獻》、《中臺灣生活美學》等雜誌刊物主編以及彰化縣政府「彰化縣民俗才藝活動推展委員會」委員。撰有《媽祖信仰故事研究》、《日本近世漢文笑話集研究》、《臺灣歷史文化場域的新體驗》、《踏尋花東縱谷的原住民族部落》、《尋找貓裡寶藏》、《北斗鄉土志》、《中壢市發展史》、《溪湖鎮志》、《田中鎮志》、《走讀彰化》、《彰化縣古市街大觀》、《東螺風土記》等專書方志，著作《走讀臺灣－彰化縣》榮獲「第四屆國家出版獎（佳作）」、《尋找貓裡寶藏》榮獲苗栗縣立圖書館主辦「2011苗栗之書（年度推薦好書）」、《北斗鄉土志》榮獲「98年度國史館臺灣文獻館獎勵出版文獻書刊（地方誌書類）優選」。擅於人文報導寫作，相關作品散見《文學臺灣》等刊物，曾獲北市青年金筆獎、第六屆磺溪文學獎等文學類獎項，並獲獲臺灣省政府表揚為「100年度臺灣鄉土文史教育及藝術社教有功人員」、雲林科技大學表揚為「100年度國立雲林科技大學傑出校友（學術類）」。

張瑞芬

台灣台南麻豆人，東吳大學中文博士，現任台中逢甲大學中文系教授，專長領域為現代文學及書評，近年致力於臺灣當代散文研究，多次撰寫台灣文學年度觀察。作品曾收入九歌《評論30家：臺灣文學三十年菁英選》、《101年散文選》、《103年散文選》，獲2010年行政院金鼎獎文學類入圍。著有《未竟的探訪——瞭望文學新版圖》、《五十年來臺灣女性散文・評論篇》、《狩獵月光－當代文學及散文論評》、《臺灣當代女性散文史論》、《胡蘭成、朱天文與「三三」——臺灣當代文學論集》、《鳶尾盛開——文學評論與作家印象》、《春風夢田——台灣當代文學評論集》、《荷塘雨聲——台灣文學評論集》多部著作。

林葉連

臺灣南投縣人，中國文化大學文學博士，曾任中國文化大學兼任副教授，國立雲林科技大學漢學研究所所長，現任雲林科技大學漢學所教授。研究領域為傳統經學、《詩經》、劉向學術，以及臺灣語文。師承宿儒林尹、高明、潘重規等先生，專攻考據之學。撰有《中國歷代詩經學》、《詩經之學》、《陳啟源胡承珙詩經之研究》、《國學探索文集》、《劉向的經世思想研究》、《劉向經世文選讀》等，又與鄭定國合注《雲林雜念簿》。

1993年8月，與陳新雄、林慶彰、季旭昇等教授同赴大陸，與夏傳才、褚斌杰、向熹、董治安等教授於河北石家莊共同成立「中國詩經學會」。並於2004年8月4日，在承德避暑山莊，榮獲中國詩經學會第二屆學術評獎之第二等獎。

陳憲仁

臺灣台中市人，逢甲大學文學博士，現任明道大學中國文學系講座教授，同時擔任中華民國筆會理事。曾任《明道文藝雜誌》創社社長，主持編務三十多年，為台灣極資深文學雜誌主編；並主辦過二十六屆「全國學生文學獎」，拔擢文壇新人無數被譽為「台灣文壇搖籃的推手」。

歷任台灣日報「非台北觀點」專欄作家、《文訊》雜誌「藝文採風」撰稿記者、龍騰版高中國文教科書諮詢顧問、文化建設基金會「台灣流行文藝作品調查研究」計畫主持人、第34屆金鼎獎圖書類評審委員會總召集人。曾獲獲中興文藝獎章、台灣區師鐸獎、五四文藝獎、新聞局金鼎獎特別貢獻獎、臺中市榮譽市民獎章及臺中市文學貢獻獎等。

出版《滿川風雨看潮生》，並編纂《好書書目》、《悠悠流水——水資源的使用及保護》、《斜陽之後——尤增輝遺作選集》、《彰化縣文學家的城市》、《雲林縣青少年台灣文學讀本小說卷》等。

黃文成

臺灣桃園市人，中國文化大學中文博士，現為靜宜大學臺灣文學系副教授、靜宜大學通識中心「文學與美感課程學群」召集人。曾獲國藝會創作補助、文建會青年文學獎、全國學生文學獎、桃園縣文學獎、行政院文薈獎等，著有《紅色水印》創作集。研究領域為臺灣現當代文學、臺灣民間宗教信仰，撰有《關不住的繆思——臺灣監獄文學研究》、《黑暗之光——美麗島事件至解嚴前的臺灣文學》、《空間與書寫——臺灣當代散文地方感的凝視與書寫》及《神諭與隱喻：臺灣當代文學中的宗教書寫及敘事》等書。

張俐璇

台灣台南人，父系來自雲林縣東勢鄉，母系為戰後福州移民。國立成功大學台灣文學博士，現為國立台灣大學台灣文學研究所助理教授，曾任台灣文學學會第一屆秘書長（2016-2018）。

研究領域為戰後台灣小說史、台灣文學場域等。著有《建構與流變：「寫實主義」與臺灣小說生產》（2016）、《兩大報文學獎與台灣文學生態之形構》（2010）等專書。曾執行科技部計畫「台灣文學場域中『民國文學』視野的變遷（1966-1987）」；國家人權博物館「戒嚴時期禁書調查研究」、「戒嚴時期報紙副刊研究調查（第一期1949-1959）」；國立臺灣文學館「2019臺灣文學轉譯加值暨教案研發計畫」。

創作方面，小說〈謫仙記〉曾獲教育部文藝創作獎教師組特優（2013）；書信散文〈永遠的小叮噹〉曾獲時報文學獎（2010），並入選靜宜大學閱讀書寫中心教材《凝視我：回溯生命的印記》（2015）；〈府城行卷：葉石濤的時空歷險〉獲國立臺灣文學館「2018台灣文學數位遊戲腳本徵選」佳作。

卓佳賢

台灣新北市人，國立中正大學台灣文學研究所碩士，現為彰化師範大學國文系博士候選人。

研究領域為台灣文學與文化研究、日治時期台灣新文學等。撰有〈道德寓言與通俗敘事的交混——謝雪漁〈新情史〉書寫特色之探討〉、戰後初期臺灣時局報導之析探：以二二八事件前夕為中心（1945-194)〉、〈民俗再發現：戰後初期《臺灣文化》表述之文化主體性〉、〈媽祖接炸彈神蹟之研究——以日治後期嘉義周邊為例〉等單篇論文。

文學研究叢書．文學研究論集叢刊 0813001

雲林縣文學與文化研究論集

主　　編　謝瑞隆　蕭　蕭
責任編輯　楊家瑜
特約校對　林秋芬

發 行 人　陳滿銘
總 經 理　梁錦興
總 編 輯　陳滿銘
副總編輯　張晏瑞
編 輯 所　萬卷樓圖書股份有限公司
排　　版　林曉敏
印　　刷　維中科技有限公司
封面設計　菩薩蠻數位文化有限公司

發　　行　萬卷樓圖書股份有限公司
　臺北市羅斯福路二段 41 號 6 樓之 3
　電話 (02)23216565
　傳真 (02)23218698
　電郵 SERVICE@WANJUAN.COM.TW
香港經銷　香港聯合書刊物流有限公司
　電話 (852)21502100
　傳真 (852)23560735

ISBN 978-986-478-308-3
2019 年 8 月初版一刷
定價：新臺幣 360 元

如何購買本書：
1. 劃撥購書，請透過以下郵政劃撥帳號：
　帳號：15624015
　戶名：萬卷樓圖書股份有限公司
2. 轉帳購書，請透過以下帳戶
　合作金庫銀行 古亭分行
　戶名：萬卷樓圖書股份有限公司
　帳號：0877717092596
3. 網路購書，請透過萬卷樓網站
　網址 WWW.WANJUAN.COM.TW
大量購書，請直接聯繫我們，將有專人為您服務。客服：(02)23216565 分機 610

如有缺頁、破損或裝訂錯誤，請寄回更換

國家圖書館出版品預行編目資料

雲林縣文學與文化研究論集 / 謝瑞隆,蕭蕭主編. -- 初版. -- 臺北市 : 萬卷樓, 2019.08
　面；　公分. -- (文學研究叢書；0813001)
ISBN 978-986-478-308-3(平裝)

1.臺灣文學 2.文學評論 3.文化研究 4.文集

863.207　　108013202